KB165050

가뭄의 끝

# 가뭄의 끝

초판 1쇄 발행　2022년 4월 15일
초판 2쇄 발행　2022년 9월 20일

지은이 | 김병선

펴낸곳 | (주)태학사
등　록 | 제406-2020-000008호
주　소 | 경기도 파주시 광인사길 217
전　화 | 031-955-7580
전　송 | 031-955-0910
전자우편 | thspub@daum.net
홈페이지 | www.thaehaksa.com

편　집 | 조윤형 여미숙
디자인 | 이영아
마케팅 | 김일신
경영지원 | 김영지
인쇄·제책 | 영신사

값 15,000원

ISBN 979-11-6810-058-9　(03810)

책임편집 | 조윤형
북디자인 | 지소영

# 가뭄의 끝

## 김병선 단편 모음

태학사

# 남의 울음 대신 울어주기

윤흥길 (소설가 · 대한민국예술원 회원)

옛 시절 우리네 풍속도 안에서 곡비(哭婢)라는 존재가 활동하고 있었다. 요즘 식으로 표현하자면 애곡(哀哭) 전문 직업인 또는 아르바이터인 셈이다.

초상이 날 경우, 지역사회에서 방귀깨나 뀌고 산다는 반가나 부잣집은 대개 오일장 아니면 칠일장을 치른다. 유가족들이 많이 울고 잘 울어야 효자 효손 소리를 듣는데, 망자의 죽음이 아무리 슬퍼도 초종(初終)에서 반곡(反哭)에 이르도록 긴 장례 기간을 줄곧 통곡으로 일관할 수는 없다. 그래서 해결책으로 품삯을 주고 곡비를 채용한다. 크고 구성진 목청을 타고난 곡비는 초상마당 한구석 커다란 항아리 안에 들어앉아 문상객들 심금을 울리는 애고곡으로 돈값을 톡톡히 한다.

어쩌면 지난날의 곡비와 오늘날의 소설가는 얼추 비슷한 동류일는지도 모른다. 물론 초상집의 울음과 소설 속 울음의 성격이 똑같을 수는 없다. 소설가의 울음은 상실의 슬픔뿐만 아니라 삶에서 겪고 부딪히는 외로움이나 분노, 소외감과 절망 등 희로애락의 광범위한 정서를 포괄적으로 표출하는 형식이다. 하지만 자기 울음 우는 김에 남의 울음까지 한목에 같이 울어준다는 점에서 소설가를 가리켜 현대판 곡비라 해도 과히 틀린 말은 아니겠다.

반평생을 국문학자로 지내온 김병선 교수가 정년 은퇴를 목전에 둔 시점에 다다가 자신의 소설집 원고를 보냄으로써 나를 놀라게끔 만들었다. 김 교수는 내 어린 시절 교회 주일학교의 반사이셨던 고 김용삼 장로님의 아들이다. 당시 가출을 일삼으며 반항적 기질로 자주 말썽을 부리던 나를 성경 말씀과 예화를 통해 바로잡고자 애쓰셨던 어른이다. 오래전 단절된 고인과의 인연이 먼 훗날 그 아들과의 인연으로 살아나 그동안 좋은 유대를 맺어온 덕분에 이렇게 김 교수의 소설집 첫머리에 '격려의 말'까지 얹게 되었으니, 나로서는 그저 감회가 새삼스러울 따름이다.

원고를 통독하는 동안, 소설 속 화자의 활동 공간이 성장기의 내 활동 공간과 그 공간에 얽힌 추억의 상당 부분이 겹친다는 사실을 확인할 수 있어 무척 반가웠다. 고향인 익산(또는 이리)에서 보낸 시간대는 서로 다를지라도 과거의 내가 그랬

듯 같은 동네, 같은 거리를 활보하는 어린 김병선, 젊은 김병
선을 소설 속에서 오다가다 마주치는 즐거움이야말로 내게
는 가외의 소득이었다. 그뿐만 아니라 중학생 때 이후로 뵙
지 못한 고 김용삼 장로님의 면모와 삶의 자취를 소설을 통해
십분 유추할 수 있어 몹시 반갑기도 했다.

김병선 교수의 소설에는 아버지가 곳곳에 자주 등장해 매
우 중요한 소임을 담당한다. 화자의 아버지는 6.25 전쟁 중
에 단신 월남한 실향민이다. 의지가없는 처지인 탓에 남한
사회 낯선 환경에 적응하는 과정에서 많은 시행착오 끝에 좌
절과 가난과 설움 등 신산 고초를 겪는 한편 이북에 두고 온
가족에 대한 죄책감마저 더해져 이중고에 시달리는 인물이
다. 아버지를 괴롭히던 그 악재들은 고스란히 화자인 아들한
테 부(負)의 유산으로 상속되기에 이른다.

소설의 편이 바뀜에 따라 작중인물인 '아버지'와 '나'의 성
명이 바뀌고, 때로는 직업이나 가족 구성이 바뀌기도 한다.
인물의 재설정이나 사건과 상황의 재구성은 사소설 또는 자
전소설로 뒷걸음치는 걸 방지하면서 본격소설을 추구하기
위한 허구적 장치이기도 하지만, 그보다는 소설가 본연의
'나'를 타자화하고 객관화해 서술함으로써 마치 내 이야기가
아닌 양, 정녕코 남의 이야기인 양 독자들에게 전달하려는 의
도가 다분해 보인다. 다름 아닌 곡비 노릇을 감당하기 위한
장치인 셈이다. 다시 말해, 아버지가 울어야 할 울음을 아들

격려의 말

이 대신 울고, 소설가 자신이 울어야 할 울음을 작중 화자인 '나'가 대신 울도록 만들기 위한 장치에 해당한다. 원원이 곡비란 구슬픈 울음소리로 초상집 일가의 슬픔을 녹여주는 품꾼 노릇에 그치지 않고, 장시간 우는 사이에 어느덧 자기 울음에 스스로 취하고 자기 울음을 스스로 즐기는 나머지 비천한 신분으로서 자기 신세의 고달픔과 팔자의 드셈과 삶의 생채기들로부터 점차 해방되어 끝내 자유를 얻게 되는 존재이다.

산술적으로 많이 늦은 나이에 소설가의 길에 들어서는 김병선 교수를 향해 축하의 박수를 보낸다. 곡비처럼 자신을 구원하는 김에 엇비슷한 처지의 주변 사람들까지 한목에 구원하는 작품을 발표함으로써 그의 은퇴 후 삶이 더욱더 풍요로워지고 웅숭깊어지기를 빌어 마지않는다.

# 차례

# 발 작은 여자

나의 지경(地境)은 하루하루 넓어지고 있었다. 겨우 국민학교 입학할 나이 정도의 꼬마에게 사실 지경이란 말은 가당치 않을 것이지만, 당사자인 나로서는 그 넓어지는 지경에 어지간히 긴장하고 있었다. 중앙시장의 골목 한켠에는 내 베이스캠프가 있었고, 지경을 넓히는 작업을 수행하기 전에는, 겨우 하나의 건물로 연결되어 있던 집과 가게를 포함하는 정도가 나의 영역이었다. 집이라고는 해도 방 한 칸을 얻어 쓰는 입장이었고, 가게로 나가려면 주인집의 부엌을 통해, 나조차도 고개를 숙여야 하는 조그마한 문을 이용하곤 했다.

그러다가 동생이 생겼다. 단칸방의 옥좌는 새로 태어난 여동생에게 내주어야 했다. 아버지 어머니는 먹고사는 일에 분주하여서, 그 당시까지 외아들로 자라던 나를 그렇게 잘 돌보아 준 것도 아니었다. 그나마도 외둥이의 지위를 잃게 되자 나는 바깥을 기웃거리기 시작했다.

동갑내기 주인집 딸과의 관계가 좋아지기 시작한 것도 이 무렵이었다. 이성 동생이 생기고 보니, 말도 안 통하는 동생보다는 그냥 말이라도 통하는 동갑 이성 친구 쪽으로 상대를 정하는 것이 나을 듯싶었다. 그쪽에서도 자기 집에서 최하위 말단의 위치에 있었고, 언니들과는 제법 나이 차이가 나서, 남자 친구가 궁했던 터라, 자연 우리 둘은 곧바로 소꿉친구로 동거의 관계에 들어갔다.

신혼 살림은 주인집의 베란다 밑에 온실로 쓰고 있는 작은 공간으로 정해졌다. 여보, 당신의 사이도 좀 쑥스러웠기에 결국, 나는 다시 밖을 내다보기 시작했다. 안에서 나의 외출을 그리 탐탁하게 여기지는 않았지만, 나는 일단 단칸방과 신혼집과 가게를 벗어나는 것으로 지경 확장 작업을 시작했다.

처음에는 집 쪽으로 나 있는 대문을 통해서 골목길로 나가는 것, 거기서 주인집 가게를 감돌아서 우리 가게로 가는 것이 과제였다. 만날 부엌 아래의 작은 문을 통해서 드나들던 우리 가게를 이제는 어엿한 길로 가게 된 것이다.

삐거억.

나무 대문이 열리는 소리에 나는 소스라칠 정도로 놀랐다.

문틈으로 조심스럽게 골목의 상황을 엿보았다. 아직 본격적으로 시장에 사람이 모이는 시간이 아니어서인지, 그야말로 인적이 없었다. 나는 문틈을 조금 더 벌리고 그 사이로 작은 체구를 들이밀었다. 그런데 나는 어쩌면 그 문틈에 몸집이 걸려서 못 나가기를 바랐는지도 모른다. 그 어간에 소꿉친구에게 들켜서, 탈출에 실패하기를 바랐는지도…. 아니면 어머니가 "동생 좀 봐라!"라고 방에서 불러들이기라도….

그러나 괴괴했다. 그리고 내 작은 몸집은 스르르 문틈을 잘도 빠져나갔다.

골목의 공기는 집 안의 공기와 확실히 달랐다. 바로 앞에는 골목 삼거리가 있었는데, 그 삼거리에 우물이 있다는 것도 그때 처음 알게 되었다. 두레박을 도르래에 달아매는 우물이 아니라, 빨래를 하거나 채소를 씻는 아낙네들이 그냥 앉은 채로 바가지로 물을 뜰 수 있는 우물이었다. 수도가 있는 우리 주인집에서는 일하는 식모가 수돗물로 그런 걸 다 했는데 말이다.

대단한 발견이었다. 그날의 미션은 그걸로 충분했다. 그리고 저쪽 골목 어귀에서 행인이 들어오는 것을 기화로 나는 예의 그 문틈으로 되돌아오고 말았다. 내 머릿속 어딘가에 어느새 골목의 풍경이 오롯이 담겼고, 문으로 들락거리는 동안 내염통은 어지간히 콩닥거렸다. 그 경험은 일종의 마약 같은 것이었다. 나는 곧바로 습관성 탈출의 길에 들어섰고, 새로운 발견은 그 강도를 조금씩 더 높일 것을 요구하였다.

그다음 날은 철물점을 하는 주인집 가게를 감싸고 돌아서 우리 가게로 가는 길을 개척했다. 그 골목의 지도는 가지고 있지 않았지만, 머릿속의 지남철은 내 공간지각과 정확히 맞았다. 내가 가게의 왼쪽에서 우리 가게에 나타났을 때, 늘상 다니던 가게 안쪽의 그 쪽문이 아니라 길 쪽에서 나타났을 때, 나는 아버지가 눈을 한 번 비비기를 바랐다. 그러나 아버지의 시선은 내 쪽이 아니라, 지나다니는 행인들을 주시하고 있었다. 눈길은 그들의 발 쪽에 주어졌다. 우리 집은 신발가게를 하고 있었던 것이다.

그날, 주인집 가게를 돌아가면서, 시장과 골목길의 코너에 길게 자리 잡은 그 가게를 장식하고 있는 온갖 철물에 나는 깜짝 놀랐다. 못이며, 철사며, 다라이며, 바께쓰며, 똬리를 틀고 있는 철고리며, 연두색 호스며, 이름도 모르는 각종 철물과 생활용품들은 온 세상이 사용하고도 남을 것만 같았다.

그렇다. 시장은 나에게 대도서관이었다. 나는 진짜 도서관에는 가 보지 못했지만, 주인집 중학생이 전하는 얘기를 들으면 거기는 온갖 책들이 벽을 이루고 있는 곳이라 하였다. 시장이 도서관이라는 것은, 그곳이 사람들이 살아가는 데 필요한 모든 것에 대한 실물 정보로 가득한 곳이기 때문이다. 그리고 그 도서관의 책들은 이제 막 골목으로 나선 내게는 여간 소중하지 않았다. 조그만 실톱을 보면, 그것이 무엇에 쓰는 물건이며, 어떻게 사용해야 하며, 다른 톱과의 차이점은 무엇이며, 가격은 얼마며 하는 것에 호기심이 갔다. 아쉽게도 그 도서관에는 사서들이 없었다. 그걸 파는 사람은 있었지만, 어린 꼬마 녀석의 호기심을 채워줄 생각은 하지 않는 듯했다.

자연히 나는 독학을 했다. 물론 그 물건들을 만지거나 자세히 들여다볼 자격은 없었고, 그냥 바라보는 정도로 체감을 한 다음에는, 이어서 상상의 나래를 펼쳤다. 철물점의 망치나 자귀는 내 상상 속에서 무기로 변했다. 자전거 펌프는 박격포 발사대로, 하수도관은 바주카포로 바뀌었다. 개 목줄은 적군 포로를 묶는 용도로 사용되었고, 그들을 가두기 위해서 철삿줄로 얼기설기 감옥을 만들기도 했다. 그냥 상상이었다. 집에 굴러다니는 만화책의 전쟁 장면이 내 머릿속에서 현실화한 것이었다.

도서관은 시장 전체에 널려 있었다. 우리 가게와 길을 두고 마주하고 있는 중앙시장 건물은 새로 지어진 지 오래되지 않았는데, 거기에는 오뎅 만드는 집, 기름 짜는 집, 생활용품 판매점, 지물포 같은 게 있었고, 우리 집에서 좀 먼 쪽에는 잡화상이나 포목점들이 있었다. 나는 하루에 십 미터 쯤씩 도서관의 규모를 넓혀 나갔다. 그러나 여러 날이 지나도 중앙시장의 끝은 세상의 끝처럼만 느껴졌다.

가끔은 '당신'으로서의 역할도 해 주어야 했고, 동생 보는 의무도 감당해야 했으며, 아버지 대신 가게를 멍청하게 지키기도 했다. 그러다가 내가 시장의 한쪽 끝에 도달할 수 있었던 것은 타력에 의해서였다. 감기에 걸려 뜨뜻한 아랫목에서 강제로 이불을 뒤집어쓰고 취한(取汗)이란 걸 하다가, 결국 동생까지 기침을 하게 되고 나서야 병원을 찾게 되었다. 그것은 내가 기억하고 있는 첫 번째 병원 방문이었다. 나는 아버지의 손에 이끌려 시장길을 걸었다. 아버지의 발걸음에 보조를 맞추다 보니, 미처 도서관의 책은 만질 틈이 없었다. 책등에 적힌 제목도 다 읽을 수가 없었다. 사실 그때 한글 정도는 읽어낼 수 있었지만, 그게 무슨 뜻인지는 모르는 상태였다.

병원은 중앙시장이 끝나는 곳과 골목 하나를 두고 차분하게 앉아 있었다. 대기실에서 기다리는 동안에도, 내 머릿속은 병원의 풍경보다는 아까 지나왔던 시장의 가게 모습이 하나씩 두드러지고 있었다. 온갖 색깔과 무늬의 옷감이며, 이불이며가 주마등처럼 지나갔다. 그리고 그중 한 가게에 서 있던 이상한 옷차림의 할머니도 기억되었다. 신발가게 주인 아들이어서 그런지 그 할머니가 신은 검정 신발이 눈에 선연했다. 그 크기는 엄마의 그것보다는 훨씬 작았다.

"열이 좀!"

호남의원 원장 선생님은 이 말 외에는 별말씀이 없었다. 아버지와는 안면이 있는 것 같았지만, 아버지의 이어지는 질문에도 반응을 보이지 않았다. 그의 성격 때문인지 아니면 바깥에 기다리고 있는 환자들 때문인지, 아니면 신발 장사나 하는 아버지를 무시하는 것인지는 확실치 않았다.

윤부병 원장님은 앞이마가 훤하게 벗어진 것과 체격이 큰 것으로, 소꿉친구의 아버지와 닮았다. 모두들 그분 앞에서는 약자가 되어 있었다. 환자가 의사를 대할 때 당연히 두 사람 사이의 균형이 맞을 수는 없겠지만, 그 일대에서 아니, 시내 전체를 두고서라도 의대를 졸업하고 의사가 되어서 병원을 운영하는 사람은 그분밖에 없었다. 원장실의 벽에는 서울의 대학 이름이 적힌 무슨 상패 같은 것이 즐비했고, 탁자 위에는 의학박사라는 명칭도 확연했다. 어른들 얘기를 들으니 이 병원이 우리나라의 큰 뉴스에 나왔다고도 했다. 신 뭣인가 하는 대통령 후보가 기차 타고 서울에서 내려오다가 졸도를 하는 바람에 이리역에서 가장 가까운 이 병원을 찾았으나, 결국은 되살리지 못했다는 것이다. 내가 태어나기 바로 전해의 일이었다.

나는 '세상에, 사람 살리지 못하고 유명해진 것은 처음 보겠네.'라는 말로 어른들의 귀를 자극했었다. 어른들은 나더러 맹랑한 놈이라고 했다. 나는 그 맹랑하다는 말이 칭찬인 줄 알았다. 그 뒤로 어른들이 나를 막 대하지는 않았기 때문이다.

그건 그렇고, 아버지와 함께 호남의원을 방문한 이후, 나에게는 감기에서 좋아진 것 외에 또 다른 수확이 있었다. 그만큼 내 지경이 넓어졌다는 것이었다. 하지만 그때는 정신없이 지나쳐 갔던 길을 다시 찬찬히 되짚기로 했다. 그래야만 그 지경이 내 것이 될 것 같았다. 한번 갔던 길이니까 엄두를 내기가 쉬웠다.

나는 다시 문틈을 빠져나와서 호남의원 쪽으로 갔다. 사실 나는 그 할머니가 제일 궁금했다. 중앙시장 가운데 뚫려 있는 통로를 지나쳐서 조금만 더 가면 그 가게에 갈 수가 있었다. 그쪽 도서실에는 이쪽과는 다른 무슨 새로운 책들이, 모르는 언어로 된 다른 나라의 책들이 있을 것만 같았다.

나는 두리번거리면서 길을 걸었다. 가끔 뒤를 돌아다보면서 우리 가게와의 거리를 확인하곤 했다. 가는 길은 가더라도 되돌아올 것도 생각해야 했다. 어쩌면 이런 점을 가리켜 어른들이 맹랑하다고 하는 건 아닐까 싶었다. 집에서 출발할 때, 나는 고무줄 하나를 몸에 묶고 있는 느낌이었다. 목적지로부터 집으로 되돌아갈 때는 그 고무줄이 당겨 주는 대로 가면 될 것 같았다. 집에서 멀어질수록 고무줄은 팽팽해졌다. 고무줄이 당겨질수록 내 작은 염통은 좀 더 빨리 콩닥거렸다. 이러다가 툭 끊어지지나 않을까 하는 염려가 더해졌다.

그러나 여러 번의 외출을 통해서 그 고무줄 자체가 아예 늘어나 버렸는지, 더이상 팽팽해지지도 않았고, 염통도 특별히 빨리 뛰지는 않았다. 그런데 이번의 길에서는 다시 고무줄의 긴장이 느껴졌다. 포목점의 아저씨가 옷감을 자르는 커다란 가위를 들고 나와서 고무줄을 툭 잘라 버리면, 나는 세상의 저편으로 퉁겨져 나갈 것만 같았다. 할머니만 보고 돌아가자고 마음먹을 순간, 실제로 그 할머니가 나타났다.

내가 뒤를 신경 쓰는 동안에, 어느새 나와 보조를 맞추고 있는, 아니, 나보다 조금 느린 속도로 걸어가던 할머니를 만난 것이다. 나는 금세 그녀를 알아보았다. 내 눈길이 벌써 그녀의 신발을 확인한 것이다. 그런데 아무래도 걷는 모습이 이상했다. 어른들이 쓰는, 오뚝이의 움직임을 보면서 표현하던 갸우뚱갸우뚱이란 말이 이런 경우에 딱 맞을 것이란 생각이 들었다. 한 발씩 내디딜 때마다 그녀의 몸통이 좌우로 흔들렸다. 그러니 꼬마인 나보다도 걸음이 느렸던 것이다.

그녀는 신발만 검은 게 아니라 바지도 까맸다. 몸뻬를 입는 우리 어머니와는 확실히 달랐다. 저고리도 검은색이었는데, 뒤에서 보니 그냥 헐렁한 부대 자루를 뒤집어쓴 것 같았다. 흰머리가 간간이 섞여 있는 머리는 뒤에서 쪽을 찌었다. 그런데 어머니와는 달리 비녀는 꽂지 않았다.

나는 조심조심 뒤를 밟았다. 그러나 몇 발짝 걷지 않아, 할머니는 자기네 가게로 들어가 버렸다. 가게 안으로부터 "마마~" 어쩌고저쩌고하는 소리가 들려왔다. 힐끗 보니 또 다른 여자가 가게 안에 있었다. 그녀의 발은 작지 않았다. 가게 안에는 온갖 옷감이며, 이불보 감이 가득했고, 이상한 글자가 쓰여 있는 붉은색 종이가 기둥마다 붙어 있었다.

고무줄이 팽팽하게 당기고 있었다. 거의 끊어질 것만 같았다. 하지만 이 자리에서 되돌아가게 되면, 이 가게에서 나를

　　　　　　　　　　　　　　　　　　**발 작은 여자**

이상하게 여길지도 모른다는 생각이 들어, 나는 열 걸음을 더 걸었다. 그러고는 되돌아서 가능한 대로 그 가게에서 멀찍이 떨어진 곳으로 해서 집으로 돌아왔다.

"때국놈이여."

어머니의 말에 아버지는,

"장궤라고도 하지. 아냐, 화교라고 하는 게 좋겠다."

어머니 아버지는 내 궁금증을 곧바로 해결해 주었다. 그런데 이름만 얘기했지 그 뜻이 뭔지, 왜 거기서 살고 있는지는 설명해 주지 않았다. 내 거듭된 물음에 대한 답을 종합해 보면, 그들은 중국 사람인데, 한국에 사는 중국인은 대부분 포목점이나 음식점을 한다는 것이며, 여자의 발은 '전족'이라고 하는데, 어렸을 때부터 도망하지 못하게 묶어 놓았기 때문에 그렇다는 것이었다.

그 말을 들으며, 그 이상한 집에 대한 이해를 높여 가는 한편, 갑자기 내 발가락이 가려워지는 느낌이 들었다. 그러고는 내가 지경을 넓힌다면서 이렇게 계속 밖으로 나돌다가는 소꿉친구에게 붙잡히거나 아버지에게 붙잡혀서 그만 발이 묶일지도 모른다는 생각이 들었다. 그 가게에 대한, 그 할머니나 그 가게에 있는 사람에 대한 궁금증을 일단 수면 아래로 가라앉히기로 했다. 그리고 나는 발이 묶이지 않기 위해서 소꿉친구에게 남자로서의 도리를 다하고, 아들로서 오빠로서의 의무도 충실히 수행했다. 소꿉친구가 지어주는 모래밥도

맛있게 먹어 주었고, 어머니의 잔심부름에도 꿍짜를 부리지 않았다.

한동안이었다. 다시 내 몸의 고무줄이 동하기 시작했다. 도서관의 책들이 멀쩡한지도 궁금해졌다. 부모님이 동생에게 관심을 가지는 동안 나는 열심히 자유를 누려야 했다. 그러나 무엇보다도 염통이 활기차게 뛰는 경험을 아예 잊어버리지나 않을까 염려가 되었다. 나는 다시 문밖을 나섰다. 이번에는 제법 각도를 넓혀서 문을 열었다. '삐그덕' 소리는 이제 염통의 박동을 더욱 기분 좋게 자극해 주는 쪽으로 변해 있었다. 개의할 필요가 없었다.

나는 성큼성큼 그 중국 사람의 가게 쪽으로 갔다. 할머니는 작은 의자에 앉아 있었다. 변함없는 모습이었다. 여러 날이 지났지만, 발이 더 자란 것 같지는 않았다. 그러다가 나와 눈이 마주쳤다. 그녀는 웃음을 머금었고, 나는 눈살을 찌푸렸다. 일단 그 가게로 가든가 아니면 도망치든가 해야 하는데, 발이 얼어붙고 말았다. 할머니는 다시 웃으며 "라이, 라이바"라고 말했다. 손 모양을 보니 틀림없이 오라고 하는 뜻이었다. 맹랑한 것.

나는 떨어지지 않는 발걸음을 가게 쪽으로 떼기로 했다. 염통은 더 콩닥였다. 그리고 거기서 뿜어져 나오는 피가 얼굴로 모이는 것을, 피부가 핏빛으로 물드는 것을 느낄 수 있었다.

"아이고, 귀가 빨개졌네."

처음에는 무슨 중국말인가 싶었지만, 이내 그녀의 손이 귓불을 만지는 통에 그게 우리말이란 걸 알아차릴 수 있었다. 막상 가게에 들어가 보니, 그 안쪽으로는 온갖 색상과 무늬의 옷감들이 벽면 가득히 쟁여 있었다. 흰 고무신이나 검정 운동화가 비닐봉지에 담겨 쌓여 있는 우리 가게와는 아주 달랐다. 고무 냄새가 진동하는 우리 가게와는 달리 뭔가 달콤하고도 향긋한 냄새가 나는 듯했다. 우리 집에서 파는 맹꽁이 운동화니, 코빼기 고무신이니 하는 것은 이름 그 자체는 재미있지만, 그 외에 전혀 얘깃거리가 될 만한 것들은 없었다. 그러나 이 가게에서는, 그 다양한 색상마다, 그 여러 가지 무늬마다, 온갖 화초며, 세상에 없다는 새들이며가 새겨진 옷감이나 이불보에는 무진장한 이야기가 담겨 있을 것만 같았다. 그러나 나는 말문이 막혀 매우 불편한 심정이었다.

상대방이 한국말로 얘기를 걸어왔으니, 나는 중국말로 대답하는 것이 예의일 것 같았다. 그것이 다른 나라에 와서 살고 있는 외국 사람에 대한 대접이라고도 생각되었다. 그런데 문제는 내가 중국말을 단 한 마디도 모른다는 것이다. 사실 어른들의 얘기를 아무리 주의 깊게 들어도 도무지 이해 못 하는 말이 많은 걸 보면, 내가 한국말을 잘하는 것도 아니었다. 그 신 모라는 사람과 관계되는 것 같은 민주당이 뭔지도 몰랐다. 만나보지는 못했어도 대통령이라는 사람은 나라의 높은 어른이라는 정도는 알았지만, 후보라는 말은 감이 잡히지 않았다. 선거운동을 하다가 죽었다는데, 그 운동이 체조 같은 것이 아닐까 하고 짐작하던 터였다.

영 불편한 기색으로 어정쩡하게 서 있는 내 손에 그녀는 무언가 한 움큼 안겨 주었다.

"또, 놀러 와."

그녀는 다시 내가 알고 있는 한국말로 말했다. 나는 왜 중국말을 모르는 건가, 왜 엄마 아빠는 한국말만 가르치는가 하는 원망이 들었다. 나는 결국 절을 꾸벅하고는 그 가게를 나오고 말았다. 그러고는 고무줄이 당기는 대로 집으로 돌아왔다.

"너 그게 뭐냐?"

어머니의 물음에야 나는 손을 바라보았다. 사탕 같은 게 두어 개, 그리고 손가락 모양으로 기다란 과자가 두 개였다. 가끔 어머니가 사 주는 눈깔사탕만큼은 크지 않았으나, 비닐로 되어 있는 포장의 틈으로 향긋한 냄새가 났다.

"그 집에 다녀왔냐?"

어머니는 다 알고 있었다. 내 맹랑함은 어머니로부터의 유전인가 보다.

"뭘 이런 걸 받아와!"

어머니는 내 대답을 기다리지도 않고, 대뜸 나무람이었다. 그러고는 사탕을 하나 까서 자기 입에 넣었다.

"박하여!"

이내 흐뭇한 표정이었다.

"대만제가 맛은 있다니께."

대체 이런 경우에 나는 울어야 하는지, 웃어야 하는지 난감했다.

"너도 먹어 봐."

입속으로 들어온 그 약간은 얼얼하고도 시원한 맛이 모든 어려운 판단을 덮어 버렸다.

내 얼굴에도 어머니의 얼굴에도 박하사탕으로 인한 미소가 자리하기 시작했다. 나는 입속에서 오랫동안 사탕 알을 궁글렸다. 왼쪽으로 보냈다가, 오른쪽으로 반환했다. 입술 근처까지 최대한도로 내밀었다가 이내 목젖 근처까지 밀어 넣어 보기도 했다. 입안에서는 침이 마구마구 분출되었다. 침이 식도가 아니라 기도 근처까지 다가왔을 때 나는 결국 사레들리고 말았다. 몇 차례의 재채기가 계속되었다.

그 와중에 절반쯤 녹았던 사탕 알은 방구석 저만치에 떨어지고 말았다. 나는 어머니의 눈치를 볼 틈이 없이 그걸 얼른 주워서 다시 제자리로 돌려놓았다. 아까 맛보던 사탕과는 다른 감촉이 조금 느껴졌지만, 향은 여전했으므로 문제가 되지는 않았다.

나는 그 뒤로도 몇 차례 그 할머니 가게에 갔다. 그리고 돌아올 때마다 사탕이며 과자며를 들고 왔다. 어머니나 아버지나 그리고 소꿉친구마저도 오늘은 왜 안 나가나 하고 채근하는 것을 느끼는 때도 있었다. 그것은 무슨 전투에서 승리해서 얻은 전리품이 아니었다. 신분을 다 노출한 전쟁 포로나, 민간인들을 위한 구호품 같은 것이었다. 얼마 전 전쟁 때, 이웃집 형들이 미군들에게 얻어먹었다는 초콜릿 같은 것이었다. 나는 내 이름도, 내 나이도, 새로 생긴 동생이 고추를 달았는지 아닌지도 노출했다. 노출하는 신변정보가 많고 적음에 따라 구호품의 분량과 품질도 달라지는 것 같았다.

어느 날은 할머니가 아버지에 대해서 물었다.

"니 바바는 말소리가 다르데?"

그즈음에 나는 그녀의 악센트에 익숙해져 있었다. 그게 아버지에 대한 물음이란 걸 충분히 알았다. 결국, 나는 아버지가 평안도 사람인 것까지도 노출하고 말았다. 그날은 전리품 아니, 구호품이 봉지째 전해졌다. 나는 불안해지기 시작했다. 이제는 더 노출할 얘기가 없었다. 내가 아버지 고향 얘기를 더 자세히 캐어묻자니 아버지가 응할 것 같지도 않고, 그걸 안다손 치더라도 그 할머니에게 이해 가능하도록 설명할 능력도 없고…. 이러다가는 더이상 그 화한 사탕 맛은 보지 못할 것만 같았다. 소꿉친구며 엄마 아빠에게도 구호품의 은전이 전해지지 않게 될 것만 같았다.

나는 사실 내 정보를 노출하는 것보다도 할머니의 정보를 알아내는 데 관심이 있었다. 그녀는 왜 멀쩡한 몸의 일부분을 묶어서 저렇게 불편하게 사는가 말이다. 그걸 알려면 내 쪽에서 알사탕을 준비해야 하는데, 나는 능력이 없었다. 엄마 아빠도 능력이 없다. 소꿉친구는 모래로 밥을 만들 수는 있을지 언정, 사탕 만드는 재주는 없다. 설령 사탕을 사더라도, 그게 그 화한 사탕의 맛에는 훨씬 못 미칠 것이었다.

그러다가 어느 날 가게에 찾아온 손님으로부터 운 좋게 알 사탕 두 개를 확보하였을 때, 나는 다짜고짜로 할머니 가게로 달려갔다. 그런데 그날따라 가게 문이 닫혀 있었다. 오로지 그 집만 그랬다. 나는 양철 문의 매끄럽고도 차가운 감촉만 느끼다가 결국 집으로 돌아왔다. 알사탕이 그렇게 맛이 없을 수가 없었다.

그다음 날도, 그다음 날도 문은 열릴 줄 몰랐다.

"누가 아프다지?"

어머니의 영특함은 내 맹랑함보다 몇 걸음 앞서 있었다. 그 화교 포목점 얘기였다. 더는 알 수가 없었다. 어머니의 영특함도 거기까지였다.

나는 새로운 도서관을 찾아 다시 지경을 넓히기로 했다. 그러고 보니, 내가 몇 주 동안 조그마한 사탕에 빠져, 무언가 이색적 풍경에 매료되어, 가족들의 기대를 만족시키고자 내 염통이 콩닥거리는 것을 포기했었다는 반성을 하게 되었다. 고무줄도 너무 느슨해져 버렸다. 그리고 도서관에서도 웬만한 책은 다 읽은 상태였다. 그 할머니의 도서관은 주단 장사 왕 서방이라는 이름으로 불린다는 것도 알았고, 화교들이 돈을 억척스럽게 번다는 것, 그래서 부자라는 것도 알았다. 철물점의 잡다한 물건들로써 상상하던 전쟁터는 이제 더는 존재하지 않았다. 나에게는 중국이며, 대만이며 등등 외국이라는 것에 대한 막연한 동경 같은 게 생겼다. 그냥 가 보고 싶었다. 그곳에는 또 새로운 풍경의 도서관이 있을 것이었다.

그러나 우선 우리 동네의, 중앙시장의 도서관부터 섭렵해야 했다. 내 머릿속에 떠오른 곳은 바로 호남의원이었다. 그 정도까지 가야만 고무줄의 팽팽함을 느낄 수 있을 것이었다. 왜 그 원장님은 말씀이 없으신가, 왜 병원에서는 희한한 냄새가 나는가, 아니, 왜 사람들은 아픈가. 왜 그 중국 할머니 집에는 아픈 사람이 생겼는가….

나는 병원 안으로 들어갈 엄두가 나지 않았다. 돈도 없었지만, 일단 몸에 열도 없다. 그리고 원장 선생님이 좋아할 만한 이야깃거리가 없었다. 아니, 원장 박사님이 진료를 팽개치고 꼬마의 얘기나 듣고 있을 만한 여유가 없을 것이었다. 나는 밖에서 병원을 들여다보기로 했다. 입구 오른쪽은 진료실이고, 왼쪽은 또 다른 방이었다. 2층에는 입원실이 있었고, 입구 쪽 중앙은 환자들 대기실이었다.

다행히 도로 쪽으로 난 창의 투명유리 덕분에 나는 진료실을 들여다볼 수 있었다. 지난번에 갔을 때 본 것과 똑같았다. 원장님의 앞머리는 여전히 번득였다. 다만 천장의 형광등 불빛이 반사되는 위치만 지난번과 달랐다. 그는 여전히 말이 없었고, 환자들의 얘기에도 대꾸하려 하지 않았다. 나는 재미가 없었다. 그래서 왼쪽으로 위치를 옮기기로 했다. 출입문 쪽을 가려 하니 마침 문이 열리면서 눈에 익은 발이 보였다.

"나이나이!"

할머니는 나를 알아챘다. 그녀의 얼굴에서는 반가운 표정과 어두운 표정이 교차했다.

"응, 이예이예가 아파서 입원했어."

남편이 많이 아픈 모양이었다. 병간호를 하느라 가게 문까지 닫았나 보다. 나는 크게 걱정이 되었다. 이 병원이 여기서는 제일 유명한 병원이긴 하지만, 사람이 살아났다는 소문보다는 죽었다는 소문이 크게 났기 때문이다.

구호품을 전달받을 틈도 없이 할머니는 그 작은 발로 총총 떠나갔다. 살고 죽는 문제를 내가 얘기해 주는 것도 적절하지 않을 것 같아서 그냥 두기로 했다. 제발 이 병원에서 사람이 살아났다는 소문이 들리기를 바랄 뿐이었다.

그다음 날부터 내 발걸음은 자동으로 호남의원 앞에서 멈추었다. 달라진 것이 있다면, 이제는 두리번거리지도 않고, 걷는 속도가 조금 빨라진 것이었다. 어느 날 나는 병원 중앙의 출입문 근처에서 혹시나 하고 할머니가 나타나기만을 기다렸다. 점심 무렵에 갔다가 배에서 쪼르륵 소리가 날 때까지 기다렸지만, 아무런 기척이 없었다. 오고 가는 환자들도 보이지 않았다. 진료실 유리창 안쪽을 들여다보니, 그날은 아예 형광등도 켜 있지 않았다.

이번에는 왼쪽으로 발걸음을 옮겼다. 젖빛 유리창으로 되어 있는 곳이었다. 별 기대 없이 유리창으로 가까이 가 보니, 창문이 조금 열려 있었다. 나는 그 틈에 얼굴을 가져다 댔다. 진한 소독약 냄새가 흘러나왔다. 그곳은 진료실과는 사뭇 다른 곳이었다. 천장에는 형광등 대신 둥그런 거울 같은 반사판이 있었고, 그 아래는 비어 있었다. 주변에는 철물점 모양으로 여러 가지 기구들이 놓여 있었다.

잠시 후에 철제 침대 같은 것이 들어와서는 반사판 아래쯤에서 멎었다. 밑에 바퀴가 있었고, 하얀 천으로 덮인 무언가를 태우고 있었다. 간호부가 천을 걷어 내니, 그 침대에 벌거벗은 남자가 누워 있었다. 좀 마른 사람이었다. 좁은 문틈이라 얼굴까지는 볼 수 없었으나, 몸을 보니 나이든 사람 같았다. 벌거벗기는 했지만 단 한 군데는 하얀 것으로 가리고 있었다. 그것이 바로 뒤에 들어온 원장 선생님과 간호부들의 입과 코를 가리고 있는 물건이라는 것은 금방 알 수 있었다. 위에서 보면 가린 것 같겠지만 옆에서 보니 가리려고 한 것이 무엇인지 분명히 알 수 있었다. 어른들 신체의 가운데 있는, 털이 수북한 부분이었다.

나는 고개를 돌렸다. 못 볼 것을 본 것이었다. 이어서 비록 큰 소리는 아니었지만, 방에서 나오는 소리를 들었다.

"수술 준비는 다 됐지요?"

나는 그 음성의 주인공을 알고 있다. 윤 박사님이었다. 오늘은 진료실이 아니라 이 방에서 일하시는 것 같았다. 이 병원은 감기나 치료하는 동네 병원인 줄 알았는데, 저렇게 큰 치료도 하는 모양이었다. 나는 이번에는 이 도서관의 책을 덮기로 했다. 더 읽을 수가 없었다. 내용도 잘 모르고, 그게 재미있을 것 같지도 않았다. 어쩌면 피비린내 나는 이야기가 펼쳐질 것도 같았다. 나중에 어른이 되면 그때 나머지를 읽기로 했다.

다시 며칠 후에 나는 또 호남의원을 방문했다. 아버지의 손에 이끌려서다. 어머니의 말에 따르면 '싸돌아다니다가' 또 감기에 걸린 것이다. 대기실에는 벌써 여러 사람이 기다리고 있었다. 한참이 지나도 진료실 문은 열릴 줄을 몰랐다. 대신 왼쪽 방이 수선스러웠다. 아, 거기에 수술실이라고 쓰여 있다는 것을 그때 알았다. 뭔가 큰 소리가 나고 간호부가 들락거리더니, 안에서부터 큰 울음소리가 들리기 시작했다. 그것은 여인 두 사람의 울음이었다. 하나는 좀 높은 음이었고, 다른 하나는 좀 낮은 음이었다. 귀에 익숙한 소리였다.

원장님이 방에서 나왔다. 그러고는 저 안쪽으로 사라져 버렸다. 땀을 흠뻑 흘린 것만 같았다.

"무슨 일이 생겼나요?"

아버지가 접수대에 앉은 간호부에게 물으니, 간호부는 아무 말 없이 고개만 좌우로 흔들었다. 저런 행동은 아니라는 뜻이니, 무슨 일이 생긴 것이 아니라는 뜻이겠다. 역시 나는 맹랑해라고 생각하려는 순간, 그 표정은 도무지 아무 일도 없다는 뜻이 아니라는 것은 내 어림에도 들어왔다.

방에서 나이나이가 나오고, 또 그 젊은 여자가 나왔다. 젊은 여자는 나이나이를 부축하고 있었다. 그 좁고 작은 발로는 도무지 걸을 수 있을 것 같지가 않았다. 그녀는 나를 알아차리지 못하고, 그만 이 층으로 올라가 버렸다. 나는 염통이 뛰기 시작함을 느꼈다. 귓불로 통하는 혈관이 매우 분주해졌다는 것도 알았다.

수술실 문은 닫혔고, 병원 안은 갑자기 조용해졌다. 모두의 시선은 접수대로 향했다. 당신이 설명할 책임이 있다는 식이었다. 접수대의 직원은 마지못해 몇 마디를 던졌다.

"그 화교요, 남편이 돌아가셨어요. 저번 주에 일차 수술을 했는데, 경과가 좋지 못했어요. 워낙에 오래 앓아서 면역력도 떨어졌고요."

어려운 말이 많이 섞여 있지만 나쁜 말들이 많으니 나는 충분히 무슨 뜻인 줄 알 수 있었다. 죽었다, 좋지 못했다, 오래 앓았다, 떨어졌다….

그날은 감기 환자가 진료받기에는 적절하지 못했다. 안으로 들어간 원장님은 다시 나오지 않았다. 잠시 후에 하얀색 구급차가 병원 앞에 도착했다. 사람들은 무슨 구경거리가 난 것처럼 모여들었다. 수술실에서는 하얀 천이 덮인 침대가 굴러 나왔다. 그리고 구급차 뒷문으로 그 침대가 통째로 들어갔다. 이어서 나이나이와 그 젊은 여자가 옆문으로 그 차에 탔다. 모두 숨죽이고 있었고, 나도 그 엄숙함에 도무지 나이나이를 부를 엄두가 나지 않았다. 도서관에서처럼 입을 꾹 다물고 있어야 했다.

장례식에 간다는 아버지를 졸랐다. 저 구시장이라고 하는 곳에 있는 화교학교에서 열린다고 했다. 나는 거기까지 이를 악물고 걷기로 했다. 아버지 얘기로는 오 리도 넘는다 하였다. 영 힘들면 나는 아버지 등 신세를 졌다. 그러다가 잠들기도 했다.

"내려라."

어느새 구시장이었다. 화교학교에는 단층짜리 긴 건물이 있었고, 그 안에 장례식장이 마련되어 있었다. 아버지는 그게 교실이라고 했다. 책상과 걸상이 치워져 있었고, 한쪽 구석에 나이나이와 그 가족이 서 있었다. 꽃으로 장식한 곳에는 나이나이의 이예이예 같은 사람의 사진이 커다란 액자에 들어 있었다.

"저게, 손문이고, 저건 장개석이란다."

유명한 중국 정치가라고, 아버지는 나에게 벽에 걸린 액자를 가리키며 설명해 주었다. 나는 이제 겨우 윤부병 원장님의 얼굴을 익히는 중이었는데, 중국 정치가의 얼굴까지 기억할 여력이 없었다. 다만, 나이나이와 그 옆에 있는 저번에 시장에서 본 젊은 여자를 거쳐서, 다시 그 옆에 있는 작은 소녀만을 바라볼 뿐이었다. 내 또래였다. 나는 갑자기 소꿉동무를 바꿀까 하는 마음이 생겼다. 주인집 딸보다 이뻤다. 눈이 똥그랬고 입고 있는 하얀색 중국식 옷은 동화 속 선녀들의 옷 같았다. 그 아이는 나를 흘깃흘깃 훔쳐보는 듯했다. 그날 나이나이는 나를 반갑게 맞아주었다. 그러나 손님이 나만 온 것이 아니어서 아주 바빴다. 잠시 머물다가 우리는 다시 먼 길을 걸어서 집으로 돌아왔다.

"아빠, 이게 학교면, 나도 이 학교 다닐래요!"

나는 이미 주인집 딸, 현재의 소꿉동무와 함께 새로 시작하는 사립국민학교에 입학하기로 결정이 되어 있었다. 집에서도 보고, 학교에서도 봐야 하니 지겨울 것도 같았다. 사실은 그런 게 아니고, 나이나이의 손녀쯤 되어 보이는 그 중국 아이에게 관심이 끌렸던 것이었지만, 결코 그런 마음을 내보일 수는 없었다.


나의 지경 넓히기는 그 정도에서 일단 멈춰졌다. 대신 학교라는 새로운 영역이 생겼다. 학교의 입학은 나의 희망과는 달리 아버지가 정해 놓은 대로 진행되었다. 입학하는 날부터 학교까지 소꿉친구의 손을 꼭 잡고 가라는 어른들의 당부를 받게 되었다. 나이나이와 그 중국 여자애가 많이도 궁금했다. 그러나 포목점은 여전히 닫혀 있을 뿐이었다.

얼마 뒤에 그 포목점이 열리는 듯하더니, 누군가 다른 사람들이 와서 일하고 있었다. 발이 작고 좁은 여자는 보이지 않왔다. 호남의원 쪽도 이전과 다름없이 사람들이 드나들었고, 윤부병 원장님의 이마는 여전히 빛났으나 말은 더 없어졌다. 나는 나이나이가 더욱 궁금했다. 어른들 말을 들으니, 딸과 함께, 손녀와 함께 자기 아들이 먼저 가 있는 대만으로 갔다고 하였다. 나는 나이나이에게 그 병원은 사람이 죽은 소문만 있는 곳이라고 말해 주지 못한 것이 내내 아쉬웠다.

나는 너무 어려서 사람이 죽는 것이 무엇인지는 잘 몰랐다. 아버지와 어머니, 그리고 함께 살지는 않지만, 외할아버지와 외할머니가 다 살아 계시기 때문이다. 그런데 지난번 나이나이의 이예이예가 죽었을 때, 사람이 죽으면 다시는 만날 수가 없다는 것과, 또 그게 슬퍼서 남은 사람들이 우는 것임을 알게 되었다. 이제 나는 나이나이를 만날 수 없게 된 것 같았다. 나는 좀 슬픈 기운이 들기는 하지만 절대로 울지 않으리라고 마음먹었다. 나이나이를 죽게 할 수는 없기 때문이다.

그리고 대만이 어디에 있는지는 몰라도, 나는 크면 대만에 꼭 가 보겠다고 마음먹었다. 한국에서 기나긴 고무줄을 준비해서 간다면 틀림없이 다시 돌아올 수 있을 것이었다. 거기 가면 나이나이가 맛있는 대만의 과자를 쥐여 줄 것이었다. 그리고 그 하얀 옷을 입은 소녀도 나만큼 커 있을 것이었다. 그때 나는 아버지에 관한 더 깊숙한 비밀을 털어놓으리라 마음먹었다.

(끝)

34

# 장막이 걷히면

"장로님 기슈?"

대문 밖에서 차 박사 목소리가 들렸다. 우리 집에다 대고 장로님을 찾는 사람은 그밖에 없다. 문을 열어줄 필요도 없다. 그는 이미 안채 현관 앞까지 와 있었다.

"어서 오세요."

어머니가 맞이했다. 그는 이미 '어서' 오고 있었다.

"저녁은 드셨어요?"

이 말도 물을 필요가 없다. 그는 저녁을 먹으러 왔기 때문이다. 맡겨 둔 보따리 찾으러 오는 사람처럼 그는 왔다. 이틀에 한 번, 사흘에 한 번, 한 주일에 두세 번씩 우리 집을 드나들었다. 그는 항상 입고 다니는, 물이 낡은 감색 양복저고리에, 오늘은 바지만 군복으로 바뀌어 있었다.

"오늘 뭐 일거리가 있었나?"

그의 밥을 챙겨 주는 것은 어머니요, 그의 삶을 살펴주는 것은 아버지였다.

"기냥, 놀았쥬. 장로님이 불러주지 않으면 으디 갈 디가 있남유?"

"큰일이네. 나도 놀고 있는데…. 다음 주에는 일이 있을 것도 같기는 하지만….""

아버지가 '하지만'을 붙인 것은 일의 유무에 자신이 없어서 그런 것이 아니라, 일은 있겠지만 차 박사를 부를지 말지를 결정 못 했다는 뜻일 것이다.

"이제 가을이 되면, 날이 서늘해지면 일이 좀 늘어나겠지. 그때는 바빠질 거야. 차 씨도 준비하라고."

아버지는 그를 차 씨라 불렀다. 차 박사와 차 씨. 부모님에게서 물려받은 성씨는 차(車)이지만, 우리 집에서 그 사람을 지칭하는 방식은 그 두 가지이다. 우리는 그의 이름은 모른다. 아버지가 그를 이끌고 왔을 때는 차 씨로 통했지만, 언젠가부터 어머니가 그에게 학위를 수여한 뒤로는 아버지 외에는, 아니, 아버지조차도 가끔, '차 박사'라는 호칭을 사용했다.

그가 학위를 받게 된 것은 무슨 대학원위원회나 학위심사위원회의 결정이 아니라, 어머니가 단독으로 정한 일이고, 식구들도 그에 공감하거나, 최소한 그가 학위로 사기를 치지는 않을 것이라는 안도감이 있었기 때문이었다.

"참, 아는 것도 많수. 아주 박사여, 박사!"

이것이 학위 수여의 유일한 이유였다. 사실 이제 박사 논문을 준비하고 있는 나보다도 훨씬 더 일찍 차 씨에게 학위를 수여한 것은 마땅치 않은 일이긴 하지만, 워낙 사람이 뒤끝이 없고, 한편으로는 어리숙하기도 하여서, 그에 대한 호칭의 대접에 이의를 제기할 생각은 없었다.

어리숙한 박사. 그 두 단어는 서로 어울리지 않는다. 어머니는 그가 아는 것이 많다고 했지만, 그의 주장을 백 퍼센트로 받아들이지는 않았다. 물론 나는 한 십 퍼센트나 인정해 주었을까….

"저녁은 은제 드슈?"

"이제 먹어야지. 왜 아직 상을 들이지 않소?"

"차 박사가 오셨으니, 뭘 더 준비해야 하지 않겠어요?"

"기냥 괜찮아유. 숟가락만 하나 더 얹으면 돼유."

차 박사와 아버지와 어머니 사이의 이 같은 대화는 이틀에 한 번, 사흘에 한 번꼴로 반복되었다. 그가 괜찮다고 해서, 그 말을 곧이 들으면 낭패였다. 우리 집에 올 때면, 그는 아침도, 점심도 걸렀다고 보면 된다. 밥을 고봉으로 담은 것도 모자라서 눌은밥까지 다 요구하는 사람이었다.

"어째, 저런 화상을 들였을꼬…."

학위 수여자인 어머니가 부엌에서 늘상 하는 푸념이다. 그래도 차 박사가 우리 집을 의지하고 밥이라도 얻어먹으러 오는 것을 은근히 환영하는 것도 어머니였다. 보통은 식후에 설거지가 끝나고 나면, 일장 차 박사의 무대가 열리는데, 그 무대를 가장 고대하는 사람이 어머니였던 것이다.

차 박사의 무대는 다름이 아니라, 국내 경제며, 세계정세며에 대하여 일장 연설을 하는 것이었다. 그게 그렇게 재미있는지, 어머니는 TV 연속극마저도 재방송 시청으로 미루기까지했다. 남편은 일에 바쁘고, 아들은 공부에 바쁘고, 딸들은 그냥그냥 바쁘니, 차 박사의 무대는 어머니를 위한 단독 무대요, 위문 잔치 같은 것이었다. 그의 박식함에 대한 어머니의 칭찬은 이어졌고, 일주일에 두어 차례 제공하는 식사는 그에 대한 보답이었다. 그러다가 급기야는 박사학위까지 수여하게 된 것이었다. 그는 당연하다는 듯이 거의 정기적으로 식사를 하러 왔고, 나아가서는 그 학위를 당당히 수락하는 지경까지 이른 것이었다.

나도 몇 차례 그 연설을 들은 적이 있었다. 그는 유난히 소련의 정세에 민감했다: 지금 공산당 서기장으로 있는 고르바초프가 일을 낼 것이다, 그가 집권하는 동안 '죽의 장막'이 제거될 것이라는 얘기도 했다. 그의 얘기를 분석해 보면, 그의 말이 크게 틀린 것은 없지만, 그가 최신이라고 말하는 소식이 대체로 최소한 일주일 전쯤에 일어난 일이라는 점은 말의 신뢰도를 떨어트리는 요인이었다. 게다가 사실관계에서 조금씩 틀린다든지, 표현이 잘못되는 경우도 더러 있었다. '철의 장막'을 '죽의 장막'이라고 하는 따위 말이다. 쇠와 대나무를 혼동하여 표현함으로써 그는 두 가지 잘못을 범한 것이다.

그가 전하는 소식의 대부분은 신문에 이미 보도된 것들이었다. 남의 집에 저녁 신세를 지러 오는 사람이 돈 내고 신문을 구독할 리는 만무하고, 내가 짐작하기로는 신문사 지국에서 안 팔리고 남은 신문을 폐지로 처리할 때 몇 장씩 얻어낸 것이거나 푸줏간에서 포장지로 쌓아 둔 것을 덜어낸 것이 분명했다. 지난 3월에는 고르바초프가 신설한 소련 대통령직에 올랐는데도, 그걸 5월쯤에야 일장 연설로 되새김해 주었던 것이다.

그의 말이 씨가 먹히는 것처럼 보이는 것은, 일단 아무도 그의 말에 토를 달지 않기 때문이었다. 어머니는 바느질을 하면서도 그의 말에 귀를 기울였고, 가끔 손가락을 바늘에 찔리면서도 그의 말에 맞장구를 쳐주는 센스를 발휘했던 것이다. 그는 추임새에 흥이 올라서 판소리 광대마냥 목소리를 높였고, 중간중간 자기가 고르바초프라도 된 듯 직접화법의 아니리로 관객의 혼을 사로잡기도 했다.

그러나 어머니에게도 그를 제압하는 비장의 기술이 있었다.

"그런데, 차 박사는 인제 집에서 밥 차려 줄 사람을 찾아야지요!"

한편으로는 홀아비로 지내는 그의 처지를 염려한 뜻이지만, 이 말만 나오면 차 박사는 그냥 움츠러들고 말았다. 남자가 혼자 살기로 무슨 죄를 지은 것은 아닌데도, 차 박사는 곧바로 주눅이 들었다. 딴은 40 언저리에 있는 사람이 남의 집에서 저녁을 얻어먹는다는 것부터가 그리 떳떳한 일이 아님은 분명하다. 어머니의 측은지심에서 시작한 말은 당사자의 수오지심으로 연결되었지만, 차 박사는 나름 그러한 위기를 벗어나는 묘수를 가지고 있었다.

"고르바초프는 천사래유. 인저 보셔유, 그가 죽의 장막을 열 거여유."

이렇게 엉뚱한 말을 들이밂으로써 그는 결혼의 화제에서 쉽게 탈출하곤 했다. 그런데 고르바초프를 천사라고 하는 것은 신문에 난 내용이 아니다. 나는 그의 상상력이 궁금해졌다.

"천사라니요? 사람이지…. 조금은 좋은 소련 사람."

너무나도 어이가 없는 말을 하길래 부득불 나 역시 관객으로 참여하게 된 것이다.

"김 선생은 잘 모르시네유. 고르바초프의 이름이 미하일 아니유? 그 미하일이 영어식으로는 미가엘이구유, 미가엘이 뭐유? 바로 천사장 아니겠슈? 그니께 고르바초프가 천사여유."

그의 말은 나름 조리가 있었다. 사람 이름은 아무렇게나 붙이지 않는다. 이름에는 뜻이 있고, 부모의 희망이 있고, 신의 명령이 부여되어 있다. 그가 천사장까지 거론하니 내가 물러서지 않으면 안 되었다. 나는 박사과정에서 공부하는 국문학 분야라면, 아니, 뭐 영문학에 대해서라면, 뭐 투르게네프나 도스토엡스키나 톨스토이 같은 우리나라에도 잘 알려진 소련 작가에 대해서라면 나도 뭐라고 의견을 낼 수 있겠지만, 천사에 대해서는 아는 바가 없으니, 그냥 물러서고 말았다. 그리고 그 좋은 일이 이루어지기만을 바랄 뿐이었다. 박사과정생을 물리친 그는 의기양양해서 그 박사로서의 어조를 더욱 높였다.

"죽의 장막이 은제쯤 열리냐면유…. 거시기…. 물 좀 주셔유…."

한참 뜸을 들이던 그는 그쯤에서 연설을 마무리했다,

저쪽에서 전화를 받던 아버지가 차 박사에게 말을 건넸기 때문이다.

"차 씨, 내일 좀 나오셔. 팔봉에 일이 들어왔어. 비가 안 와야 할 텐데…."

그날 저녁 차 박사는 승리감에 젖어서 돌아갔다. 저녁도 충분히 먹은 데다, 연설 분량도 넉넉히 뽑았고 다음 날 일까지 얻었으니 최고의 날이었을 것이다. 저녁 공기의 습도와는 관계없이 그의 발걸음은 가벼워만 보였다.

사실 아버지는 장로가 아니었다. 물론, 오래된 신자이고, 신실하다든지 독실하다든지 하는 평을 교인들로부터 듣고는 있었다. 동년배의 어른들이 대부분 장로가 되었지만, 아버지는 투표에서 떨어질 때마다 자기는 부족한 사람이다, 다른 사람들이 먼저 되는 것이 맞다고 하면서, 못내 실망의 표정을 짓는 가족들을 달래곤 했다. 그런데 차 박사가 대뜸 장로님 하고 부르니 가끔은 난감하기도 하였다. 같은 교회 교인들이 있는 곳에서 차 박사가 알은체라도 할라치면, 여간 곤혹스러워하지 않으셨다. 대신 어머니는 그런 차 박사를 내심 고맙게 여겼다. 아버지가 교인들의 세평에도 불구하고 장로로 선임되지 못하는 것은 아마도 경제적 이유 그리고 그 밑에 깔린 사회적 지위에 대한 좋지 않은 인식 때문임이 분명했다. 약초 농장만 망하지 않았어도 버젓이 대표 명함을 내세우면서, 헌금도 보아란듯이 했을 텐데 말이다.

땀과 땅은 사람을 속이지 않는다는 격언을 철석같이 믿어, 아버지는 농장을 인수하고 남의 빚까지 끌어들여서 약초 농사에 전력을 기울였으나, 몇 해 뒤에 약초가 과잉생산이 되면서 그만 재산을 다 날려 버리고 말았다. 그리고 아버지는 보일러 기술공으로 변신했다. 땅과 땀 중에서 땅은 배신했으니 이제는 땀만 믿는다며, 그 당시 전국적으로 보급되던 연탄보일러를 설치하러 다닌 것이다. 워낙에 손재주가 있는 분이어서 새로운 일에 쉽게 적응하였고, 이제는 기술자의 자리에까지 올라섰다.

차 박사는 보일러 설치 현장의 막일꾼으로 채용되었던 사람이었다. 그가 하는 일은 말 그대로 막일이었다. 콘크리트 작업을 할 때, 물을 퍼오는 일, 모래와 시멘트를 날라 오는 일, 그것들을 개어서 모르타르를 만드는 일, 만들어진 회반죽을 현장까지 나르는 일, 그냥 힘을 쓰는 일에는 열심이었고, 요 령도 피우지 않았지만, 모래와 시멘트의 배합 비율을 결정한 다든지, 물의 양을 조절한다든지, 모르타르를 삽으로 퍼서 미 장이에게 건네줄 때의 분량을 맞춘다는지 하는 숙련공 수준의 업무에는 매우 미흡했다. 아버지의 표현에 따르면 그는 몸으로 일을 한다기보다, 입으로 한다는 것이 적절하다는 것이었다. 손이 아쉬울 때나 쓰면 딱일 텐데, 아버지는 그래도 일이 있는 날에는 그를 불러내곤 했다.

그는 우리 집을 속속들이 다 알고 있지만, 사실 우리는 차 박사의 정체를 잘 몰랐다. 우리 집을 드나들면서, 식사 자리에서, 공사 현장에서 얻어들은 얘기를 종합하면 그는 이런 사람이었다. 고향은 정확히 어디인지는 모르나, 말씨로는 충청도 사람이 분명했다. 그는 저쪽 주현동에 거처를 두고 있는데, 그곳은 ○○교회라는 것이었다.

교회 이름을 들었을 때, 나는 깜짝 놀랐다.

"그 교회는 바로⋯."

"그래, 사이비 교회지."

몇 년 전에 목사라는 사람이 비정상적인 행동을 하고, 그에 항의하는 사람들을 집단으로 구타하여 말썽이 났던 교회였다. 지금 그 목사는 감옥에 갇혀 있었다. 사실 대외적으로는 목사라는 호칭으로 알려졌지만, 그 교회에서는 교주라고 불리고 있었다. 그는 20대에 계룡산 신도안에 입산하여 어떤 기독교 계통의 신흥 교단에서 수련하고는 10년 만에 세상으로 돌아왔다고 한다. 그리고 자기 뜻을 펼 땅을 찾다가, 이리시로 점을 찍었다는 것이다. 그 이유는 간단했다. '예수가 우리를 부르는 소리'라는 찬송가 후렴구 '죄 있는 자들아 이리로 오라, 주 예수 앞에 오라.'에서 '주 예수 앞'과 '이리'를 동일시했다고 한다. 이리시에서는 주현동에 터를 잡았다. 그것도 우리말로 구슬고개라고 불리던 주현동(珠峴洞)을 주현(主現)으로 과감하게 수정하고는, 그곳이야말로 '주 예수 앞'이라고 해석해 버린 것이다.

차 박사가 그 교회에 거처를 두고 있다는 사실은 우리 가족 앞에 던져진 일종의 수수께끼였다. 그도 역시 그 사이비파의 일원일 텐데, 전혀 악의가 있거나 해독을 끼칠 만한 위인처럼 보이지 않는 것도 이상했다. 그는 대체 어떤 사람이란 말인가?

차 박사, 나이는 삼십 후반에서 사십 초반쯤 되어 보이고, 체구는 그냥 보통 사람보다 살짝 작은 크기였다. 눈에는 힘이 없었고, 입은 항상 반쯤 열린 상태였다. 면도를 게을리해서인지 늘 잔 수염이 지저분했다. 면도기를 사용한 날이면, 오래된 날 때문에 여러 군데 피부가 깎인 것 같았다. 얼굴에 난 상처에 신문지를 조그맣게 오려 붙인 채 나타나곤 했던 것이다.

그런 그가 교회에 살고 있다는 것이 특기할 만했다. 그는 우리와의 대화에서는 단지 미가엘 천사 얘기 외에는 전혀 종교 얘기를 하지 않았다. 그러나 사실 아버지는 그에 대해서 적지 않은 것을 알고 있는 눈치였다. 어쩌다가 아버지에게 들은 얘기로 그의 정체를 어림짐작해 볼 수 있었다. 공사판에서 마뜩잖은 솜씨 때문에 지청구를 듣기도 하고, 노임을 미리 받으려고 별의별 핑계를 다 대기도 한 모양이었다. 어느 날은 한참 일이 바쁜데도 어디 가야 한다고 일당을 챙기더라는 것이었다. 아버지가 추궁해 보니, 누구 면회를 가야 한다는 것이었다. 병원이 아니라 교도소를….

"어느 교도소, 누구?"

한참의 추궁 끝에 들은 그의 말은 이렇게 종합되었다. 차 박사는 그 교회 목사와는 교도소의 감방에서 만난 사이라고 했다. 산골 태생으로 어찌어찌 고등학교까지 졸업하고, 본인은 강력하게 희망을 했지만, 어려운 집안 형편으로 대학에는 진학을 못 했다 한다. 그러고는 군대에 갔는데, 무슨 일을 겪고 나서는 정신이 약간 이상한 상태로 제대를 하고 말았단다.

제대 후에는 도시에서 이런저런 공사판에 잡일꾼으로 돌아다니기도 하고, 남의집살이를 하기도 했는데, 어디에서나 도무지 환영받지 못했다. 그러다가 어느 공사판 십장과 한바탕 싸우고 나서는 그대로 교도소로 직행해 버렸다. 그냥 주먹이나 썼으면 괜찮았을 텐데, 쥐고 있던 곡괭이 자루를 휘두른 것 때문에 벌이 무거워졌던 것이다.

그 목사를 만난 것은 감방에서였다고 한다. 목사는 이미 교도소의 유명인사였다. 자기는 죄를 지어서 감옥에 온 것이 아니라, 거기 있는 수감자들을 위해 파견된 여호와의 사자라고 자처했다. 그는 동료 죄수들을 교화하는 한편, 수감자들과 교도소 당국 사이에 문제가 생기면 앞장서 해결하기도 했다. 수감자들은 점차로 그를 떠받들게 되었다. 동료들의 어려움이 있을 때 자기를 희생하면서까지 돌보는 그를 수감자들은 천사와 동급으로 보게 되었다. 목사보다 먼저 퇴소하는 사람들은 사회에 나가자마자 교회에 출석하여 감화받은 영혼으로 살아갔다.

차 박사도 그중의 한 사람이었다. 목사는 갈 곳 없는 차 박사에게 주현동으로 갈 것을 명했고, 나아가서는 '내 양을 돌보라!'는 사명까지 덧붙여 주었다. 목사가 구속된 이후로 교회는 와해 일로에 있었지만, 그래도 그곳을 지키고 있는 몇몇 충성파 신도들이 있었다. 말하자면 차 박사는 목사를 대신해서 그 교회를 담임하고 있는 사람이었던 것이다. 바지는 작업복을 입었어도, 상의는 양복으로 차려입은 것은 바로 그가 매일 새벽예배에서 설교를 했기 때문이었다. 그러나 교인도 몇 되지 않고, 교회에 재정이 있는 것도 아니어서 그는 스스로 생계를 해결해야 했다. 그래서 막노동판을 전전했던 것이었다.

목사가 예배 도중에 알몸 상태로 춤을 추었다든가, 머리를 밀어 버린 채 금욕적 생활을 했다든가, 배교자를 몽둥이로 응징했다든가 하는 것은 차 박사에게는 아무런 문제가 되지 않았다. 교도소에서 목사의 진정성을 느꼈기 때문에, 그런 비난을 외부인들의 질시라고 생각했다. 다윗 왕도 그렇게 춤을 추었고, 가톨릭 신부와 수녀도 금욕생활을 하고 있으며, 마귀를 쫓아내는 데는 몸에 직접 손을 대는 안수기도, 더 나아가서는 몽둥이질만큼 효과가 있는 것이 없다고 믿고 있었던 것이다.

"장로님!"

새벽예배를 마치자마자 왔는지 나는 차 박사의 소리를 이불 속에서 듣게 되었다. 그날은 팔봉으로 일하러 가기로 맞추어 두었던 날이었다. 하지만, 어제저녁 잔뜩 찌푸렸던 끝에 밤부터 비가 주룩주룩 내렸다. 아침이 되었는데도 그칠 줄 몰랐다.

"어서 오세요. 저런, 몸이 다 젖었네."

차 박사는 그날 아침 식사부터 우리 집에서 해결했다. 그리고 밥값 대신으로 또 소련 얘기를 주워댔다. 그날 새벽 설교의 대강이 짐작되었다. 그는 '신학'이란 이름이 붙은 책은 가지고 있지 않았지만, 대신 모든 신문을 신학 서적처럼 읽어내는 재주를 가지고 있었다. 그리고 그것을 자기 설교로 전환했다. 무려 한 시간을 설교한다고 했다. 자신의 방식대로 신문을 요약하고, 그걸 자기 체험처럼 전달하고, 삶의 지침을 주는 식이라면 한 시간으로도 부족할 것 같았다. 평소 우리 집에서 말하는 것으로 미루어 짐작해 보건대, 한 얘기 또 하고, 어제 얘기 오늘 또 하고, 두서없이 중언부언할 것임이 분명했다.

"비가 이렇게 오니, 오늘 일은 접어야겠어. 팔봉에 전화를 해야지."

"오랜만에 오는 비이니 밭작물들이 흠뻑 들이마시도록 오면 좋겠어요."

아버지와 어머니는 자연의 순리를 거역하려 하지 않았다. 차 박사는 실망의 빛을 보이지 않았다. 그냥 덕분에 아침도 얻어먹고, 그가 좋아하는 피난처에서 하루를 쉬려고 작정한 것 같았다.

"그나저나 비가 오니, 또 좋아하는 사람이 나타나겠네…."

"좋아하는 사람이라니, 누구유?"

차 박사는 어머니의 대답을 기다리기도 전에 거실 소파 한편에 앉아서 꾸벅꾸벅 졸기 시작했다. 웬만한 소음에도 그는 끄떡도 하지 않았다.

그 상태로 점심이 가까이 오자 비는 그쳤다. 비가 마무리될 무렵, 대문 밖에 나갔다 들어오던 어머니는 바깥 상황을 보고 했다.

"그것 봐. 나타났어."

그 사람을 확인하기 위해서 동생들과 나도 얼른 나갔다. 그는 여느 때와 마찬가지로 등에 한 짐을 지고, 머리에 또 한 짐을 이고, 양쪽 허벅지에 또 보따리를 하나씩 묶고 뜸부적뜸부적 걷고 있었다. 머리는 산발했는데, 얼굴에는 오래된 때들이 딱지를 이룰 정도였다. 신발은 장화를 신었지만, 앞뒤로 구멍이 나서 그 안의 맨살이 조금씩 보이곤 했다.

그는 몇 발짝을 가다가 말고 멈추고, 멈추고 하다가 결국은 한쪽 집의 대문간에 주저앉았다. 그러고는 무어라 주절주절 외우기도 하고, 헛웃음을 치기도 하다가, 사방을 두리번거렸다. 우리는 멀찍이 떨어져서 그의 모습을 관찰하고 있었지만, 행여나 눈이라도 마주칠까 봐 조심하고 있었다.

"왜 저런데유?"

어느 사이 차 박사가 나와 있었다. 그 지역 사람들은 다 알고 있는 그 여자를 차 박사는 처음 보는 것이었다.

"미쳤지요. 정신 이상."

"오늘은 애를 안 데리고 나왔네?"

큰동생이 여자에게 생긴 변화를 짚었다. 그녀는 얼마 전까지만 해도 서너 살쯤 되는 아이를 하나 데리고 다녔다. 그 아이가 그 여자의 아이라는 것은 다들 알고 있었다. 왜냐하면 그 아이가 젖먹이 때부터 자기 엄마의 품에 안겨 있었고, 그보다도 더 전에는 그 여자의 배가 불룩했었다는 것을 사람들이 알고 있었던 것이다.

한동안 시내사람들에게 그 아이는 큰 뉴스거리였다. 그 여자의 아이가 맞느냐부터 그럼 누구의 아이냐 따위의 친자 확인에 관한 질문도 있었고, 목숨이란 참 질긴 것이라는 인생철학적인 의견도 있었다. 그 여자가 미치긴 했어도 아이는 살뜰히 챙긴다는 관찰 보고서도 나왔다.

여자가 아이를 데리고 거리를 지나갈 때마다, 특히 동네 여자들이 더러 장난삼아 아이를 달라고 보채는 경우도 있었다. 행색은 광인의 것과 비슷하더라도, 아이의 살결은 아직 풋풋했고, 햇빛에 그을기는 했어도 하얀 속살이 해진 옷 사이로 드러나기도 했다. 그리고 정처 없이 헤매는 자기 엄마의 눈동자와는 달리 초롱초롱 빛나고 있었다.

"귀티가 나지 않아요?"

어머니도 그 아이를 바라보면서 이런 식으로 여러 차례 얘기했다. 그 아이가 친아들이었으면 좋겠다는 심정을 가득히 담고 있는 듯했다. 외아들로는 만족하지 못한다는 심정도 느낄 수 있었다. 비록 정상적이지 않은 어머니에게서 올바른 행동규범을 전수받지도 못했고, 그나마 아직 어려서 수치심이라는 걸 체득하지 못한 상태였기에 그렇지, 아이를 다른 환경에 가져다 놓으면 영락없는 부잣집 아이라고 할 만했다. 다만, 아이가 자기 엄마에게서 절대로 떨어지지 않으려 하는 것과, 또 엄마 역시 다른 사람이 아이에게 접근하는 것을 끔찍이도 싫어했기 때문에, 아이를 가까이에서 만져라도 보고자 했던 모든 시도는 실패하고 말았다.

"아이가 죽었나?"

내가 한마디 거들었을 때, 어머니는 그동안 얻은 정보를 풀어 놓았다.

"누가 데리고 갔다나 봐. 아이 없는 집에서 뺏어갔다는 말도 있고, 복지기관에서 어디론가 입양시켰다고도 하고…."

이웃 사람들이 그 여자에게 먹을거리를 가져다주기 시작했다. 어머니도 아침에 남은 밥이며, 반찬을 싸 가지고 나왔다. 아이 없이 다니던 여자는 한동안은 그야말로 실성한 사람처럼 굴다가 이제는 원래의 상태로 돌아와 있었다. 사람들은 불쌍하다면서 먹을거리 입을 거리를 더 챙겨 주었다.

"지가 갖다줄게유."

차 박사가 자청하고 나섰다.

동정심으로 먹을 것은 갖다주지만, 누구라도 그녀 가까이 가려 하지 않았다. 괴기스러운 생김새는 물론이지만, 그가 나타난 것을 온 동네가 알아차릴 정도로 그에게선 냄새가 났다.

차 박사는 먹을 것을 갖다주는 것만이 아니라, 한참을 그 앞에 머물렀다. 냄새로 말하면 좀 과장해서 피장파장이니, 별 문제가 안 될 것이었다. 차 박사는 여러 가지를 얘기하는 모양이었고, 여자는 제대로 상대를 해 주지 않는 듯했다.

그날 이후, 차 박사는 우리 집에 모습을 보이지 않았다. 아바지가 일 나오라고 얘기하러 직접 주현동의 교회까지 찾아 갔지만, 거기에도 그는 없었다. 거기 교인들도 차 박사의 행방을 모르는 눈치였단다.

"이 사람에게 무슨 일이 있나? 어디 아픈가?"

차 박사의 손이 아쉬워서 아버지는 몇 차례 더 교회에 가보고, 또 그곳 사람들에게도 자신이 다녀갔다고 얘기 좀 전해 달라고 부탁해 놓기도 했지만, 그는 모습을 보이지 않았다. 다만, 교인들로부터 그가 아픈 것 같지는 않다는 얘기를 들은 것으로 마음을 놓고 있었다.

"장로님 기슈?"

차 박사였다. 그는 몇 달이 지나 초겨울 찬바람이 불 때쯤에 다시 나타났다. 그동안 그의 공백은 다른 사람이 메우기도 했지만, 더러는 나도 차출이 되었다. 보일러 설치 작업이 늘어나자 급기야는 박사 논문을 쓰고 있는 고급인력까지를 투입한 것이다. 그러나 이건 뭐 아들인지 머슴인지 구분이 되지 않았다. 차 박사에게라면 아무런 말도 하지 않을 상황인데도, 일에 서툰 나는 통바리를 맞곤 했다. 아르바이트 수입으로는 학비가 충분하지 않아, 아버지 신세를 지는 입장이니 못 한다고 버틸 수도 없었다. 자연, 나도 차 박사의 복귀를 내심으로 기다리던 터였다.

제일 반가워한 것은 어머니였다. 아니, 정확히 말하자면,

식구들의 반가워하는 정도는 비등비등했으나, 그걸 어머니만 적극적으로 표현한 것이었다.

"어디 갔다 왔어요? 신수는 좀 좋아진 것 같은데…."

아니나 다를까, 그에게서는 뭔가 변화의 모습이 보였다.

"꼭 장가간 것 같아 보이네…."

어머니는 농담으로 밀고 나갔지만, 차 박사는 전과 달리 매우 진지한 표정이었다.

"식사는?"

밥 얘기가 나오자 그는 이전의 표정으로 돌아갔다. 그리고 그동안 밀렸던 소련의 이야기를 한바탕 풀어놓겠다는 태세를 보였다.

그의 말대로 소련의 '철의 장막'은 걷히고 있었다. 조만간 소련이 해체되고, 연방들은 독립국으로 환원되어서, 소비에트연방이 아닌 독립국가연합이 수립될 참이었다. 언론에서는 연말쯤에 그런 일이 일어날 것이라고 예측하고 있었고, 지난 4월에는 고르바초프가 우리나라를 방문하기까지 했다. 차 박사로부터 고르바초프, 그의 말대로 하면 미가엘 천사가 제주도를 방문했다는 얘기를 못 들었으니, 몇 주의 시차는 감안하더라도 벌써 여러 달이 흐른 셈이었다.

식사 내내 아무 말이 없던 그는, 식사 후에 드디어 뭔가 첫마디를 준비하는 모양이었다. 그러나 한참이 지나도 그 첫마디는 나오지 않았다.

"고르바초프가 다녀갔지요, 안 그래요?"

내가 운을 떼어 주었다. 그는 살짝 미소를 짓더니, 그건 이미 옛날얘기 아닌가요? 하는 표정을 보였다. 내가 오히려 멋쩍어졌다.

"그란디유⋯."

"그런데 뭐요?"

어머니가 채근했다. 오늘은 장가가라는 얘기는 하지 않을 테니, 그동안 밀렸던 얘기를 빠짐없이 풀어 놓으라는 투였다.

"저 거시기⋯."

"거시기 뭐요?"

그는 갑자기 무슨 천기누설이라도 하듯, 고개를 어머니 쪽으로 가까이하면서 목소리를 낮추어서 몇 마디를 던졌다.

"아니, 뭐라고 했어요? 안 들렸어요. 다시 말해 봐요."

어머니는 말을 들었고 내용도 알았지만, 정작 그 내용을 믿을 수 없다는 식이었다. 나에게도 그의 말은 들렸다.

"지가 장가가는 거믄유⋯."

"장가간다고?"

아버지의 목소리는 우리의 대화의 음량을 정상 수준으로 올려놓는 계기가 되었다. 일단 식구들의 축하 인사가 이어졌다. 여동생들도 방에서 이 상황을 지켜보다가, 처음으로 차 박사에게 말을 건넨 것이었다.

자연히 대화는 어머니에 의해 주도되었다. 신부가 누구냐,

이쁘냐, 몇 살이냐, 어디 사냐, 처갓집은 잘 사냐, 부모는 다 계시냐, 결혼식은 언제쯤 할 계획이냐…. 마치 처음 색싯감을 데리고 온 아들에게 묻듯 어머니의 질문은 이어졌다.

"신부가유…."

"어디…. 거기 교인 아닌가?"

"아녀유, 그러다간 우리 교부님에게 몽둥이질을 당하게 유?"

교인과의 결혼은 두 사람의 독신주의를 깬다는 뜻이었다. 차 박사는 자신을 감화시키고 자기 일의 일부분을 위임한 목사를 배신할 수 없다는 것이다.

"그란디, 교부님에게 얻어맞을 각오는 허고 있구먼요."

"아직 허락을 받지는 못했나 보구먼."

아버지는 물론 내키지는 않았지만, 그 교회의 질서를 존중하는 입장에서 말을 받았다.

"교인이 아니면?"

"저기, 장로님도 아는 사람이구먼요."

어머니는 궁금해 죽겠다는 표정을 지으면서 앞으로 더 당겨 앉았다.

"이쁘지도 않구유, 사실 나이도 잘 몰라유…."

차 박사의 색시는 다른 이가 아니라 바로 몇 달 전에 그가 우연히 만났던 그 산발한 여자였다.

"어떻게 하려구…. 아, 어떻게 해요?"

어머니는 애가 달았다. 아주 온전하지도 못한 남자가, 무슨 능력으로 그 미친 여자를 건사하겠다고 나서느냐고 아예 대놓고 닦달을 했다.

"지가 좀 모자라니께, 그라니께 그란 거예유."

차 박사는 결심이 굳었다. 결혼하겠다는, 아니, 그 여자를 책임지겠다는 의지가 확연했다.

그는 지난번에 그 여자를 대한 후에, 아예 자기의 거처를 그 여자의 움막으로 옮겼다고 했다. 농림학교 방죽을 지나 야트막한 동산에 있는 거처에서 그 두 사람은 아예 살림을 차렸다고 한다. 처음 그 움막에 가는 날 저녁, 그는 그녀를 농림학교 방죽으로 이끌어 온몸의 이물질을 걷어내 주었다. 그것은 때도 아니고, 버짐도 아니고, 또 하나의 가죽 같은 것이었다고 한다. 여자는 처음에는 격렬하게 저항하였고 날도 적지 않이 차가웠지만, 애써서 탈의를 시키고 물에 몸을 담그게 하니, 조금 지나서는 오히려 물의 부력을 즐겼다고 한다.

"워낙에 비를 좋아하던 사람이었으니까…."

어머니는 차 박사의 이야기에 이미 푹 파묻혀 있었다.

정성스럽게 그녀의 피부를 매만져 그 이물질을 다 벗기고 나니, 어둠 속에서도 그녀의 하얀 피부가 눈에 들어왔단다. 그는 미리 준비해 둔 옷을 입혀 다시 그녀를 움막으로 데리고 갔다고 한다. 움막을 정리도 하고, 청소도 하고, 손톱 발톱 다 다듬어 주고, 덕지덕지 다 엉켜 버렸던 머릿결은 빗다가 빗다가 결국에 가위로 잘라 버리기까지 했다고 한다.

"장막이 벗겨졌어유."

차 박사는 어휘력이 그리 부족한 편은 아니었지만, 이 경우에 그는 평소에 사용하던 장막이란 말을 보조관념으로 적용하였다. 나는 현장을 목격하지는 못했지만, 그것은 매우 적절한 비유라고 생각했다.

"그 여자가 아니라 새로운 여자가 나타난 거예유."

다음 날, 아버지와 어머니는 그 움막을 방문했다. 장롱에 묵혀 둔 겨울 이불이며, 여러 가지 옷가지며, 생활용품이며, 김장김치까지 바리바리 한 살림을 챙겨서 가지고 간 것이었다. 차 박사 역시 짐을 이고 지고 갔다. 아버지 어머니는 한집에 살던 동생을 제금내는 형 내외 같은 모습이었다. 약간의 흥분도 있었고, 그보다는 훨씬 더 큰 궁금증이 그들의 발걸음을 가볍게 하였다.

여자는 뜻밖에도 집 안에 온전한 모습으로 있었다 한다. 초겨울의 건조한 날씨 덕분일까, 차 박사의 성심스러운 돌봄 덕분일까, 그녀는 비교적 안정된 모습이었다고 했다.

그러나 그 움막을 다녀오고 나서 아버지 어머니 사이에는 말다툼이 벌어졌다. 뭐 다툼이라기보다는 약간의 의견 차이가 있었고, 자신의 주장이 옳다는 것을 강변하는 정도였다.

"차 박사 애가 맞을 거야. 차 박사가 자기 애라고 하지 않어?"

한참의 실랑이 끝에 아버지는 '맞다'가 아니라 '맞을 거'라고 하면서 한걸음 물러섰다.

어머니는 시간적 경과에 따른 신체의 변화상과 심지어는 여자의 육감까지 들이댔다.

"내달이면 출산할 것 같던데, 차 박사하고 산 지는 몇 달 안되잖우."

"차 박사에게 확인해 보시지 그랬어요?"

나는 정확한 문맥을 모른 채 한마디 거든 셈이었다.

"만일, 차 박사에게 당신 애가 맞느냐, 아닌 것 같은데, 이렇게 말하면 어떻게 되겠냐? 무척 실망할 것 아니겠냐? 실망은 둘째치고, 그 여자나 차 박사가 받을 상처가 매우 크지 않겠어?"

"그건 그렇고, 애가 태어나면 어떻게 한대…. 그 움막에서 어떻게 겨울을 날 수 있겠어."

아버지는 당면한 친자 확인의 절차에서 벗어나 출생 이후의 상황을 염려하기 시작했다.


우리 집으로 오는 길을 튼 다음부터 차 박사는 다시 매일 오기 시작했다. 별 특별한 일이 없더라도 왔다가 돌아가는 길에는 한 보따리씩 짐이 생겼다. 집에 있는 가용 자원이 소진하자, 어머니는 동네 사람들의 협조를 받기도 하고, 교회의 같은 구역 사람들에게 도움을 청하기도 하였다. 이대로 한 달만 지나면 번듯한 신혼집이 꾸려지겠다 싶을 정도였다.

며칠 뒤에 차 박사는 새벽같이 우리 집에 들러서는 장로님을 찾더니, 군산에 다녀오겠다고 인사를 했다. 목사에게 허락을 받고 싶다고, 가능하면 결혼식이라도 교회에서 올리게 해 달라고 여쭈러 간다는 것이었다. 목사의 반대가 눈에 보듯 뻔하지만, 자기 딴은 아이를 낳기 전에 혼례를 치르고 싶었던 것으로 보였다.

아마도 교도소에 몽둥이가 있다면, 자기는 맞아 죽을지도 모른다고, 그러면 자기 아내와 아이를 돌보아 달라고 비장한 모습을 보였던 차 박사는, 저물녘에야 발걸음도 가볍게 돌아왔다.

"뭐라셔요?"

차 박사는 뜸을 들이지 않았다.

"허래유."

"뭘, 결혼식을?"

"야, 다 허래유. 결혼식도 허구유, 예배당에서도 허라구유."

차 박사는 신이 날 대로 났다. 목사가 허락을 했다는 것이다. 처음에는 잡아 죽일 듯이 야단을 하더니만, 면회 말미에는 허락 쪽으로 태도를 바꿨단다. 식구들의 축하가 이어졌다.

"그란디유, 장로님이 주례를 해 주셔야 허겠구먼유."

"뭐라고? 나는 주례 못 해. 내가 어떻게….."

"지가 기차 타고 옴서 내내 생각해 봤는디유, 장로님뱆이 헐 사람이 없유."

목사는 아직도 다섯 달을 더 감옥에서 자신의 선교 사업을 수행해야 했다. 이번 성탄절에 모범수로 석방되면 모르겠지만, 그렇게 되더라도 목사는 하루라도 더 감옥에서 죄수들을 감화시키는 일에 몰두하려 할 것이었다. 내가 보기에도 아버지밖에는 주례해 줄 사람이 없을 것 같았다.

"그런데…."

아버지는 일단 거절을 했으나, 한편으로는 '이건 내가 해 줘야 맞겠지?'라고 속으로는 생각하는 듯했다. 다만, 교회에서 이단으로 경원하고 있는 곳에 가서 좀 이상한 사람들의 주례를 선다는 것을 염려하고 있을 것이었다.

"그래, 차 박사 결혼 주례, 할게."

아버지는 문장이 아니라 단어로 승낙의 뜻을 표하였다. 어머니는 내심으로 다음번 장로 투표도 다 망쳤다고 생각할 것이 분명했다. 이단 교회에 가서 사이비 목사의 자리에 서서 기도하고, 설교하고, 찬송하고, 성혼 선언 낭독하고, 축하하는 일은 누가 보더라도 사이비에 버금가는 일이었다. 차 박사의 결혼 결심이 굳은 만큼 아버지의 결단도 선명했다.

결혼식도 잘 마쳤고, 나중에 어떻게 소문이 날망정 아버지는 진심으로 두 사람의 결혼을 축복하였으며, 태어날 아이까지도 은혜 중에 복 받기를 바란다고 하나님께 빌었다. 어머니는 주례자의 아내가 아니라 신부의 친정엄마 턱으로 분주했다. 하객이라야 그 교회의 몇 명 남지 않은 신자들뿐이었지만, 결혼식 내내 신랑의 입은 다물어지지 않았다. 다행히 신부 역시 고분고분 모든 절차를 잘 따라 주었다.

다음날이었다. 차 박사는 나름 인사한다고 자기 아내를 데리고 우리 집을 방문했다. 여자는 여러 가지로 신기해했다. 그도 그럴 것이, 사람의 집에, 그 안에 들어와 본 것은 이미 기억의 저편에 있기 때문이었다. 적어도 외관상 그녀는 정신이상자로 보이지는 않았다. 배는 불룩했고, 그 때문에 행동의 제약이 있었지만 그런 것치고는 사람의 집에 잘 적응했다.

차 박사는 하직 인사를 하러 온 것이었다.

"지유, 고향에 가기로 했구먼유."

"그래요? 고향이 어디더라…."

우리 중에 아무도 차 박사의 고향이나 기타 인적사항을 정확히 아는 사람이 없었다. 다만, 그의 말씨로 보아 충청도 사람임은 분명했다.

"충청남도유,"

"응, 알어."

"금산군유,"

"응,"

"남이면유."

"아이구, 숨막혀라. 그냥 한 줄로 다 말해 버리세요."

차 박사는 마을의 이름과 자기 집의 번지까지 정확히 얘기했다. 그리고 그걸 찾으러 간다고 했다.

"짚은 산골이여유. 하루에 버스가 두 번밲이 안 다녀유."

차 박사는 교도소에 있는 목사로부터 적지 않은 결혼 선물을 받았다 한다. 그는 주머니에서 두툼한 편지 봉투를 꺼내 보였다. 그것만으로도 상당한 금액임을 우리는 알 수 있었다.

"교부님이 주신 선물이예유. 이걸루 우리 집을 되찾구유, 인삼밭도 되찾을 거예유."

그의 지난 사연은 모르지만, 그의 계획만으로도 앞으로의 이야기는 선명해졌다.

"잘됐네요. 가서 인삼 기르며, 애기 엄마와 알콩달콩 잘 살어요."

"야, 잘 살어야지유. 거시기가 좀 건강해지면 좋겠어유. 그래서 읍내에 있는 병원에 입원시킬려구 그라유. 애기 봐 줄 친척은 있어유. 다 연락해 놓았어유."

"정말요? 잘 됐다. 이제 봄철에는 금산에 한번 가 봐야겠네⋯. 그런데 신문 얘기는 이제 누구한테 듣지?"

어머니는 정말 기쁜 표정 뒤에 아쉬운 표정을 겹쳐서 지었다.

"그란디유,"

"차 박사는 그냥 한 번에 얘기를 하지, 왜 이렇게 뜸을 들이는 거예요? 이번에는 뭐요?"

어머니는 이번에는 궁금의 표정에 약간의 신경질을 오버

랩시켰다.

"우리 교부님이유, 거그 가서, 교회를 허라고 했어유. 저더러유."

교도소의 목사는 차 박사를 자기의 수제자쯤으로 여기는 것 같았다. 적어도 충성 면에서는 그럴 것이었다. 그는 세상 물정을 모르는 사람이되 요령 피울 줄도 모르는, 목사의 말을 고분고분 따르는 신도였기 때문이다.

"차 박사, 아니 차 서방."

아버지의 부름에 차 박사의 얼굴빛이 붉어졌다. 입꼬리가 많이도 올라갔다. 어리숙했던 그가 아니었다. 단지 천진했을 뿐이었다.

"내일 아침에, 그 움막에 트럭이 한 대 갈 거야. 그걸 타고 고향에 가게나."

나는 차 박사와의 대화 틈틈이 안방에서 나는 아버지의 전화 소리를 듣고 있었다.

"그 트럭이 마침 금산에 무얼 실으러 간다고 해서, 그러면 차서방 좀 태워 달라고 부탁했어. 차비 안 내도 되는 거니까, 잘 타고 가셔. 여기서 거기까지 임신한 아내 데리고 가기가 힘들잖어."

아버지는 공사판에 짐을 날라다 주는 트럭 기사 박 씨에게 전화를 한 것이다. 얼마 줄 터이니 좀 다녀오라고 하는 말을 나는 분명히 들었다.

장막은 거의 걷혔다. 철의 장막은 이미 무너진 거나 마찬가지였다. 조만간 죽의 장막도 사라질 것이었다. 세계를 가로막는 그 어떤 것도 사라질 것이었다. 그리고 차 박사에게 쳐 있던, 지금은 그의 아내가 된 여인을 가리고 있던 장막도 서서히 걷히는 것을 충분히 느낄 수 있었다.

(끝)

# 우물 파기

아버지가 돌아가신 것은, 우리 가족에게는 가장의 상실뿐만 아니라, 재산의 상실을 뜻했다. 장례가 끝나자마자 채권자들이 들이닥쳐서 쓸 만한 물건은 다 집어가고, 살던 집에서 한 달 이내로 퇴거를 하라는 계고장을 던져 놓았다. 사실 그들이 장례식이라도 치르게 해 준 것을 고맙다고 해야 할 지경으로, 빚은 감당하기 어려운 수준이었다. 살고 있던 변두리의 오막살이를 처분한다고 해도 빚의 절반조차 감당하지 못하는 상태였다. 게다가 그들에게 밉보였다가는 몇 푼 안 되는 내 아르바이트 수당마저도 압류할 태세이니, 곱게 물러나는 수밖에 없었다.

어떻게 어떻게 장례를 마치고 아버지를 팔봉 공동묘지에

모시고 나니, 마지막 병원비와 장례 비용을 제하고도 약간의 돈이 남은 것을 알게 되었다. 그나마 다행으로 평소 아버지의 은혜를 입은 분들이 안타깝다며 십시일반으로 도와준 덕분이었다. 아버지의 빚은 집 한 채를 던지는 것으로 어떻게든 마무리가 되었지만, 사실 그 채권자 그룹에서 빠진 친척들에 대한 부채는 이제 오롯이 나에게 남겨진 몫이었다.

아버지가 계시지 않는 세상을 상상조차 못 해 본 나로서는 정말로 막막했다. 어머니와 여동생을 둔 대학생 가장, 그것은 전혀 나에게는 어울리지 않는 일이었다. 그러나 그런 고민과 불평은 사치였다. 당장에 살 곳을 찾아야 했다. 다행히 그리 야박하지 않은 외가 친척들이기에, 살 곳만 정하면 생활은 어머니가 품팔이를 하고 내가 아르바이트를 해서 얻은 수입으로도 버틸 수는 있었다.

"조금 고치면, 살 만하겠지. 안 그래, 안 군?"

교회 앞에서 복덕방을 하는 최 집사가 안내해 준 건물은 매우 낡은 집이었다. 한마디로 말하면 그 집은 적산가옥이었다. 일제강점기에 일본인들이 자기들 식으로 지어서 사용하다가, 해방과 함께 그냥 던져 버린 집이었다.

사실 집의 규모는 이제는 빚잔치의 희생물이 되어 버린 그 오두막보다는 훨씬 컸다. 하지만 곳곳에 여러 해 사람이 거주하지 않은 흔적이 고스란히 드러났다. 외벽은 낡을 대로 낡았고, 군데군데 벽체의 마감이 떨어져 나간 상태였다. 지붕에는 두꺼운 비닐로 덮어놓은 부분이 있었고, 창문도 한두 군데는 유리를 해 박아야 했다.

"이 건물이 이래 보여도, 튼튼하기로는 말할 수 없지. 동란 때 이리역이 호주기의 폭격을 받았지 않은가? 역과 가까운 곳의 웬만한 건물들은 다 골병이 들었어. 이 집은 뭐 그렇게 가깝지는 않았어도, 인근의 집들이 무너지는 가운데 살아남은 집이지."

집이 튼튼한 것이 문제가 아니었다. 전쟁 때도 아닌데, 무슨 폭격 맞을 일이 있겠나, 지진이 날 일이 있겠나 싶었다. 다만 집 주변이 문제였다.

"여기는 별채도 있지."

그 집은 본래 맹아학원이 있던 자리인데, 일제 때부터도 맹아학원으로 운영되었다고 한다. 학교의 그것처럼 커다란 운동장은 아니지만, 공놀이를 할 만한 마당도 있었고, 본래 강당으로 쓰던 창고 같은 건물이 그 마당의 한쪽에 자리 잡고 있었다. 본채는 사무실 겸 교실로 사용되던 공간이 일부분, 그리고 기숙사로 사용되던 공간이 그 나머지로 되어 있는 집이었다. 우리는 그중 한쪽에 있는 방 두 칸과 기숙사 용도의 블로크 별채에 들기로 했다. 그 본채와 별채 외벽을 연결하는 함석 대문이 달려 있었고, 그 안으로는 수돗간과 부엌이 자리하고 있었다. 변소는 바깥에 따로 있어서 그 울타리 안에 사는 사람들이 공유하였다.

"수돗물은 잘 나오나요?"

어머니는 잠긴 수도꼭지를 돌려보았다. 반응이 없었다.

"계량기를 닫아 놓았나?"

"잘 안 나올 겁니다. 저번에 이 동네로 오는 수도관이 터져버려서 이 위쪽 집들은 당분간 수도를 사용할 수 없지요. 우선은 이 앞에 있는 우물을 이용하면 돼요."

최 집사가 소개해 주는 몇 집을 둘러보니, 집세는 집의 위치와 상태에 어김없이 비례했다. 신식 문화주택들이 들어선 곳에서는 우리가 준비한 돈을 보증금으로 받아주는 곳이 없었다. 그래서 주택가이기는 해도 중심가에서 좀 벗어난 이곳까지 오게 된 것이었다.

수돗물을 쓸 수 있는지 없는지에 대한 고민보다는 사실 동네에 발을 들여놓을 것인가, 아닌가를 먼저 결정해야 했다. 그곳은 시내에서도 사람들이 경원하는 곳이었다. 행정상의 명칭은 창인동이었다. 그런데도 사람들은 굳이 그 지역을 철인동이라고 불렀다. 북창동과 철인동이 창인동으로 통합되면서 원래의 이름은 공문서에서 사라진 상태였다. 하지만 철인동은 살아남았다. 그 지역 창녀촌의 대명사로 말이다. 그 철인동이 바로 코앞이었다. 집 앞의 골목에서 오른쪽으로 조금만 올라가면 바로 그곳이었다.

철인동은 이리역의 북편에 넓게 퍼져 있었다. 철도 여객 손님이 많은 도시의 특성과 무관하지 않았다. 기적 소리를 길게 내면서 호남선과 전라선과 군산선에서 오는 저녁차가 도착하고 나면 출찰구의 앞은 여행객을 마중하러 온 인파로 붐빈다. 사실은 대부분 잠자리를 안내하려고 나오는 나이 든 여인들인데, 그들은 성인 남자만을 골라서 "주무시고 가시라."고 친절하게 아니 끈덕지게 따라붙는다. 그들은 여행객들에게 하룻밤의 잠자리를 제공할 뿐 아니라, 성인 남자가 원하는 또 다른 잠자리도 제공했다. 수요가 있는 곳에 공급이 있는 것이라고도 할 수 있지만, 공급이 수요를 만들어내기도 했다.

여동생을 그런 환경으로 이끌고 간다는 것은 차마 내키지 않는 일이었다.

"그냥 여기 살자!"

어머니는 집 보러 다니는 일에 지친 모양이었다. 아니면, 여동생을 자신이 잘 돌보겠다는 뜻일 수도 있었다. 또 한 가지는 집은 낡았어도 다른 집들보다는 공간에 여유가 있다는 것이 어머니의 속뜻이었을 것이다.

"오른쪽으로 안 가면 되지."

여동생이 다니는 여고는 왼쪽으로 나가서 한 오 분 남짓 걸으면 닿을 수 있었다. 학교와의 거리는 오히려 이전 집보다 가까워졌다. 나 역시도 전주로 등하교를 하는 데 적어도 십 분 이상 시간을 단축할 수 있었다. 골목의 오른쪽으로 나가면 역전으로 통하는 큰길이 나온다. 창녀촌을 통과하는 것이 문제였을 뿐이다.

집주인은 얼굴에 핏기도 없고, 말씨도 아주 차가운 여자였다. 지금도 복지기관을 운영하고 있었고, 그 원장실에서 계약은 이루어졌다. 원장실 한편에는 원장의 책상이 커다랗게 놓여 있었고, 그 뒤 벽에는 원훈이 걸려 있었다.

'믿음, 소망, 사랑'

원래 맹아원을 세운 것은 목사인 남편이었으나, 남편이 세상을 떠나고 난 뒤에 맹아원을 이어받은 그는 매우 공격적인 운영을 통해서 그곳을 장애인학교로 확장했다고 한다.

"안영찬 장로님 아들이세요?"

계약을 마친 뒤 뜻밖에도 원장으로부터 아버지 이름이 나왔다.

"사람 좋은 분이었지…. 우리 집 양반이 이북 출신이라서 안 장로님과는 잘 지냈어요. 그런데 돌아가셨구나…. 쯧쯧…."

매섭고도 차가운 바람이 일 것만 같은 그녀의 입술에서 침을 튀기는 감탄사가 나올 줄은 전혀 몰랐다. 시내에서도 그 원장의 악착같은 경영에 대한 소문이 날 대로 다 나 있었다. 기독교 정신으로 운영한다고 표방하여, 기독교 기관의 원조는 원조대로 받으면서, 빼먹을 것은 다 빼먹는다는 것이었다. 그래도 남편을 여의고 혼자 그렇게 맹아원을 키워놓은 것만은 사실이니, 가장을 떠나보낸 우리 집도 그녀의 정신에서 본받을 게 있을 것 같았다.

"원래는 사글세를 받기로 했는데, 저 최 사장이 하도 사정하고, 안 장로님과의 인연도 있고 해서 그냥 전세로 주는 거예요. 하지만 뭐 고쳐 달라, 이거 해 달라, 저거 놓아 달라, 이런 말은 하지 마세요."

임대 조건은 간단했다. 그냥 들어가서 살면 되는 것이었다.

"그리구요, 한 삼 년만 사는 것으로 하세요. 그 뒤에는 거기에다가 뭘 지으려고 하니깐…."

우리도 오래 살고 싶은 생각은 없다고 호기를 부리고도 싶었다. 그러나 아버지와의 인연으로 전세 계약이 가능했다는 것에 대해서는 집주인에게 여간 감사한 마음이 아니었다.

빚잔치를 하면서 장롱과 같은 큰 살림살이를 다 떨려 보냈기 때문에 이사는 오히려 간편했다. 시장에서 구루마꾼 몇 사람을 불러다 식구들과 함께 두어 차례 나르는 것으로 마무리가 되었다. 대신 이사하는 집을 쓸고 닦는 일이 문제였다. 천장에 붙어 있는 거미줄도 다 긁어내고 비닐 장판에 전 땟국도 다 벗겨내야 했다.

살림살이를 정돈하고 나니, 그래도 사람이 살 만한 공간이라고 느껴졌다. 그런데 당장의 문제가 수도였다. 우선 집 앞에 있는 우물을 사용하려 했으나, 워낙 오래 사용하지 않는 탓에 물이 고여 있지 않았다. 게다가 우물 안쪽의 토관들이 군데군데 깨져 있기도 했다. 결국 그 아래 골목에 있는 공동 우물터까지 가서 물을 퍼서 지고 이고 몇 차례씩 날라야 했다. 같은 건물을 사용하고 있는 세입자가 두 가구쯤 되었는데, 그들은 이사하는 모습을 멀거니 지켜보기만 할 뿐이었다.

"수도는 기대하지 마쇼."

이사와 뒷정리 마지막에 던진 한마디였다. 오십쯤 되는 남자였는데, 집에서 엿을 만든다고 하였다.

"썩을 놈들, 저쪽 문화주택 쪽에 수도를 대느라고 이쪽에는 신경도 안 써 준단 말야…. 허 참."

그는 시정의 방침을 다 알고 있노라 하듯이 빼기며 말했다. 여기 정보는 자기가 다 쥐고 있으니 언제든 와서 물어보라는 취지가 묻어 있었다.


집 앞의 우물을 되살리는 일이 급선무였다. 엿 사장은 그 일에 대해서는 관여하고 싶지 않다고 했다. 그러나 막상 우물이 살아난다면, 은근슬쩍 양동이를 들고 나타날 터였다.

"우물 푸는 사람을 찾아야겠죠?"

"푸는 것만으로 될지 몰라. 좀 더 파 내려가야 할 것 같은데. 그런데 누가 하지?"

그즈음에는 우물 파는 사람이 없었다. '목마른 사람이 우물 판다'든가, '한 우물만 파라' 같은 속담도 당시 사람의 감각에는 전혀 와 닿지 않았다. 도시에서는 이제 높은 지역까지도 상수도가 공급되고 있고, 신축 주택지에는 어김없이 수도관로부터 설치가 되었다. 문제는 이 옛 맹아원 근처처럼 오래된, 어쩌면 일제 때부터 주택이나 상가가 있던 지역이었다. 삼십 년 이상씩 오래된 수도관들은 연례행사로 펑크가 났다. 물과 바람이 난 낡은 철관이 산화하는 바람에 곳곳에 구멍이 나곤 했다. 그것은 수리로 해결될 문제가 아니라 교체가 정답이었다. 상수도용 파이프를 신형으로 교체해야만 누수도 없고, 수압도 높아진다고들 했다.

"그 정 씨 아저씨 좀 찾아봐라! 그 양반이 옛날에 우물 파러 다니셨을 거야."

어머니의 말에 나도 기억이 되살아났다. 정 씨 아저씨는 아버지 계실 때, 가끔 술에 취해서 벌건 얼굴로 우리 집에 들러서는 여러 가지 푸념을 늘어놓곤 했었다. 그가 다녀가고 나면 안방이 온통 막걸리 냄새로 가득 차서, 한 이틀 지나야 회복될 정도였다. 그러다가 요 몇 년간은 통 모습을 보이지 않았고 저번 아버지 장례 때에도 본 것 같지 않았다. 아버지가 감초 농사를 짓는다고 북일면 쪽에 밭을 일굴 때, 거기에서 샘 파는 일을 맡았던 이후로는 우리 집 왕래가 거의 없었던 것 같았다.

나는 물어물어서 송학동 굴다리 밖의 정 씨 아저씨 집을 찾아갔다. 양옥 단층으로 낡은 집이었다. 같은 크기의 방이 여러 개가 연달아 있는 것을 보니, 인근 고등학교의 학생들이 자취하는 용도로 사용되는 것 같았다. 그는 본래도 살은 없이 뼈와 근육으로만 이루어진 몸을 가지고 있었는데, 이제는 그

근육마저 많이 빠져 버린 모습이었다. 두어 차례 해소 기침을 하고 문을 열더니만, 인사를 받기도 전에 나를 알아보았다.

"아바이 돌아가셨지비? 미안허네, 못 가 봐서리….."

그는 함경도 사투리를 일부 섞어, 혀가 살짝 꼬부라진 채로 말했다. 워낙 이북 출신 실향민들이 우리 집을 드나들었기 때문에 나는 말씨만 들어도 지역까지도 웬만큼 짐작할 수 있었다. 물론 그것은 대학에서 국문학과를 다니면서 아르바이트로 국어를 가르치는 것과도 무관한 일은 아니었다.

정 씨는 나의 청을 완곡히 물리쳤다. 이번에는 표준말이었다.

"요즘에 무슨 우물을 판다고? 그냥 상수도 고쳐 주는 걸 기다리는 게 나을 텐데…."

하긴 나조차도 꼭 우물을 파고 싶은 생각은 없으며, 언제든 상수도가 다시 들어오면 우물은 그날로 용도가 폐기될 것이 분명하다고 정 씨 편을 들어서 비위를 맞춰 주었다. 지금은 남의 집이 되어 버린 그 오두막에는 수도가 설치되어 있음에도 불구하고, 옆집과의 담 중간에 있는 우물을 적극적으로 활용했었다. 특히 여름이면 바구니에 수박을 넣고 저 아래쪽 물이 있는 곳까지 내려보냈다가, 한나절 후에 끌어올려서 먹으면 그렇게 시원할 수가 없었다. 여름철에 우물가에서 숨이 막힐 정도의 차가운 우물물로 등목을 하는 것도 놓칠 수 없는 기쁨이었다. 가끔 우물물을 퍼낸다고, 퍼내야 물이 맑아진다고 하여, 장마철이 지난 다음에 우물 바닥까지 내려가서 퍼 올리고 나면, 어디 백두산 천지가 부럽지 않을 정도로 맑고 깨끗한 물이 솟아나곤 했다. 이런 좋은 경험이 있었기에 부득 불 그 우물을 되살리고 싶었던 것이다.

"글쿠, 우물도 요새는 기계로 파지, 사람이 안 허지비. 관을 기계로 들입다 박기만 하면 되는 거인데. 아주 쉽지비. 땅 밑의 물길을 몰라도 되고, 여기저기 쑤셔대다가 하나 걸리면 그걸로 끝이지비."

정 씨가 신기술을 신이 나서 설명하는 것은 아니었다. 그의 말투는 함경도 식으로 거칠었지만, 거기에는 자신이 고집하는 전통방식에 대한 자부심이 묻어 있었다.

"게다가, 내가 이제는 너무 늙었어. 칠십 넘은 사람이 일한다손 뭐 볼 만한 게 있겠나?"

나는 할 수 없이, 그냥 한 번 와서 봐주십사, 보시고서 어떻게 하라고 말씀하시면 그렇게 하겠노라고 하는 정도로 부탁하고 돌아올 수밖에 없었다.


정 씨는 다음날 식전에 나타났다.

"일찍 오셨네요."

"해가 번한데 일찍은 뭘…."

언제 들어도 그의 말투는 냉소적이었다. 그는 더는 말을 잇지 않고, 우물을 점검하기 시작했다.

"일제 때 판 우물이구먼. 이 노깡 좀 봐, 잔자갈이 반짝반짝 빛나잖어? 일제 때 같으면 이 우물터 주변에 정원이 잘 조성되어 있었을 것 같은데…. 내가 보기에는 바로 이쪽이야."

그는 본채 말고 별채 쪽을 가리켰다. 정원이 있었다고 하더라도 사변 통에 망가져 버렸을 것이고, 맹아원에서는 부족한 공간을 확보하기 위해 그 정원을 희생시켰을 것 같았다.

"노깡이 다 낡았어. 이걸 다 바꿔야 하나? 내 이따 한번 내려가 보지. 박 씨를 찾아와야겠군."

혼자서 우물 아래까지 드나들 수는 없다. 사람이 두 명 이상이면 일당도 만만치 않을 것 같았지만, 이미 엎질러 놓은 물이었다. 이제는 정 씨의 처분에 따를 수밖에 없었다.

점심을 지나서야 정 씨 아저씨는 박 씨라는 분과 함께 나타났다. 정 씨보다도 한 10년쯤은 어려 보이는 박 씨는 오랫동안 정 씨와 손을 맞춰 온 사람 같았다. 이어서 공사에 필요한 자재가 도착하자 우물 위로 통나무를 사각으로 맞추어 설치하는 일부터 작업이 시작되었다. 거기에 도르래를 달아매더니, 박 씨가 우물 아래로 내려갈 채비를 했다.

"가만있자, 내가 먼저 내려감세."

정 씨가 나섰다. 가을의 늦은 햇발을 받으며 한참 준비하던 끝에 정 씨의 몸은 땀범벅이 되었다. 낡은 작업복으로 그 땀이 충분히 배어 나와서 무슨 지도를 그려 놓은 것처럼 보였다.

정 씨는 줄을 타고, 박 씨는 그 줄을 잡고, 하나둘, 하나둘

구령을 붙이면서 우물 아래로 내려갔다. 둘은 환상적인 콤비였다. 연결된 줄로 전해지는 상대방의 상태를 충분히 감지하는 듯했다.

"다 내려갔지요?"

"조금만 더 늦춰 줘."

우물 바닥에 내려간 정 씨 아저씨는 우선 바닥의 쓰레기부터 처리하기 시작했다. 온갖 것이 다 올라왔다. 이전에 쓰던 두레박은 물론이요 생활 쓰레기에다 심지어는 강아지의 주검까지 올라왔다. 흐물흐물한 덩어리가 올라올 때, 나는 도저히 시선을 맞출 수가 없었다. 그러나 전문가들은 무덤덤했다.

"이 물 먹을 수 있을까요?"

나는 도저히 우물물을 식수로 사용할 수 없을 것만 같았다. 우물을 사용하지 않게 되자, 울타리 안에 사는 사람들은 물론이요 동네 사람들까지도 치우기 어려운 물건들을 던져 넣었던 것 같았다. 더러는 아이들도 물건을 던진 듯했다. 그들은 지구의 중력을 시험했는지, 사물의 질량과 낙하 속도의 관계를 탐구했는지, 별의별 장난감들도 올라왔다.

바닥 청소가 끝나고 정 씨가 위로 올라왔다.

"몸에 한기가 들어서 더 못 하겠구먼."

그는 살짝 떨고 있었다. 우물이 제대로 가동만 되면, 수박 냉장용으로는 확실하겠다는 생각이 들었다.

"그런데…."

정 씨는 약간 낭패스럽다는 표정이었다.

"모래가 많은데…. 중간중간 노깡에도 틈이 적지 않고…. 충격을 받으면 우물 전체가 무너져내릴 것 같기도 해."

"형님, 그러면 여기다 그냥 관을 박고 펌프를 설치하면 어떨까요?"

박 씨가 대안을 제시했다.

"그것도 괜찮을 것 같은데, 문제는 바닥에 모래가 많아서 펌프를 설치해도 한동안, 아마도 몇 달 동안은 모래가 올라올 거야."

"그럼 일단 모래를 퍼내기로 합시다. 중간의 노깡 틈은 시멘트로 막아 보죠."

"그러세!"

공사의 진행과 관련하여 두 사람은 쉽게 합의에 이르렀다. 집주인은 단지 국외자에 불과했다.

"안 군, 막걸리 한 주전자 받아 오지?"

그렇다. 일을 붙여놓고 새참도 준비하질 못했다. 나는 동네 막걸릿집을 찾아가서 주전자에 가득 막걸리도 받고, 안주 할 두부김치도 한 접시 사 가지고 왔다. 두 사람은 주거니 받거니 주전자의 절반 가까이를 비웠다. 나에게도 한 사발 권했으나, 그럴 계제가 아니었다. 나이 든 사람들이 술에 취해서 일을 그르치지나 않을까 걱정되었다.

"내가 안 장로 형님에게 잘못이 많지비."

평상에 주저앉아서 정 씨 아저씨는 갑자기 탄식조로 말했다. 나도 어렴풋이 두 분의 사이가 원만하지는 않은 것을 알고 있었다. 아무런 이해관계도 없는 사이일 텐데, 두 분은 적지않은 의견 차이가 있었다.

"자네한테도 미안허지비."

"워낙에 창졸간에 일어난 일이고, 아버님 지인분들 연락처도 자세치 않아서 제대로 알리지도 못했습니다. 장례는 잘 치렀습니다."

나는 그가 여전히 문상하지 않은 것을 두고 말하는 것으로 알았다.

"소식은 방 회장을 통해서 들었어. 그런데 내가 나타나면, 형님이 좋아하지 않으실 것만 같아서리⋯."

방 회장은 주현동에서 양계장을 하는 분으로, 시내에 살고 있는 이북 5도민회의 대표였다.

공사는 재개되었다. 이번에는 박 씨가 줄을 탔다. 박 씨는 정 씨보다 몸집이 컸기 때문에 나는 정 씨와 함께 줄을 잡았다. 정 씨는 은근히 자신의 몸무게를 나에게 전가했다. 그의 상승한 체온이 나에게도 전해졌다. 줄의 긴장의 정도를 잘못 체감하는 바람에 나는 몇 차례 정 씨의 지적을 받았다.

"잘 잡으라구⋯. 누시깔 똑바로 뜨구⋯. 배시때기에 힘을 잔뜩 주구⋯. 옳지, 아니 좀 늦궈 줘⋯."

수시로 변하는 요구사항을 반영하기에 나는 꼭 한 박자씩

어긋났다. 그러다가 지적의 목소리가 점점 커져 정점에 달할 무렵에 박 씨는 바닥에 도착했다.

모래가 올라오기 시작했다. 처음에는 시커멓게 썩어 버린 상태로 악취를 풍기면서 지상에 올라오던 모래는, 땅의 농도가 진해짐에 따라 점차로 색이 연해졌다. 마지막에는 맑고 깨끗한 모래가 올라왔다.

"자, 여기서부터는 따로 쌓아 놓기로 함세."

그 모래는 시멘트와 섞어 모르타르로 변신시킬 예정이었다.

한 시간 남짓 모래 퍼내기가 이어졌다. 다시 정 씨가 우물로 내려가서 아래쪽부터 위쪽으로 토관의 구멍을 메웠다. 그 작업도 두어 시간 걸려서 마무리되었다.

박 씨는 공사판을 정리했고, 밖으로 나온 정 씨는 지면에 있는 토관에 모르타르로 마감 처리를 했다. 마지막 쇠손을 걸어 내니, 새로 판 우물처럼 산뜻하게 되었다.

"보기 좋네요. 고맙습니다."

"그런데, 안심하기는 좀 일러. 저 바닥이 온통 모래판이야. 내가 한참을 퍼내기는 했는데, 단단한 바위가 만져지질 않아. 바닥에는 노깡이 설치되지 않았어. 더 파냈다가는 우물이 무너질 수도 있지. 일단 모르타르로 땜질한 부분이 잘 굳기만 하면 안심인데…. 우선 며칠 기다려 보세. 만약에 모래가 너무 많이 나오면, 그리고 노깡이 더 파손되기라도 하면, 관정으로 대치하기로 하세. 그러다 보면 다시 수도가 개통될 수도 있고 말야."

정 씨는 우물 바닥에서 일은 하지 않고, 현황 분석과 대책에 대한 연구만 했는지, 우물의 상태와 향후의 처리 방침에 대해서 설득력 있게 말하고 있었다. 수십 년을 우물 파는 일을 해 온 사람의 경력이 느껴지는 발언이었다.

"네에…."

나는 집주인으로서, 아니, 세입자로서 집의 사용권을 받은 사람으로서, 일을 맡긴 사용자로서 그에게 아무런 주문을 할 수가 없었다. 일이 진행될수록 그에게서는 그야말로 권위자요 경력자의 풍모가 느껴졌다.

"오늘 공사로 이제는 우물 파는 일은 완전히 접을까 하네. 워낙에 요 몇 년 간은 일도 없었지만…."

상수도가 보급되지 않은 곳에서도 이제는 우물은 파지 않았다. 농촌에서도 저수지나 방죽을 만드는 식으로 농사용수를 준비하는 게 아니라, 아예 관정을 파고, 전기 펌프를 설치해서 지하수를 마구 퍼내고 있었다.

"그놈들은 이 땅 밑에 흐르고 있는 물길이라는 건 전혀 모르지. 그냥 이곳저곳을 들쑤시다가 요행히 한 군데가 터지면, 거기다가 펌프를 설치하는 방식이지. 뭐, 다 기계로 땅을 파 내려가니 힘도 들지가 않아. 사람도 필요가 없고…. 더 큰 문제는 한 군데서 물을 줄창 뽑아내면 근처에 있는 다른 우물이 말라 버리는 거지."

"그렇군요. 요즘 그래서 일이 없으셨군요."

"내가 가면 돈도 더 들고, 시간도 더 걸리고, 나이 든 사람의 푸념도 받아줘야 하고 하니…. 내가 환영받을 리가 있나."

그는 한차례 깊은 기침을 하더니 가래를 홱 뱉어냈다. 그러고는 담배를 꺼내 불을 붙였다.

"기침하시는데, 담배는 좋지 않잖아요."

"좋고 말고가 어디 있남. 그냥 이대로 살다가 가면 되는 것이지비."

그는 깊게 한 모금 빨아서 연기를 길게 뿜어냈다. 그러고는 다시 기침을 했다.

"나는 우물을 파 달라고 주문을 받으면, 한 사나흘은 그 주변을 살펴보지. 마을이면, 어느 집에 우물이 있는지, 물의 양은 각각 얼마나 되는지, 물의 깊이는 또 얼마나 깊은지. 논밭이면 어느 곳의 땅이 평소에도 젖어 있는지, 어느 쪽 둔덕에서 옹달샘이 흘러나오는지를 다 조사해 놓고, 그러고는 우물자리를 짚어내는 거야."

"형님은 정말 대단해요. 아마도 우리나라에서 우물 자리 찾는 거로는 최고일 거요. 백 프로 찾아내지 않아요?"

박 씨가 증인으로 나섰다.

"백 프로는 무슨…. 그런데 얼마 전부터, 무슨 안테나 같은 걸 양손에 들거나 추를 가지고 물길을 찾으러 다니는 사람들이 있던데, 그건 믿을 수가 없어."

"아참, 저도 티브이에서 본 적이 있어요."

"그 사람들은 풍수지리 쪽이지, 우리처럼 생활용수를 얻는 것과는 좀 달라. 우리는 사실 알고 보면 과학이야. 바람길이 있는 것처럼 땅 밑에도 물길이 있고, 그 물길이 서로 연락하고 있는 것에 지식을 가지게 되면, 다른 지역에서도 적용할 수가 있지. 풍수지리는 무슨 신앙 같은 거라서 증명하기가 어려워."

공사판 정리도 끝나고 땀도 식어갈 무렵에 정 씨와 박 씨는 나머지 막걸리를 처리했다. 몇 순배 오거니 가거니 잔이 돌자, 그는 다시 아버지 얘기를 꺼냈다.

"나는 자네 아버지 볼 면목이 없었네. 괜한 내 투정이었어. 형님을 너무도 괴롭혔지비."

나는 정 씨 아저씨가 장례식에 참석하지 못한 것에 대해서 너무도 과장된 표정을 짓는다고만 여겼다.

박 씨는 공사 도구를 챙겨서 먼저 떠났다.

"일당은 내일 줌세. 먼저 가게."

"아 참, 비용을 드려야죠."

"아녀, 그냥 됐어. 문상도 못 했고…."

정 씨는 그의 마지막 우물 파기 작업을 무보수로 마무리하겠다고 했다. 박 씨에게는 자기가 따로 노임을 주겠노라며.

"그러고 보니, 형님은 돌아가시긴 했어도, 참 보람이 있으셨겠네. 자네 같은 아들을 두었으니 말야…."

그는 해묵은 이야기를 꺼내기 시작했다. 아버지와 자기 사이의 갈등은, 갈등이라기보다는 일방적 투정이라고 하는 편이 옳겠다고 했다. 그것은 아버지의 중혼(重婚)에 관한 것이었다. 아버지와 정 씨 아저씨 두 사람은 사변 때 월남했다. 단신이었다. 나이는 세 살 차이가 났다. 아버지는 다섯 해 뒤에 동네 사람이 자기 처제라며 소개해 준 정읍 처녀와 혼례를 올렸고, 정 씨는 지금껏 독신이었다. 정 씨는 그 무렵 이북5도민회가 열리기만 하면 아버지를 공개적으로 비판했다. 아버지가 이북에 멀쩡한 처자식을 두고서 다시 결혼했다는 것이다. 정 씨 아저씨는 아버지를 비판한 만큼, 옹골차게 독신을 지켜 낸 것이었다.

"알고 있어요, 저도."

차분한 내 반응에 정 씨는 다소 의외라는 듯했다.

그렇다. 나는 이북에 가족이 있다. 소위 '배가 다른' 형님들이 있다. 고등학교에 입학하고 나서 학교에서 요구한 호적등본을 제출할 때였다. 한문으로 도배가 된 문서였지만, 정말 내 눈을 의심하지 않을 수 없는 기록을 발견하고 말았다. 문서에는 내가 전혀 들어 보지 못한 사람들의 이름이 적혀 있었다. 그것도 떡하니 내 앞에, 호적이 세로로 기록되어 있으니 다른 이름은 내 오른쪽에 적혀 있었다. 이름자도 비슷했다. 적어도 나는 내 이름의 마지막 빛날희 자가 내 항렬자라는 것은 알고 있었다. 여동생은 항렬자를 따르지 않았지만 말이다.

게다가 아버지의 옆에는 성도 이름도 들어 본 적이 없는, 그러나 성별이 '여(女)'로 되어 있는 사람도 있었다. 그리고 그 여자가 사망했다는 표시인지 곱셈표가 이름 위를 가로지르고 있었다. 제일 앞 장에는 할아버지와 할머니의 함자가 박혀 있었다.

'이게 대체 무슨 일이란 말인가?'

호적은 가족관계를 기록하는 문서요, 가족이 아닌 사람이 올라갈 수는 없는데, 내 위에 적힌 사람은 뭐며, 아버지와 어머니 사이에 있는 또 다른 여자는 누구란 말인가? 나의 고민은 상당히 깊어졌다. 할아버지와 할머니는 이미 나이 많으실 테니 돌아가셨다고 치더라도, 차마 배다른 형제며, 본부인이며의 얘기를 내 귀로, 아버지의 입을 통해서 들을 수가 없었다. 그렇다고 어머니가 굳이 감추고 싶어 했을 얘기를 끄집어낼 수도 없었다.

집 주변의 아무도, 외가 친척의 누구도 이 사실에 대해서는 눈곱만큼도 힌트를 주지 않았다. '나는 안영찬의 일남일녀 중 첫째 아들 안종희이며, 외아들이다. 나는 외아들이라서 남들 다 가는 군대도 면제를 받을 것이었다. 앞으로 아버지도 내가 모실 것이며, 나는 독실한 기독교인인 아버지의 신앙적 유산도 물려받을 것이다.' 이런 각오와 자부심에 충만해 있었는데, 달랑 그 종이 한 장 때문에 세상의 질서가 달라질 줄은 꿈에도 모르고 있었다. 나는 사실 본부인이 엄연히 살아 있는 채로 재혼한, 재혼하기 위해서 호적상으로 살인을 저지른 남자의 셋째 아들에 불과했다. 안영찬 장로의 돈독한 신앙은 그러한 위선을 포장하기 위한 것이었나?

이와 유사한 질문을 정 씨 아저씨가 가졌을 것이었다. 그 도시의 이북 5도민회에는 아버지와 같이 단신 월남한 사람이 삼 분의 일쯤 되었는데, 대부분 가정을 이루었고, 독신으로 남은 사람은 정 씨 아저씨가 유일했다. 독신의 비율이 줄어들수록 정 씨의 입지도 좁아졌으나, 반비례하여 그의 비판은 더욱 강렬해졌다. 그는 다시 통일되면 북의 처자를 돌보지 못한 책임을 다해야 한다며, 열심으로 돈을 벌었다. 입고 먹고 쓰는 비용도 최소한으로 줄였다. 송학동에 집을 지어서 세를 내주고, 그 셋돈을 받아서는 열심으로 저축했다.

"사실, 저 땅 밑에는 물줄기들이 길을 이루고 있지. 큰 것도 있고, 작은 것도 있어. 한강처럼 만경강처럼 넓고 길지는 않지만, 그 물줄기들이 서로 연결되어 있지. 우물 밑에 내려가서 우물을 푸다 보면, 그 물길로 들어가고 싶은 생각이 굴뚝이야."

별 이상한 얘기를 한다 싶었다. 정 씨는 땅 위에 사는 사람이 아니라 땅 밑에, 공기 중에서 호흡하는 사람이 아니라, 물속에서 아가미를 들썩이는 사람 같다는 느낌이 들었다.

"그 물길을 헤쳐 헤쳐 나가다 보면, 삼팔선도 통과할 수가 있겠지. 땅밑에는 철조망이 없으니까. 그러기 위해서는 여기

이리시가 평야지대니까 일단 진안고원 쪽으로, 동쪽으로 먼저 가야 돼. 거기서는 백두대간을 타고 그 밑을 흐르는 물줄기를 만나야지. 그렇게 계속 나아가다 보면, 백두산 천지 물의 원천을 이루는 땅 밑 물을 만날 수도 있을 거야. 거기가 함경도 무산쯤 되겠지. 시커먼 석탄이 지천인 내 고향 말야."

그의 계획은 원대하지만 허망한 것이었다. 물속에서 숨은 어떻게 쉴 것이며, 밥은 어떻게 먹을 것이며, 이남에 쌓아 놓은 그의 재산은 어떻게 휴대할 것인지에 대해서는 언급이 없었다. 만일 그의 계획이 실현 가능하다면, 나 역시도 그의 비법을 전수받고 싶다는 생각이 들었다. 저 팔봉 공동묘지에 묻혀 있는 아버지의 유해를 품에 안고, 나는 평안도로 갈 것이다. 강서군 증산면 용덕리의 한 마을까지 말이다. 거기서 뵐 면목은 없지만, 형님들에게 아버지의 유해만큼은 꼭 전달하고 돌아올 것이었다.

"고향에 가고 싶다."

아버지가 쓰러져서 의식을 거의 잃어가고 있었다. 나는 아버지를 업고 대학병원 응급실로 달려갔다. 말라 빠진 노인네의 한껏 가벼워진 몸무게를 등으로 느끼면서 바삐 발걸음을 옮기고 있을 때, 등 뒤에서, 귓가에서 들려오는 말이 있었다.

"고향에 가고 싶다."

한 번 더 들려왔다. 나는 그것이 아버지의 말이었는지, 아니면 환청이었는지를 자신하지 못한다. 그러나 나는 그것을 아버지의 마지막 말씀이라고 규정했다. 따로 유언을 남기지는 않았기 때문에 아버지의 고향에 가라고 하는 것을 나는 어길 수 없는 명령으로 받아들였다.

"자네가 자라는 모습을 보면서, 나는 북에 남겨 두었던 아들을 생각하곤 했네. 어쩌면 영찬이 형님에게 떼를 쓰러 왔던 것도 사실은 자네가 보고 싶었던 것일지도 몰라."

정 씨 아저씨의 얘기는 상당히 깊숙해졌다.

"네에…. 자주 오세요. 저도 아버지가 떠나고 나니, 이북 어른들이 다 아버지같이 생각됩니다."

"별 얘기를…. 그나저나 이틀 뒤에 한 번 더 옵지비. 우물 상태도 확인하고서리, 때운 자리가 잘 처리가 되었는지도 점검해야 하고…."

해가 거의 저물 무렵 그는 떠났다. 마침 이리역에 도착한 열차에서 기적 소리가 들려왔다. 이제 아주머니들이 출찰구의 철창 밖에서 서성거릴 시간이 되었다. 외로운 여행객들에게 잠자리를 제안하는 그들의 업무는 휴일이 없었다.

약속한 이틀 뒤에 정 씨 아저씨는 나타나지 않았다. 우물은 그런대로 특별한 문제를 보이지 않는 듯했다. 길어 올린 물에 아직은 모래가 섞여 있지만, 그것도 고운 모래였고, 물은 점점 맑아져 갔다. 또 이삼 일 후면, 식수로도 사용할 수 있을 것 같았다.

아버지의 장례식이며, 이사며, 우물 파기며 이 여러 가지 일들이 한두 달 사이에 이루어졌다. 대학교 3학년에 재학 중이던 나는 적지 않은 수업 결손에 가을 학기를 포기하는 게 좋지 않을까 하는 생각이 들기도 했다. 그러나 혹시나 해서 미흡했던 과목에 대해 보충을 하기로 했다. 우선 담당 교수의 양해를 받아 마감 시간을 놓친 리포트를 내기로 했다. 본채의 안쪽 방에서 30촉쯤 되는 전등불을 켜고서 엎드린 채 펜을 놀렸다.

라디오에서는 한국과 이란의 축구 경기가 중계되고 있었다. 차범근의 골이 기대되는 경기였다. 옆집의 엿공장 사람들은 삼남극장에 단체 관람을 간다고 했다. 영화가 아니라, 하춘화 리사이틀 입장권을 미리 사놓았다는 것이다. 옆방에는 동생의 친구들이 놀러 와서 얘기의 꽃을 피우고 있었다. 어머니는 다른 댁의 일을 돌보아 주러 가서 집에 계시지 않았다. 이리역 출찰구는 이제 아주머니들이 영업을 본격적으로 하고 있을 시간이었다. 아홉 시가 막 지났다.

리포트의 마무리를 앞두고 있던 때였다. 라디오 중계 소리가 엄청난 폭발음에 파묻혀 버렸다. 왜 이러지라고 생각할 틈도 없이 천장이 무너져 내리기 시작했다. 본래 사무실 천장은 한참 높게 설치되어 있어서 그 아래쪽에 한식으로 한 벌 더 천장을 해 놓았는데, 그 도배지를 뚫고 원래의 천장에 붙어 있던 회벽의 조각들이 무너져 내려왔다. 흙먼지가 나는 틈에

우물 파기

전깃불도 나가고 말았다. 중계는 중단되었다. 축구가 중단된 게 아니라 전기가 끊어진 것이었다.

나는 잠깐이지만 '누가 이렇게 심한 장난을 하지?' 하는 낭만적인 생각을 했다. 그것도 잠시, 곧바로 동생들이 걱정되었다. 나도 모르게 두 방 사이를 가로막고 있는 문을 열었다. 잠깐의 저항이 있었지만, 문이 열렸다. 그리고 나는 소스라치게 놀랐다. '이 문이 왜 열리지?' 이사 올 때도 그 문은 열리지 않았다. 워낙 문틀과도 맞지 않은 데다, 아예 도배지로 덮인 상태였기 때문에 도무지 열 엄두를 내지 못한 문이었다.

동생들은 이불 속에 들어가 있었다. 벽에 기대어 앉아서 이불로 허리까지 덮고 있다가 큰 폭발음에 그만 이불을 뒤집어쓴 것이었다. 무사했다. 아무 탈이 없었다. 대신 바깥쪽으로 나 있던 창문은 산산조각이 나 있었다. 유리 조각의 대부분은 온통 방안에 깔렸고, 일부는 직선으로 날아가서 반대편 회벽에 박혀 버렸다. 만일 동생과 친구가 방의 중간 부분에 있었다면, 이 아이들은 그 날카로운 유리의 세례를 고스란히 받을 수밖에 없었을 것이었다.

동네 사람들이 골목으로 뛰쳐나왔고, 전쟁이 났나 보다라는 둥, 이리역의 석유 저장 탱크가 터졌다는 둥, 그게 아니라 지진이라는 둥, 각자의 생각을 아무렇게나 털어놓고 있었다. 얼마 후에 시청의 지프가 시가지를 돌아다니면서 잠시 뒤에 후폭발이 있을 것이니 안전한 곳으로 피신하라고 방송하였다.

그러나 나는 이제 어머니가 궁금해졌다. 어느 집에 가셨는지도 잘 몰랐다. 나는 무조건 중앙시장 쪽으로 갔다. 우리 집뿐만 아니라 거리의 모든 건물 유리창이 박살이 나서 길바닥에 깔려 있었다. 무너진 집들도 보였다. 요행히도 중간에서 어머니를 만났다. 어머니도 집이 걱정되어서 오는 길이었다.

잠시 후에 집에 돌아와 보니, 전기가 들어왔고, 그제야 우리 집이 입은 피해를 정확히 알게 되었다. 평소에 공부하던 별채, 슬레이트 지붕을 한 그곳은 벽의 블로크가 일부 무너지면서 서까래가 어긋나서 그 한쪽이 방바닥으로 떨어져 있었다. 내가 그 자리에 있었으면, 최소한 중상을 입을 것 같았다. 그곳은 더이상 거처할 수 없는 곳이 되어 버렸다.

희한하게도 본채는 별채보다도 몇십 년 전에 지은 건물인데도, 대체로 멀쩡했다. 원래도 낡았기 때문에 유리창들이 깨진 것 말고는 적어도 밖에서 보아서는 피해를 입지 않은 듯했다. 대신 천장이나 벽에 발라 놓은 회벽이 떨어져 나가서, 그 안에 길게 엮여 있는 나뭇조각들이 드러나 있는 상태였다. 지진처럼 땅이 한 차례 흔들리는 통에, 블로크 집은 무너져 내린 반면 본채 즉 일본식 집은 멀쩡했다. 늘 지진에 시달리는 일본인들이 고안한 구조와 마감 덕분이었을 것이다.


그것은 폭발사고였다. 폭약을 가득 실은 화물차에 불이 나면서 엄청난 폭발이 생겼고, 그에 이어서 폭풍이 일었던 것이다. 집이 무너져내린 것은 폭발에 의한 진동 때문이고, 유리창들이 조각난 것은 그 폭풍에 의한 것이었다. 폭발 현장에 있던 기관차 한 대는 산산조각이 나서 2킬로미터쯤 떨어진 시청까지 날아갈 정도였다. 시가지의 대부분이 피해를 입은 것이었다.

출찰구에서 손님을 끌던 여자들은 폭발의 후폭풍으로 튕겨 나갔을 것이었다. 역에 가까울수록 피해가 컸기에, 역에 가깝고 허름한 블로크 집이 대부분이었던 철인동의 유곽은 만신창이가 되고 말았다. 집이 무너지면서 거기 살던, 그곳에서 영업하던 여자들이 많이 죽었다. 우리가 살던 건물은 폭발 현장에서 직선거리로 약 800미터쯤 떨어져 있었으나, 그 구조 덕분에 인명의 피해까지는 입지 않았던 것이다.

사고 이후, 이재민이 발생하니, 시에서는 그 구호 대책을 세운다고, 먼저 피해 현황 조사를 했다. 집의 상태를 보아 전파와 반파로 구분했다. 우리가 살던 공간은 무너져내린 블로크 집 기준으로 전파로 판정을 받았다. 사실 본채는 일부 수리만 하면 문제가 없겠지만, 전파로 판정받는 데에는 맹아원 원장의 입김이 들어갔다는 소문이 있었다.

시의 외곽에 있는, 평소에는 학생들의 단골 소풍 장소였던 소라단 풀밭에는 천막촌이 세워졌고, 전파 피해를 입은 사람들이 입주했다. 우리는 미처 주민등록을 옮기지 못한 상태였기에 그 혜택을 받을 수 없었다. 하지만 본채를 수리해서 사

용하면 되었기에 추운 겨울 날씨에 밖으로 나앉는 것을 면할
수는 있었다. 그리고 이어지는 구호 물품과 지원받은 돈으로
겨울을 나게 되었다.

우물은? 그렇다. 우물을 걱정할 상황이 아니어서 관심에서
밀려나 있었다. 폭발 당시에는 형태를 유지하고 있었으나, 그
다음 날 아침에 나와보니 우물은 사라져 버리고 말았다. 워낙
취약한 구조인데다 지면이 크게 흔들리면서 그만 무너져 내
리고 만 것이다. 우물이 있던 자리에 생긴 구덩이에는 지면
밖에 있던 토관의 일부만 보일 뿐이었다. 우리는 별수 없이
아랫동네 공동우물을 이용해야만 했다.

며칠이 지나 집주인이 다녀갔다. 건물 전체를 대충 훑어보
고는, 무너진 우물에는 눈길도 주지 않은 채 총총 떠나갔다.
그녀는 이번에 보상금을 두둑이 챙겼을 것이었다. 며칠이 지
나 공식 피해 조사 활동이 끝나고 사망자 명단이 발표되었다.
폭발사고로 생명을 잃은 오십여 명의 명단에서 주민등록이
안 되어 있던 철인동의 여자들은 다 빠졌다고 동네 사람들은
두런두런했다.

나는 가나다순으로 되어 있는 그 명단의 아래쪽에서 정 씨
아저씨의 이름을 발견했다. 아버지가 그를 '희철이' 하고 불
렀던 기억이 분명하다면, 그 명단에 있는 '송학동 정희철'은
그 사람일 것이었다.

(끝)

# 플롯과 사기 사이

　　　　　　아내의 생일이 다가오고 있었습니다. 내달 14
일이면 그녀는 태어난 지 꼭 40년이 됩니다. 3월 14일. 언제
부터인가 사람들은 아내의 생일을 화이트데이라고 부르더군
요. 그게 영어 이름인 걸 보면, 미국이나 영국에서 시작된 기
념일 같지만, 사실은 일본의 사탕 만드는 회사들이 정한 것이
랍니다. 그러나 평소 우리 집에서는 이런 날, 저런 데이, 무슨
기념일 등을 챙기지 않습니다. 달력에는 첫째 수아 생일, 둘
째 수민 생일, 그리고 아내와 내 생일에만 표시를 해 두었습
니다. 알뜰하게 살아야 한다는 아내의 기본 방침에, 선물 하
나도 제대로 준비할 수 없는 나의 경제적 능력이 겹친 결과입
니다.

내가 그날 아내에게 줄 선물을 고르고 있었던 것은 오로지 생일만을 축하하기 위한 것이었습니다. 이번 생일에는 사탕 몇 개를 그 선물에 추가하려고 마음먹었습니다. 결혼 이후 처음 일이 될 것입니다. 정작 아내의 환갑 때는 평범하게 지낼 장기적인 생각을 가지고 있습니다만, 이번 생일만큼은 아내를 깜짝 놀래킬 만한, 상자를 열고서 눈물을 두어 방울이라도 흘리게 할 만한 선물을 하고 싶었습니다. 환갑쯤 되면 아내가 나이에 대해서 잊고 싶은 마음이 들 것이기 때문입니다. 하지만 요즘 사람들의 수명을 고려할 때, 40이면 인생이 꺾어지는 시기이고, 중년으로 넘어가는 고비이니 이때를 덤덤하게 지나가는 것은 남편 체면상 안 될 일이라 생각했습니다.

언제나 그렇듯이 아내에 대한 선물을 준비하는 것은 쉬운 일이 아니었습니다. 장미꽃 다발을 근사한 포장에 싸서 건네면 첫 반응은, 그냥 밥이나 먹지 왜 이런 선물을 준비했느냐, 꽃도 너무 많다, 두 송이면 충분하다, 굳이 포장에 돈 들일 필요가 있느냐는 것이었습니다.

그래도 1년에 한 번 하는 선물이니 그냥 받으라고 하면, 마지못해서 고맙다고는 합니다. 처음 며칠은 화병에 담아서 탁자 위에 놓아둡니다. 그러고는 아직 꽃잎이 싱싱할 때 꺼내서는 신문지에 둘둘 말아 벽에다가 매달아 둡니다. 드라이플라워를 만드는 것이라고 하면서, 그 꽃이 형태를 유지한 채 바싹 말라, 나중에는 색깔이 다 바랠 때까지 두고두고 바라봅니다. 그 여러 달을 선물에 대한 고마움을 유지하는 것입니다. 그러니 처음 먹었던 욕은 욕이 아닙니다.

그런 아내의 심정을 잘 알기에 더욱 선물을 고르기가 어렵습니다. 가격이며, 품목이며를 신중하게 따져야 하지만, 그보다는 필요성이 첫 번째 고려사항입니다. 벌이가 거의 없는 나로서는 헛돈 쓴다는 비판도 피해야 합니다. 그런데 이번에는 마침 가욋돈이 생긴 것입니다. 고향에서 나를 불러 '문화관광 자원으로서의 소설'에 대해 특강을 요청했고, 세금을 떼고도 적지 않은 금액이 내 통장으로 들어왔습니다. 그게 삼십만 원쯤 됩니다.

그렇습니다. 나는 문학하는 사람이고, 소설을 씁니다. 현재는 전업 작가인데, 요즘 말로 멋지게 표현하자면 프리랜서 템입니다. 아나운서들은 방송국에 소속되어 월급만 받다가, 프로그램의 진행자로 사람들에게 인기를 끌게 되면 대부분은 프리랜서로 나섭니다. 그렇게 해서 버는 돈이 어마어마하답니다. 행사에 사회자로 불려 가면, 한 차례만 하더라도 신입 아나운서의 월급만큼 수입을 올린답니다. 내가 프리 선언을 한 것은, 그러한 아나운서계의 현상과 전혀 무관하지는 않습니다.

그렇죠. 월급이 아니라 작품을 써서 돈을 벌고 싶었습니다. 아이들 학원비며, 옷값이며, 외식비에 구애를 받지 않고도 싶었습니다. 돈이 있으면, 방학 때마다 해외에 나가서 세계는 넓고 할 일은 많다는 것을 체감시켜 주는 것도 가능합니다. 임대아파트를 청산하고, 새 아파트를 분양받을 수도 있습니다. 아니, 작품 생활에 지장이 되는 층간 소음과는 거리가 먼 단독주택을 지어서 따로 내 집필실을 마련할 수도 있습니다. 그리고 아내는 더이상 피아노 교습을 위해 이곳저곳을 다니지 않아도 됩니다. 워낙 여러 곳에서 교습하다 보니, 나는 '기사 팁이 교습비로 버는 것보다 더 많겠다.'라고 말하곤 했습니다. 자동차를 운전하여 분당이니, 오포니, 수지니, 죽전이니, 심지어는 평촌까지도 다녀야 합니다.

밤늦게까지 교습이 이어지다 보니, 집안 살림은 내 차지가 되었습니다. 당연히 그렇게 해야지요. 아내의 수입으로 생계를 유지하고, 나는 그냥 작가입네 하고 체면 유지만 하는 상태입니다. 가끔 친구들을 만나면 내가 전업은 전업이되, 전업작가가 아니라, 전업주부가 되기 위해서 프리 선언을 한 것이라고 말하곤 합니다. 그리고 쓸쓸한 미소를 덧붙입니다.

그렇게 선언한 것이 3년 전입니다. 그때는 바로 우리 가족이 성남 구시가지의 월셋집을 청산한 시기입니다. 요행히 판교의 임대주택에 당첨되어 주변 사람들의 부러움을 한몸에 받기는 했는데, 막상 억대의 보증금을 마련하자니 막막했습니다. 월세 보증금과 은행에서 받은 대출금으로는 절반 정도나 충당할 뿐이었습니다.

나는 10여 년을 봉직하던 중학교의 내 책상 위에서, 교재 준비를 하고 채점을 하던 그 자리에서 그만 사직서를 썼습니다. 일시금으로 받는 퇴직금은 보증금의 나머지를 채울 만큼은 되었습니다. 어제까지도 임대주택 당첨을 부러워하던 주변 선생들은 돌변하여 나에게 어리석다는 표정을 지어 보였습니다. 교사들이 퇴직 후에 받는 연금이 얼마나 좋은데, 조금만 더 참지, 하는 권고도 있었습니다. 이십 년을 마저 채우라는 것이었습니다.

나는 결코 무식해서 용감한 것은 아니었습니다. 계산이 서 있었습니다. 전업 작가로 뛰어들어서 성공하겠다는 것이었습니다. 몇몇 유명작가들보다 더 좋은 글거리를 가지고 있다고 자부하고 있었고, 문체도 결코 뒤지지 않는다고 자평하고 있었습니다. 그런데 중학교 국어 선생에게는 요구사항이 너무 많았습니다. 창작의 아이디어가 떠올라도 학기 중에는 엄두를 낼 수가 없었습니다. 그러면 방학 때는 어떠냐구요? 마찬가지입니다. 연수도 받아야 하고, 워크숍도 참석해야 했습니다. 겨우 짬을 내면 가족 여행의 가이드가 되어야 했습니다.

나에게는 시간이라는 게 필요했던 것입니다. 남들 자는 시간에 글을 써 보자고 책상에 앉아 보았지만, 내 맘대로 조절할 수 없는 것은 내 시간이 아니었습니다. 유명 작가들치고 전업 작가가 아닌 사람이 없습니다. 물론 그렇다고 전업 작가가 유명 작가인 것은 아닙니다. 그보다도 훨씬 더 많은 작가가 밥벌이도 못 한다고 알려져 있습니다. 그래도 시인보다는 소설가가 낫다는 것으로 위로를 삼아야 합니다. 얼마 전에 나온 고용통계 정보에 의하면, 대한민국에서 가난하기로 1위가 시인이랍니다. 소설가도 순위에서 빠질 수 없지요. 9위를 했답니다.

아내가 격려해 주지 않았다면 일을 벌이지 못했을 것입니다. 방 3개짜리 국민주택 규모의 아파트 방 한 칸을 아내는 나에게 배정했습니다. 이럴 때는 딸 둘만 두고 있는 것이 너무나도 감사하다는 생각을 하게 됩니다. 아이들은 각각 하나씩 자기 방을 차지할 기회를 놓쳤지만, 다행히도 새로 사 준 이층 침대에 만족했습니다. 아내는 판교로 이사하게 되자, 입주하는 날부터 주말 판 교차로신문에 구직광고를 또 냈습니다. 누구나 그렇듯이 아내 역시 비싼 돈을 들여서 음악대학에 간 것을 나는 잘 알고 있습니다. 교습료는 교습료대로 바치면서도 교수에게 환영받지 못한 학생이었던 것도 들었습니다. 워낙 피아노과에는 쟁쟁한 학생들이 넘쳤으니까요.

지난 가을에 입주하고 처음 맞이하는 아내의 생일, 나는 그사이에 세 편의 소설과 두 편의 잡문을 잡지에 싣는 것으로 아내의 인정을 받았습니다. 다음달이면 그동안 썼던 작품들을 모아 출판할 계획도 세웠습니다. 내가 추천을 받았던 문예지의 편집장은 자기네가 주는 문학상이 가시권에 들어왔다면서, 그러기 위해서는 작품집을 출판해야 한다고 채근을 했습니다. 이제 한 편만 더 쓰면 책 한 권 분량이 나오는데, 이사다 사직이다 하는 생활의 변화에 그냥 휩쓸리고 있었습니다. 사실 소재는 잡았는데, 플롯이 잘 잡히지 않았습니다. 플롯만 정해지면 어느 순간 노트북 컴퓨터 앞에 앉아 단숨에 단편 하나는 써낼 것 같았습니다.

이제 우리 가족과 나의 장래에 서광이 비치는 듯했습니다. 아내는 피아노 교습이 자기의 천직이라고, 언제까지라도 계속하겠다고 주장했지만, 나는 얼마 후에는 아마 교습생도 없을 것이라고, 피아노를 배우는 학생이 점점 줄어들고 있지 않느냐고 반문했습니다. 내가 충분히 감당할 수 있다는 호기도 부렸습니다.

이번에 특히 좀 값나가는 선물을 사기로 마음먹었던 데에는 지난달의 내 생일 때 받은 선물에 대한 답례의 의미도 포함되어 있습니다. 아내는 어려운 살림 중에도 거금 일백만 원을 들여서 노트북 컴퓨터를 사주었습니다. 이전에 사용하던, 가끔 화면이 꺼지곤 하던 것은 버리고, 새로운 기분으로 창작하라는 격려의 선물이었습니다. 새로 받은 노트북 컴퓨터는 부팅 속도며, 그래픽 처리 속도며, 인터넷 연결 속도 등등이 모두 정말 빨랐습니다. 덕분에 워드프로세서 프로그램에서도 내 빠른 타이핑을 술술 잘 받아주었습니다.

어쨌든 나는 이번의 선물로 아내에게 고마움도 표시해야

하고, 남편으로서의 체면도 좀 세워야 했습니다. 그러니 정말 허세 용이 아닌 실용적인 물건을 구해야겠다고 마음먹고 있었던 것입니다. 그게 삼십만 원의 범위에서, 아니, 삼십만 원을 다 써서 말입니다. 그리고 삼 년 전 생일 선물 파동으로 깎인 내 위신도 다시 세워야만 했습니다.

선물 파동이라는 건…. 다시 말을 하자니 창피해지는군요. 고속버스를 타고 여행을 하는 사람이 한두 번쯤은 겪어 보았을 만한 일입니다. 중간 휴게소에 버스가 도착하면 곧장 30대 또는 40대의 남자 두세 명이 버스에 오릅니다. 이 사람들이 소위 '잡상인'인데요, 고속버스 휴게소에 그들에게서 물건을 사지 말라는 포스터가 여기저기 붙어 있기도 합니다. 그러나 잡상인이라는 표현과는 딴판으로 그들은 말쑥한 차림새에 스마트하고도 핸섬하게 보입니다. 태도와 표정은 마치 '오늘 아주 기쁜 복음을 여러분에게 전하러 왔습니다, 이 버스에 탄 당신들은 행운아입니다.'라고 하는 종교단체의 전도자의 것같이 보입니다. 그때 고향에 내려가는 버스가 중간 휴게소에 정차했을 때, 기사가 아직 식사 자리에 있는 동안 바로 그런 사람들이 탔습니다.

그날은 고급 예물시계를 나눠준다고 합니다. 시계 회사가 부도나서 재고 처리를 한다고 했습니다. 다른 경우에는, 그 시계가 신개발품인데 시장 진입을 위해 특별히 선전용으로 몇 개만 주겠다는 사람도 보았습니다. 그런데 다 주는 것은 아니고 행운권에 당첨된 사람에게만 특별한 혜택을 베푼다고 합니다. 이미 나의 손에도 그중 한 사람이 나눠준 번호표가 들려 있었습니다. 승객이 사십여 명쯤 되는데, 당첨 번호는 단 세 개였습니다. 추첨을 통해 불러 주는 번호 중에 내 번호도 있었습니다. 조바심을 가질 틈도 없이 찾아온 뜻밖의 행운이었지요. 승객 중에는 '당첨이요!'라면서 소리치는 사람도 있었습니다.

나는 맨 앞줄에 앉아 있었고, 그 '잡상인'의 지시에 따라 당첨자로서 손을 번쩍 들었습니다. 공짜라는데 무조건 받아야 했습니다. 정말로 금장에 크리스털 유리까지 박혀 있어서, 날짜 판이 선명하기만 했습니다. 더 기쁜 소식은 남녀 한 세트를 준다는 것이었습니다. 결혼할 때 예물 시계도 변변히 마련하지 못했는데, 적어도 외관상으로는 그것 대용으로 충분했습니다. 물론 아내의 생일 선물 겸 말입니다.

'잡상인'은 먼저 내 앞에 와서 축하의 인사와 함께 사정을 얘기합니다. 공짜는 공짜인데, 부가가치세만큼은 내야 한다고 합니다. 복병을 만난 것입니다. 부가세는 판매자 수입이 아니라 국세청으로 들어가는 것이니 안 낸다고 할 수도 없었습니다. 부가세는 통상 10%인데 그게 5만 원씩이라 합니다. 게다가 원 플러스 원이라고, 하나는 부가세도 안 받고 그냥 주겠다고 합니다. 결론을 말하자면 금딱지 남녀 시계 한 쌍에 오만 원인데, 그것도 세금 명목의 금액이라는 것이지요. 그 세금이 온전히 국세청으로 들어갈 것인지는 의문이었으나 나는 머뭇거릴 필요가 없었습니다. 나라에 세금 바쳐서 좋고, 부도난 회사를 도와주니 좋고, 아내의 환한 미소를 유발할 것이니 더욱 좋다고 생각했습니다.

그런데 문제는 품질입니다. 겉으로 보기에 번쩍거리기는 합니다만, 이게 시중에서 팔리는 브랜드인지 아닌지 자신이 없었습니다. 내가 머뭇거리는 사이에 앞에 있던 '잡상인'이 버스 뒤쪽을 보면서 소리칩니다. 잠시 기다리라고, 곧 가겠다고 말입니다. 뒤에서 당첨된 사람들이 재촉하는 것 같았습니다. 승객 수대로 하면 40세트가 준비되어 있어야 할 터인데, 물량을 그만큼 확보한 것 같지도 않았습니다. 에이, 오만 원이면 뭐 친구들하고 술 한 잔 안 하면 되지 싶었습니다. 그리고 시계를 받았습니다. 그 버스에서 적어도 세 명 이상이 구매한 것 같았습니다. 운전사가 돌아오자 '잡상인'들은 서둘러서 내립니다. 운전사는 "허 참, 저 사람들…." 하면서 혀를 찼습니다. 나는 그 의미를 잘 몰랐습니다.

고향 방문을 마치고 돌아가는 길이었습니다. 고속도로 상행선 휴게소에 다시 그런 사람들이 나타났습니다. 그런데 전에 보던 사람은 아니었고, 시계도 좀 바뀌어 있었습니다. 그때는 내가 뒷좌석에 앉아 있었는데, 다시 당첨의 영예를 누리게 되었습니다. 그렇다고 또 살 필요는 없었습니다. 그래서 이번에는 여유 있게 그 사람들의 행동을 관찰할 수 있었습니다.

옆자리에 앉은 사람이 자기도 당첨되었다며, 엉덩이를 들썩입니다. 가만 보니 주변의 모든 승객이 다 당첨된 것이었습니다. 다 같은 번호표를 들고 있었던 것입니다.

'잡상인'은 앞에 있는 사람과 거래를 시도하다가 뒤쪽을 바라보며, 잠시 기다리라, 곧 가겠다고 합니다. 어디서 보던 행동이었습니다. 그런데 뒤쪽에서는 아무도 손을 들지 않았고, 어서 오라고 한 일이 없었습니다. 좀 이상해졌습니다. 이때 운전기사가 돌아왔습니다. 그러더니 '잡상인'들에게 "이 사람들 또 왔네. 내리세요. 얼른요."라고 말하는 것이었습니다. 그들이 내리는 것을 보고 "누구 시계 사신 분 안 계시죠? 저 사람들 사기꾼들이에요."라고 말했습니다.

나는 집에 돌아가서 열어보려고 꽁꽁 싸매 두었던 시계를 그 자리에서 풀어서 확인하려고 하다가, 다른 승객들이 이상하게 생각할 것 같아서 그냥 두기로 하였습니다. 그러고는 집에 돌아오자마자 물건을 확인했습니다. 금장 시계, 맞았습니다. 남녀용으로 한 세트가 들어 있었습니다. 아무렴 오만 원 가치는 못 하랴 싶어서 아내를 불러 애매하게 얘기했습니다. 생일 선물이라기보다, 그냥 커플 시계로 차면 어떨까 싶어서 휴게소에서 산 것이다, 시계가 그냥 시간만 맞으면 되니까 모양이나 방수나 다른 기능은 기대하지 말기로 하자며 말입니다. 말하자면 미리 퇴로를 준비해 둔 셈입니다. 차마 버스 안에서 샀다고는 말하지 못했습니다.

아내는 긴가민가했지만, 큰돈을 들이지 않았다는 내 말을 신뢰하며, 커플 시계라는 말에 그저 웃음을 머금었습니다. 우리 나이에 무슨 커플이냐며 말입니다.

그러나 시계의 본질이 드러나는 데에는 오랜 시간이 필요하지 않았습니다. 무심결에 시계를 손목에 차고 손을 씻고 나니, 유리판이 부옇게 변해 버렸습니다. 그리고 그날로 시계는 수명을 다해 버렸습니다. 아내는 그 뒤로도 두어 달 더 찼습니다만, 금박이 군데군데 벗겨지기도 했고, 커플 시계라는 의미마저 상실한 가운데 결국 아내 역시 그만 그 시계에게 이별을 고하고 말았습니다.

한마디로 나는 '잡상인'의 사기극에 속은 것입니다. 그래도 대학물을 먹었고, 중학교에서 선생이랍시고 목에 힘을 주는, 소설 써서 상을 타기도 한 나 같은 사람조차 그 사기극에 깜박 속아 넘어간 것입니다. 그런데 그들이 원망스러워지는 게 아니라 자꾸만 내가 미워졌습니다. 공간의 특성을 십분 이용하면서, 시간의 제약을 기화로 삼아, 호감이 가는 외모를 꾸미고서, 사람의 심리를 절묘하게 파고들어 정말 그럴싸하게 일장 연극을 펼친 그들의 용의주도함에 탄복의 염을 금할 수가 없었습니다. 운전기사가 들추지 않았으면 두 번째의 만남도 근사하게 마무리되었을 것입니다. 이런 생각 끝에 나는 내가 그들만큼 소설에 집중하고 있는가를 반성했습니다. 과연 나는 나의 독자들을 향하여 그만큼의 심혈을 기울이고 있는가를 돌아본 것입니다. 이것이 그 선물 파동입니다.

다시는 선물 파동을 벌이지 않으리라 하는 각오를 가지고, 여러 날의 궁리 끝에 나는 선물을 정했습니다. 이걸 받으면, 우선 아내의 얼굴이 확 펴질 것입니다. 그리고 바로 사용하겠다고 수선을 피울 것입니다. 더군다나, 이 선물을 그 가격에, 삼십만 원에 샀다는 것에 대해 믿을 수 없다는 표정을 지을 것입니다. 그리고 내친김에 고맙다는 말과 함께 뽀뽀라도 해 줄 것입니다. 어떤 선물인지 궁금하시죠?

나는 중고나라 웹사이트를 뒤적였습니다. 키워드에 반년 전쯤에 출시된 신형 휴대전화 모델명을 적었습니다. 수십 개가 떴습니다. 중고 거래 사이트에서 알뜰한 구매를 했던, 또 팔기도 했던 여러 차례의 경험이 있었기 때문에, 나는 이번 선물도 그 사이트에서 구하기로 했습니다.

오해는 하지 마십시오. 나는 신품 또는 신동품을 살 작정입니다. 더러 휴대전화를 절반 이하의 가격으로 되파는 사람들이 있습니다. 고액 요금제로 가입하면, 거의 공짜나 다름없이 신형 휴대전화를 살 수 있으니 학생들이나 무직자도 주저 없이 개통을 합니다. 그러나 요금에 대한 부담이 현실화하면서 그 물건을, 새거나 다름이 없는 제품을, 더러는 포장 박스도 뜯지 않은 것을 중고 시장에 매물로 내놓는다고 합니다. 사용하던 제품이 망가지면서 손해보험을 통해 받은 새 제품을 그대로 파는 경우도 있습니다.

그걸 골라서 삼십만 원 정도에 사면 되는 것입니다. 물론 내가 찾고 있는 휴대전화는 출고가가 백만 원 가까이 되는 고가의 제품이어서, 보통은 사십만 원 정도에 가격 형성을 하고 있었습니다. 그러나 그보다 더 저렴하게 내놓는 물건이 없지는 않았고, 뭔가 나의 이 애틋한 아내 사랑의 뜻을 이해한다면 소위 '네고'를 받을 수도 있다고 보았습니다.

나는 중고 물품 거래에 있어 확고한 원칙을 가지고 있습니다. 무조건 직거래를 한다는 것이 그 첫 번째입니다. 가끔 택배 거래로 중고 휴대전화를 샀는데, 상자를 열어 보니 무게가 그만큼 나가는 벽돌 조각이 뽁뽁이에 싸여 있다든지, 물건은 제대로 배송이 되었는데 액정이 파손되어 있다든지, 기본적인 기능은 잘 되는데, 나중에 외장 메모리를 추가해 보니 제대로 읽지 못한다든지 하는 문제가 불거지곤 했기 때문입니다.

때로는 중학교 선생인 내가, 중학교 학생이 팔러 나온 보조 배터리 같은 물건을 살 때도 있습니다. 다소 체면이 깎이기는 해도 그래도 직거래가 가장 확실합니다. 판매자의 소유 물품이 맞는지, 훔친 것은 아닌지를 눈빛만 보아도 알 수 있기 때문입니다.

물건 대금은 만난 자리에서 송금하는 것을 원칙으로 합니다. 일부는 현금으로 지급하는 경우도 있지만, 통장에 거래 내역이 확실히 기록되는 것이 혹시 모를 분쟁에 대처할 수 있기 때문입니다. 송금 절차 중에 상대방 계좌번호의 주인 이름도 확인할 수 있습니다.

그리고 직접 거래를 하다 보면, 옛날식으로 말하면 '말만 잘하면 공짜', 요즘 식으로 말하면 '쿨 거래사 할인 가능' 같은 일도 겪을 수 있습니다. 나 같은 경우에는 내가 판매자일 경우 상대방의 형편을 보아서 우수리 정도를 깎아 주기도 합니다. 서로 만나서 물건을 확인하고, 확인 후에는 반품하지 않는다는 약속을 하면, 약간의 할인도 가능한 것입니다.

가끔 직거래를 한다고는 되어 있으나, 거래 가능 장소를 물으면 강릉이다, 부산이다, 목포다 해서 배보다 배꼽이 더 큰, 물건값에 비해 교통비의 부담이 더 큰 경우도 많습니다. 어떤 경우에는 판매자가 직거래가 아니라 우편 거래를 유도하기도 합니다. 어쨌든 비교적 고가의 물품이라면 직거래를 하고, 오만 원 미만의 물품이라면 선입금이 원칙입니다. 그런 경우에는 거래가 성공적이지 못해도 그냥 포기합니다. 상대방이 오죽 어려우면 그랬을까 싶은 마음도 들어서 적선한 셈 칩니다.

하지만 이번에는 거래를 확실히 해야 합니다. 삼십만 원. 물론 아내가 나에게 선물해 준 금액에 비하면 형편없이 적은 것이지만, 그동안 내가 중고 사이트에서 거래한 것 중에는 가장 높은 금액입니다. 내가 지금 사용하는 휴대전화도 이 사이트에서 1년 된 중고를 이십삼만 원에 산 것입니다. 그리고 잘 쓰고 있습니다. 남이 썼던 것이라는 생각만 지워 버리면 됩니다. 아무도 중고라는 것을 알아보지는 못합니다. 대부분 휴대전화는 케이스에 넣고, 액정 보호 필름을 정성스럽게 붙이기 때문입니다. 때가 많이 묻은 채로 사용하다가, 케이스 벗기고 필름을 떼어내면 거의 새것같이 됩니다. 일 년이 조금 안 된 물건을 사면, 가까이에 있는 서비스 센터에서 무상으로 수리를 받을 수도 있으니, 정말 좋은 선택 아니겠습니까? 게다가 유심만 사서 번호이동으로 개통하면, 요금제도 훨씬 싼 것으로 변경할 수 있거든요.

몇 군데의 판매자와 접촉을 해 보았으나, 조건이 잘 맞지 않았습니다. 그런데 다른 사람과는 달리 삼십오만 원에 내놓은 판매자를 보게 되었습니다. 지성이면 감천입니다. 나는 이 거래를 성사시키고 싶었습니다. 관건은 오만 원을 추가로 할인할 수 있겠느냐에 달려 있습니다.

판매자는 다른 사람과 달리 카카오톡 아이디만 보여주었습니다. 전화번호도 없고, 메일 주소도 없이 말입니다. 이런 경우에는 의심해 보아야만 한다고 중고 사이트에서는 공지하고 있습니다. 나는 카카오톡에 상대방을 추가하고 대화를 걸었습니다. 전화번호가 없는 이유를 알아야 했습니다. 가입

당시 전화번호만 있으면, 카카오톡 아이디는 가질 수 있지만, 전화번호는 실명이 확인된 사람에게만 주어지기 때문입니다.

상대방은 답이 없다가, 내가 포기할까 보다 싶을 즈음에야 응답을 했습니다. 휴대전화 하나 산다고 원고지 50장을 쓸 정도의 시간이 훅 지나가 버렸습니다. 그의 설명은 이해가 되었습니다. 자기는 현재 해외에 있다, 지난 여름에 그 물품을 사고서 개통까지 했으나 해외 유학을 가는 바람에 공기계 상태가 되어 있다고 했습니다. 가지고 가서 해외에서도 쓸 수 있지 않느냐라는 물음에는 애프터서비스 문제도 있고 해서 현지에서 새로 휴대전화를 구입했으며, 판매하려고 내놓은 휴대전화가 안 팔리면 공기계 상태로 두었다가 방학 때 선불 요금제로 사용할 예정이라고 했습니다.

카카오톡의 메시지는 더러 어법에 맞지 않거나 철자가 틀리기도 했지만, 스토리 자체는 완벽했습니다. 나는 어렵게 디스카운트를 물어보았습니다. 그리고 좀 구차하기는 했지만, 게다가 유학하고 있는 학생이라니 나보다 훨씬 어린 것이 분명하고 체면도 안 섰지만, 아내에게 선물하고 싶은 물건이라고 살짝 언급했습니다.

상대방은 이해한 듯했습니다. 오만 원을 떼겠다고 하였습니다. 쿨했습니다. 고마웠습니다. 그런데 거래는 어쩔 수 없이 택배로 해야 한다고 했습니다. 자기와 거래가 되면 가족이 부쳐주겠다는 것입니다. 가족과 직접 만나겠다고 했더니, 그쪽에서 먼저 지역을 물어봅니다. 내가 판교라고 하니 그쪽은 울산이라고 했습니다. 오만 원이 혹이라면 그 혹 떼려다가 십만 원의 새로운 혹을 붙이는 셈이 될 참입니다. 나는 그만 오케이를 선언해 버렸습니다. 포장만 뜯은, 개통 이력만 있는 최신형 휴대전화를 단돈 삼십만 원에 산다, 아내에게 선물한다, 그리고… 그리고…. 아내와 나, 그리고 가족 모두의 정서 상태가 상승곡선을 탈 것처럼 보였습니다.

상대는 에스크로를 제안했습니다. '에스크로(escrow)는 상거래 시에, 판매자와 구매자의 사이에 신뢰할 수 있는 중립적인 제삼자가 중개하여 금전 또는 물품을 거래하도록 하는 것, 또는 그러한 서비스를 말한다. 거래의 안전성을 확보하기 위해 이용된다.'라고 백과사전에 기록되어 있었습니다. 말은 들었지만, 직거래를 선호하는 나는 한 번도 이용해 본 적이 없는 방식이었습니다. 제삼자가 중개하고, 거래의 안전성이 확보된다는 말에 나는 수긍했습니다. 상대방은 친절하게 에스크로 사이트를 안내해 주었고, 송금 절차에 대해서도 단계별로 설명해 주었습니다.

나는 링크된 사이트를 좀 살펴보아야 하지 않을까 싶어서 시간을 조금 두자고 제안했습니다. 상대는 그렇게 하라고 했습니다. 다만, 이 제품이 저렴하게 나온 까닭에 여러 군데서 입질이 있다, 그리고 가격도 자기가 제안한 대로 받을 수 있을 것 같다, 빨리 결정하시라고 충고를 해 왔습니다. 맞는 말입니다. 시세보다 훨씬 저렴한 가격에 나온 물건은 보자마자 사야 합니다. 개중에는 개인이 아니라 업자들이 나서서 싸게 나온 물건을 매입해서는 더 비싼 값에 되팔기도 하기 때문입니다.

바로 구매하겠다고 고쳐서 말하니, 판매자는 내 계좌의 은행을 물어왔습니다. 송금료라도 아껴주겠다는 배려였습니다. 학교에 근무할 때는 신용정보가 높아서 다른 은행으로 송금하더라도 수수료가 붙지 않던 것이, 이제는 타 은행 송금만큼은 수수료를 물어야 했습니다. 나는 판매자의 친절함에 고마운 마음이 들었습니다. 세심하게 신경을 써 주는 것에 안심이 되었습니다.

링크 사이트를 열어보니, 에스크로 사이트가 분명했습니다. 분명하다기보다는 나도 처음으로 에스크로 사이트를 확인하는 것이니, 그런 사이트는 저런 모습이겠거니 싶었습니다. 가입 절차를 거치니 내가 사려는 물품이 목록에 보였습니다. 그리고 가격도 딱 삼십만 원에 나와 있었습니다. 그리고 입금 계좌가 제시되어 있습니다. 그 계좌에 그 돈만 넣으면 되는 것입니다. 그러면 나에게 물건이 배송되고, 내가 물건을 검수한 후에 주문한 물건이 맞다고 수취 확인을 하면 그때 판매자에게 대금이 넘어가는 방식이었습니다.

나는 계좌로 입금을 했습니다. 다만 에스크로 회사의 계좌가 아니라 개인 명의의 계좌라는 것이 마음에 걸리긴 했습니다. 그러나 판매자가 여러 개의 계좌 중에 나와 같은 은행의 계좌로 설정했나 보다 싶어서 거래를 진행했습니다. 같은 은행이니 문제가 되면 바로 확인이 가능할 것도 같았습니다.

이제 물건 배송 정보만 받으면 되었습니다. 그런데 갑자기 상대방에게서 짜증스러운 문자가 날아왔습니다. 이러시면 안 된다는 것이었습니다. 뭐가 문제냐고 답하니, 에스크로 수수료는 왜 빼먹었냐는 것입니다. 자기는 배송료까지 물게 되고, 또 자기 쪽에서도 에스크로 수수료를 내는데, 물건 사는 사람의 에스크로 수수료가 빠지면 거래가 안 된다는 것입니다. 그럴 법했습니다. 에스크로 사이트를 운영하는 사람들도 먹고살아야지 무슨 자선사업을 하는 것은 아닐 테니 말입니다. 번듯한 사무실에, 양복 차림의 회사원에, 적당한 크기의 서버실까지 두어야 하고, 물건 보증 서비스까지 제공하니, 비용이 발생하는 것은 당연하다 생각되었습니다.

나는 추가금 칠천 원을 입금하겠다고 제안했습니다. 그랬더니 상대방은 그게 아니라, 삼십만칠천 원을 입금해야 한다고 했습니다. 그게 입금이 되면 삼십만 원이 내 통장으로 환급될 것이라는 말을 덧붙이면서 말입니다. 좀 황당했습니다. 나는 그 에스크로라는 것이 좀 짜증스러워졌습니다. 혹시 이게 사기 아닐까 하는 생각도 들었습니다. 상대방은 그냥 이대로 거래를 접으면 당신이나 자기에게나 아무런 도움이 안 된다고 말합니다. 오로지 에스크로 업체만 좋은 일 시킨다는 것입니다. 그도 그럴 법했습니다. 에스크로라는 것이 공적인 거래 시스템이니, 별다른 문제는 없을 것 같다는 쪽으로 생각을 돌렸습니다. 드디어 내 통장에 마이너스(-) 부호가 붙었습니다. 학교를 퇴직하니 마이너스 통장의 자동대출 한도도 확 줄어 있었습니다.

나는 배송처 정보를 상대방에게 보냈습니다. 주소며 전화번호까지도 말입니다. 심지어는 환급할 수 있는 내 계좌번호도 이미 넘겨준 상태였습니다.

그 뒤로 아무런 반응이 없었습니다. 운송장이 나오면 배송 추적 가능한 번호를 알려주겠다는 것도, 포장 후에 사진을 보내주겠다는 말도 이루어지지 않았습니다. 나는 카카오톡의 채팅을 통해서 열심히 상대방을 불렀습니다. 그러나 그 여보세요라는 말은 공허한 메아리에 불과했습니다. 분명히 채팅방은 열려 있었지만, 상대방으로부터의 대답은 나오지 않았습니다. 내가 이대로 경찰서로 가겠다고 메시지를 던지니 그쪽에서는 '헤헤, 가세요. ㅋㅋ'라는 반응을 보입니다. 나를 조롱하고 있었습니다. 나는 조롱 받아 마땅합니다. 전화번호가 없이 메신저 아이디만을 가지고 있는 사람과는 거래하지 말라는 중고나라 운영진들의 권고를 무시했던 것입니다.

속았습니다. 철저히 속았습니다. 이중으로 속았습니다. 나는 사십여 년을 잘 살고 드디어 바보가 되었습니다. 다시 에스크로 사이트를 찾아가 보았습니다. 나는 에스크로라는 키워드가 들어간 주소를 인터넷 브라우저에 입력한 것이 아니라, 카카오톡으로 전해진 링크를 따라서 접속했습니다. 다시 확인해 보니 틀림없이 가짜 사이트였습니다. 진짜 사이트가 따로 있었고, 그 첫 페이지에는 가짜 사이트에 유의하라는 경고 팝업이 떠 있었습니다. 나는 그 가짜 사이트에 내가 즐겨 사용하는 아이디와 비밀번호를 사용했습니다. 그것도 다 노출이 된 것입니다.

나는 부리나케 거래 은행에 전화했습니다. 은행에서는 이미 송금이 완료되었으면 되찾을 수 없다고 단호하게 말했습니다. 게다가 돈을 받은 사람이 찾아 버렸다면 더더욱 그렇다는 것이었으며, 이 경우에는 틀림없이 바로 찾았을 것이라고 친절하게 설명을 덧붙여 주었습니다. 그러고는, 범죄에 의한 것이라면 되찾을 수는 있겠지만, 그렇더라도 경찰이나 검찰로부터 요청이 있어야 한다, 범인을 잡아도 돈이 없다고 하면 그만이라고 하였습니다.

다음날 나는 카카오톡의 대화창 화면을 열심히 복사하고, 인터넷을 뒤져서 고발장을 작성했습니다. 그리고 인근 경찰서의 경제범죄수사 팀을 찾았습니다. 경찰관 앞에서 고발자로서 잠시 추가 조사를 받았습니다. 담당자는 기대하지 마시라고 합니다. 이런 경우 대부분 범인은 외국에 있고, 한국에 있는 하수인이 은행 인출을 맡는다고 하였습니다. 어찌 보면,

그 정도 금액 가지고 뭐 이렇게 신고까지 하느냐는 투였습니다. 수법이 그렇게 첨단적이지도 않다고 했습니다. 그리고 내 직업을 알게 된 그는, 중학교 선생님이시라면서 알 만한 분이 그런 사기에 넘어가느냐고 핀잔을 줍니다.

이거 참, 사기를 당한 끝에 경찰로부터 핀잔까지 받으니 정말 억울하다는 생각이 들었습니다. 그러나 나는, 나도 돈을 되찾기를 기대하기보다는 이런 범죄가 다시 일어나서는 안 되겠다는 생각에 신고했노라고 의연한 태도로 대답해 버렸습니다. 그러나 나는 속으로는, '그 돈을 꼭 찾아야 합니다, 아내 생일 선물을 살 돈이었거든요.'라 말하고 싶었습니다. 그 말이 목구멍까지 올라왔지만 결국 끄집어내지 못했습니다. 통장에 찍힌 마이너스 표시가 자꾸만 아른거렸습니다.

내 휴대전화로는 수사의 진행 상황이 문자로 전해졌습니다. 다른 것은 없고, 사건을 접수했다, 담당 경찰관은 누구다는 정도였습니다. 그러더니 한 달쯤 후에 서울의 강북에 있는 검찰청에서 연락이 왔습니다. 내가 고발한 것이 사건으로 접수되어 검찰로 이첩되었고, 담당은 아무개 검사다, 최선을 다해서 수사하겠다는 내용이었습니다. 왜 갑자기 강북인가요라는 질문에 담당 검사는, 내 돈을 송금받은 계좌가 강북에 있는 어떤 지점에서 개설되었기 때문이라고 하였습니다. 무언가 조사는 한 모양입니다. 나는 은행에서 돈을 인출할 때의 CCTV라도 확인하면 도움이 될 텐데라고 말하였으나, 검찰에서는 그런 경우 여러 차례 송금 과정을 거쳐서 세탁이 된다, 그 전 과정을 다 조사하기 힘들다고 했습니다. 이번 건은 피해 금액이 아주 미미하다는 뉘앙스를 풍겼습니다.

그리고 다시 한 달이 지났습니다. 피고발인을 특정할 수가 없어서 사건을 종결한다는 통지가 왔습니다. 끝이었습니다.

그 사이에 아내의 생일을 맞이했습니다. 우울한 생일이었습니다. 아내도, 두 딸도, 집에서 키우는 몰티즈까지도 우울한 표정을 지었습니다. 나는 통장에 찍힌 마이너스를 해명해야 했고, 당연히 두 차례나 거금이 송금된 이유도 설명해야 했습니다. 정말 창피했습니다. 그때까지 아내의 생일을 볼 만하게 챙겨 준 일도 없었는데, 이번 생일은 진짜로 아무것도 못 해 주는 상황이 되었습니다. 체면은 말이 아니고, 절망감까지 들었습니다. 다 나의 불찰이었다고 자백을 하니, 아내는 괜찮다는 말로 오히려 나를 위로해 주었습니다. 휴대전화는 지난번에 고친 이후로 잘 작동하니 걱정 말라는 것이었습니다.

나는 전화기 대신에, 생일 선물 대신에 동네 슈퍼마켓에서 사 둔 사탕 봉지를 슬그머니 내밀었습니다. 마켓의 포장이 근사해서 따로 포장하지는 않았습니다. 아내가 허례허식을 싫어하기 때문입니다. 대신 카드 한 장을 붙였습니다. 거기에 이렇게 썼습니다.

'아내의 생일 선물도 못 해 주는 남편이, 결혼 후 처음으로

화이트데이 선물을 바칩니다.'

아내는 화이트데이 선물에, 먹으면 이가 썩는다는 사탕에 눈물을 보였습니다. 아내도 나와 비슷하게 어리석은 사람인가 봅니다. 누가 보면 천생연분이라고 할지도 모르겠습니다만.

그런데 말입니다. 나는 당당하게 말했습니다. 큰돈을 잃었지만, 그보다 더 큰 것을 얻었노라고 말입니다. 나는 그 사기꾼에게서 귀한 것을 받았습니다. 그는 나에게 뜻밖에도 플롯 하나를 던져준 것입니다. 플롯은 문학에서는 내러티브의 골격을 이루는 근사한 것이지만, 사전을 찾아보면 음모나 모의 같은 뜻으로도 쓰이는 말입니다. 그 사기꾼이 던져준 그 사기 행동 즉 그 플롯으로 내 머릿속에 있던 소설의 소재가 잘 엮어질 것만 같습니다. 아내에게 이번에 상을 받으면, 새 휴대전화를 직영 대리점에서 바꿔주겠다고 다짐을 했습니다. 딸들이 박수를 합니다. 아내도 살포시 미소를 띠었습니다. 참 예뻤습니다.

(끝)

# 왼손을 위한 변주곡

"노인 양반이 드디어 가셨구먼…."

"그게 무슨 말버릇이에요."

아내는 화를 내는 듯했지만, 더이상 추궁하려는 것 같지는 않았다.

"여기가 어디쯤이죠?"

아내는 금방 화제를 바꿔 버렸다.

"익산 근처지. 방금 천안-논산 고속도로를 벗어났지 않소."

"한 40분이면 도착하겠네요."

아내는 친정 동생에게 곧 도착한다고 전화를 했다.

"조금 더 걸릴걸. 여산휴게소에서 담배 한 대 피우고 갑시다. 간단히 요기도 좀 하고. 지금 가면 저녁 시간이 너무 늦을 것 같은데….."

분당에서 전주로 가는 길이었다. 장인이 돌아가셨다는 연락을 받고서다.

"그래두 일단 가자구요. 지금 밥 먹는 게 급해요?"

이번에는 아내의 말끝에 신경이 돋아 있었다.

차에서 내리자마자 담배 몇 모금을 빨고는, 화장실에 들러서 호두과자 한 봉을 사 가지고 다시 차에 탔다. 아내는 그사이에 장모와 통화를 하고 있었다.

"그래서…. 내일…. 오전에…. 알았어요."

틀림없이 성당에 연락했느냐, 성당 식구들이 연도하러 언제 오느냐는 물음을 던졌을 것이었다. 장인은 돌아가시기 전에 요양병원의 병상 위에서 병자성사를 받았다. 이미 정신줄을 거의 놓은 상태였기에 그가 회개의 고백을 했을 리는 없다. 정신이 온전했다면, 용서의 희소식을 꺼낼 준비가 되어 있는 신부에게 아마도 '나는 아무 잘못이 없소!'라고 대들었을 것이었다. 장례는 천주교식이 아니라 일반 장례로 하기로 했다. 연령회에서는 단지 장모와 친한 교우들 중심으로 연도 팀만을 파견한다는 것이었다. 장례를 간소하게 하자는 것은 장모의 뜻이었다.

"당신 마음은 알아요. 그렇지만 어머니를 위해서라도 좀 성의를 내요. 상주 역할은 해야 하지 않겠어요?"

최규범 씨는 아내와 딸 하나, 아들 하나를 남기고 운명했다. 그리고 나는 하나밖에 없는 그의 사위다. 나는 이제 장례식 내내 장모를 위한, 또는 장모를 대신해서 무언가와 싸워야 할 수도 있다. 아내가 '어머니를 위해서'라고 한 말의 뜻을 익히 알고 있었다.

빈소는 대학병원의 장례식장에 차려졌다. 그곳은 한때 내가 근무했던 대학의 부속기관이었다.

도착하자마자 아내는 빈소를 옮겨야 한다는 주장을 던졌다. 특실 말고 일반실로 하자는 것이다. 아내는 이미 홀시어머니 상을 다 치른 바 있고, 그 덕으로 장례식장의 생리에 대해서 빠삭했다.

"어머니도 그렇게 하자고 하셨는데, 일반실 빈 곳이 없다고…."

처남은 나와 인사를 나눌 틈도 없이 누나의 공격을 받아야 했다.

"그렇다는구나. 아버지가 삼 년 동안 좁은 병실에서 답답하게 지냈으니, 그냥 넓은 데로 하자."

장모의 목소리에는 체념의 표정이 묻어 있었다. 그 체념은 이미 오래된 것이었다. 장인의 인지 기능이 손상되기 시작했을 때부터였다. 단 두 사람이 한 공간에서 지내는 동안 장모는 치매 환자의 병수발에 지칠 대로 지치고 말았다. 드디어 장인의 인격에 변화가 일어나 딴사람처럼 행동하기 시작하자, 가족회의에서는 정신병원 입원이라는 결론을 냈다. 장모와 처남은 차마 그럴 수 없다고 하였으나, 딸의 주장이 더 설득력이 있었다. 아내는 특히 장모의 건강을 염려한 것이었다.

오후 5시쯤에 운명을 하고, 7시쯤에 영안실로 운구를 했으니, 장례식은 짧은 삼일장이 된 셈이었다. 나는 '어머니를 위해서' 장례 절차를 관장했다. 장례식장의 사무실과 상의하여, 제일 먼저 화장터를 예약하도록 하였고, 상복의 종류와 등급을 정했다. 입관에 사용할 물품이며 관의 수준도 결정했고, 수의는 오래전에 준비해 둔 것을 사용하기로 했다. 따로 상조 업체에 가입하지 않았으니 전체 절차를 사무실에서 진행하도록 하였고, 조문객에게 대접할 음식의 종류나 가격도 결정했다.

그건 내가 '어머니를 위해서' 하는 일이었고, 오래되지 않은 때에 모친상을 치른 경험자로서 한 일이었다. 다른 사람들이 보면 '장인을 위해서' 사위가 여러 가지로 애를 쓴다, 장례를 잘 치른다, 고인은 사위를 잘 두었다고 말하겠지만, 그러한 세평은 나에게는 아무런 의미가 없었다. 웬만큼 정리하고 나니 배가 고플 뿐이었다.

"애들은 못 오는 거지?"

장모는 유학 중인 외손자들을 말하는 거다.

"네, 장모님. 다음 주부터 중간고사랍니다. 죄송합니다."

아들 둘은 헝가리에서 의대를 다닌다. 사실 아이들에게는 연락도 안 했다. 외할아버지에 대한 별반 좋은 기억도 없을뿐

더러, 인생의 목표가 그냥 그 학기를 잘 마치는 것이라고 하는 의대생에게 며칠 간의 외국 여행은 자칫 낙제를 할 수도 있는 치명적인 것이기 때문이다.

"왼손잡이시군!"

처음으로 아내의 집에 갔을 때, 도 교육청 학무과장 최규범 선생은 실망의 표정을 감추지 않았다. 그는 성명 삼자를 적어 보라고 했다. 나는 그가 내민 종이에 본관이며, 부친과 모친 성함을 한자로 쓸 생각이었다. 사위 자격시험 문제가 너무나 쉬운 것 아니냐고 생각했다. 그는 내가 만년필을 잡고 김(金) 자를 쓰자마자, 한 말씀을 던진 것이다. 그의 목소리에는 실망의 어조가 깃들여 있었다. 어쨌거나 나는 답안지를 작성하고 시험관에게 바쳤다.

나는 왼손잡이가 맞다. 물론 대학의 강단에 서는 사람으로서 처음 보는 학생들이 신기하게 여기는 일은 있지만, 그렇다고 그들을 실망하게 한 적은 없었다. 나는 누구보다도 멋지게 필기를 했다. 내가 글씨를 쓰는 현장을 본 사람은, 더러 나에게 명필이라는 칭호를 부여하기도 했다.

최 선생은 왼손잡이와 멋진 글씨라는, 전혀 조화될 수 없는 것들의 어울림에 닥뜨리자 난감한 표정을 지었다. 틀림없이 왼손잡이는 글씨를 잘 쓰지 못한다고 생각하고 있는 것이 분명하게 느껴졌다.

장모는 식사까지 하고 갔으면 했지만, 은경 씨는 1교시 시험을 마치자마자 서둘러서 자리를 뜨자고 했다. 이미 최규범 선생에게 나의 학력 사항에 대한 것은 다 전달되었을 것이었다. 가족관계에 대해서도 대체적인 윤곽을 파악했을 것이고, 근무하던 대학의 지인들에게 세평을 문의했을 것이며, 나의 장래성에 대한 은경 씨의 긍정적 리포트를 반강제로 들었을 것이었다. 물론 내가 동아콩쿠르에서 상을 받은 기사도 전달되었을 것이었다.

내가 점수를 잃었다면, 부선망 독자라는 항목에서였으리라. 아버지는 내가 중학교 때 암으로 돌아가셨기에, 내가 유학까지 다녀올 수 있었던 것은 어머니가 시장에서 정말 억척같이 일한 덕분이었다. 본래 집안도 변변치 않았고, 자식 공부는 시켰어도 돈을 모아둘 정도는 아니었다. 그래도 교수가 되어 받는 월급과 작품 활동에 따른 수입 등으로 나는 착실하게 살림을 키워 가는 중이었다.

"아버지가 그러실 줄은 몰랐어요."

은경 씨가 일찍 자리를 뜨려고 했던 것은 아버지와 나와의 식사 자리를 피하려는 의도였다. 아버지가 왼손잡이를 거론하는 순간 그렇게 마음먹은 것이었다. 식사하는 내내 왼손에 들린 숟가락을 최 선생이 얼마나 불편해할지는 너무나도 명확했다. 아버지에게서 낮은 점수를 따는 것은 그렇다 해도, 혹시 처음 보는 자리에서 장랫장인과 장랫사위가 부딪치기라도 한다면 낭패가 아닐 수 없기 때문이었다.

제삼자가 지켜보고 있었다면, 여자가 남자를 더 좋아하는 구나, 딸보다는 장모가 사윗감을 더 마음에 들어 하는구나라고 판단했을 것이었다. 은경 씨는 이번 혼사가 이루어지기를 열심으로 원하고 있었다.

사실 나는, 그 무렵 결혼보다도 서울로 가고 싶은 생각이 더 컸다. 작곡 전공 교수에게 지방은 활동무대로서는 너무나 좁았다. 어머니도 서울에 계시고, 출신 대학도 서울이니 특별한 일이 없으면 서울 사람과 결혼하겠거니 하고 있었다. 전주에 있는 이 대학에 부임하자, 나에게 주어진 임무는 학생들을 가르치는 일뿐 아니라, 이러저러한 경로를 통해서 들어오는 중매건이며 청혼건에 대한 대응도 포함되었다.

서른둘의 총각 교수에 대한 소문이 온 전주 바닥에 다 난 모양이었다. 제자들은 물론이고 내 수업을 들은 학생들은 어떡하든 나를 형부나 매부의 자리에 올려놓고 싶어 했다. 학생 중에는 자기는 어떠냐고 대놓고 들이댄다고 생각되는 경우도 있었다. 동료 교수며, 교직원들도 연줄을 맺어 주려 애를 썼고, 강의를 나가는 문화교실의 고상한 귀부인들은 없는 딸이라도 만들어서 사위로 삼고 싶다고 했다.

그러다가, 최은경 씨를 만난 것이다. 그녀는 그곳 지방방송의 아나운서였다. 그녀가 진행하는 클래식 프로그램에 몇 차례 출연하다가, 물론 충분히 매력적인 그녀에게 마음이 가기 시작했다. 그런데 결정적으로는 그녀의 말씨에 반했다. 어찌된 일인지 그녀의 말에서는 사투리나 남도의 억양이 전혀 없었다. 우리 둘의 대화를 옆자리에서 들으면 서울 남녀가 지방에 놀러 온 것으로 생각할 것이었다. 자연 나는 그녀가 서울 출신이라고 생각했다. 서울 출신을 지방에서 만난 것이니, 결혼 상대자로 별문제가 없다고 생각한 것이다.

그녀가 전주 사람이라는 것을, 서울에서 대학을 다니고 직장 생활을 약간 했다는 것을 알게 된 것은, 이미 사랑의 감정이 생긴 한참 후의 일이었다. 그녀는 전혀 속일 생각이 없었고, 나도 속았다고 생각하고 싶지 않았다. 속았다고 한다면 뭔가 내 자존심이 상하는 것 같기도 했고, 그녀의 배려심, 차분한 성격은 속이는 것과는 거리가 멀었다.


"나는 이 결혼 반댈세."

최규범 선생의 호출에 나는 몇 달 후 다시 은경 씨의 집을 방문했다. 그는 대뜸 반말투를 선택함으로써 말의 권위를 높이려 했다. 그것은 그 방에 있던 사람들에게 향하는 선언이었다. 일의 진도로 보면, 결혼 예식에 관한 논의가 있어야 했지만, 그는 모든 것을 원점으로 되돌려 놓는 선언을 한 것이었다. 아니, 원점이 아니라 다시는 되짚어 올 수 없는 먼 곳에 던져진 상황이 되었다.

짐작은 되었지만 나는 반대의 이유를 최규범 선생에게서

들고 싶었다.

"선생님, 그 이유를 듣고 싶습니다. 혹시 오해하고 계시는 것이 있으면 풀어 드리고 싶은데요."

나는 금암동 주택가에 있는 어느 이층집의 안방에서 무릎을 꿇었다. 잘못을 빌려는 것이 아니었다. 거기까지 가 주는 것이 은경 씨에 대한 도리라고 생각했다. 그 맥에서는 간절한 청혼, '댁의 따님을 저에게 주십시오.'라고 하는 나의 각오의 표현으로 느꼈을지 모르지만, 전혀 그렇지 않았다. 나는 나름대로 일전을 벌일 태세였다. 나는 아무런 다툼이나 토론 없이 그 방을, 그 집을, 최은경에게서 떠날 수도 있었다. 그러나 막무가내의 반대에 대한 무언의 굴복은 설혹 내가 결혼하지 않더라도 나에게 큰 상처가 될 것만 같았다.

"김 교수가 이미 알고 있지 않나요?"

"여보!"

"아버지!"

장모와 은경 씨는 최 선생의 말을 말리려 했다. 그러나 나는 듣고 싶었다. 그가 왼손잡이를 걸고넘어지려 한다는 것을….

그랬다. 장인은 내가 왼손잡이라는 것이 싫다고 했다. 물론 아버지를 여의고 홀어머니 밑에서 컸다는 것도 내심 내키지는 않겠지만, 그는 오로지 왼손잡이만 언급했다.

"그런데, 글씨만 왼손으로 쓰는 건가?"

최 선생은 잠시 시간을 두더니, 조금 물러서는 듯했다. 그도 많이 고민했을 것이었다. 마지막 판결을 앞에 두고 피고인에게 최후 진술의 기회를 주는 듯했다.

"네, 저는 왼손잡이입니다. 지난번에 보셨지만, 글씨도 왼손으로 쓰고, 작곡도 왼손으로 합니다. 숟가락도 왼손으로 들고, 가위질이며 망치질이며, 모든 연장을 왼손으로 다룹니다. 아마도 제가 권투선수였으면 사우스포 복서가, 야구선수였으면 왼손잡이 투수가 되었겠지요. 투타를 모두 왼쪽으로 하는…. 그야말로 완전한 왼손잡이입니다."

나는 거침이 없었다. 내친김에 일어나지 않은 일까지도 주워섬겼다. 왼손잡이가 무슨 문제란 말이냐는 식이었다. 더욱 실망의 빛을 보이던 그는 이내 자기 생각을 털어놓기 시작했다. 자기는 왼손잡이를 싫어한다, 사위를 왼손잡이로 맞는다는 것은 상상 밖의 일이라고 하더니, 나에게 갑자기 이런 질문을 던졌다.

"김 교수는 왜 왼손잡이가 되었다고 생각하나?"

"글쎄요, 특별히 생각해 보지 않았습니다. 사실 왼손잡이로서 불편한 점이 적지 않았지만 왜 왼손잡이가 되었는지는 별로…."

"두 가지 이유가 있네. 하나는 유전이고, 다른 하나는 환경이지."

그는 자기 딸의 혼사와는 관련이 없다는 듯이, 마치 객관적으로 연구한 것을 학술대회에서 발표라도 하듯이 말했다.

"그렇네. 왼손잡이가 유전이라는 것은 사람들이 잘 모르지. 환경이라는 후천적 요인이 없다면 유전이라는 것이 잘 드러날 텐데 말이지."

지금은 교육행정을 맡고 있지만, 최규범 선생은 워낙에 생물을 가르치던 분이었다.

"유전이라면 그런 유전자가 있다는 겁니까?"

"그렇지. 그런데 그 유전자가 열성이야. 설명하기가 좀 복잡한데, 들어보게나. 몇 가지 설명이 있는데, 가장 대표적인 것으로 얘기해 보지."

그는 자신의 기분만으로 나를 받아들이지 않으려 했던 것이 아니었다.

"자, 오른손잡이가 되게 하는 우성 유전자를 대문자 아르(R)로 표현하고, 오른손잡이가 될 수 없게 하는 열성 유전자를 소문자 아르(r)로 표현하기로 하지. 두 유전자의 쌍은 모두 네 가지가 나오지. 대문자 아르(R)-대문자 아르(R), 대문자 아르(R)-소문자 아르(r), 소문자 아르(r)-대문자 아르(R) 그리고 마지막으로 소문자 아르(r)-소문자 아르(r)의 조합이 있지."

여기까지는 예술 전공인 나도 이해 가능했다.

"대문자 아르 유전자를 한 개라도 보유한 사람 즉 앞의 세 가지 경우에 해당하는 사람은 구십 프로 정도가 오른손잡이가 되고, 소문자 즉 열성 유전자로만 된 마지막 경우는 왼손잡이가 될 확률이 높네. 학자들은 대체로 그 확률을 오십 프로로 보지."

최 선생의 설명은 그리 어렵지 않았다. 그런데 아무리 왼손잡이가 열성 유전자에서 비롯된 것이라 하더라도 그게 사람의 인격이나 정서나 두뇌 능력 등과 무슨 관계가 있다는 말인가가 궁금해졌다.

"왼손잡이의 유전적 특징을 연구한 학자들에 따르면 뇌전증, 다운증후군, 자폐증이나 지적 장애가 있는 사람들도 왼손잡이가 많다고 하지."

"아니, 저는 그런 것과는 전혀 관계가 없지 않습니까?"

"그래요. 김 교수는 관계가 없지. 그런데 또 다른 설명에 따르면 왼손잡이 유전자가 정신병, 아니, 조현병과도 관계가 있다고 하지. 그 두 유전자에 같은 부분이 있다는 거야."

나는 어이가 없었다. 생전 처음 듣는 말이었다. 그렇게 설명해 나가다가는 왼손잡이가 암과도 관련이 있으며, 그러므로 왼손잡이도 죽는다는 결론을 낼지도 모른다는 생각에 피식 웃었다.

"웃지 말게. 물론 가설이지만 세계적인 학자들의 연구 결과일세. 내가 또 다른 가설을 얘기하지. 그리고 한번 그 가설을 검증해 보세."

점입가경이었다. 이것은 사윗감 면접의 2교시가 아니고,

생물학, 유전학 실험실의 수업 시간이었다. 나는 그 실험 대상이 된 것이었다.

"김 교수는 가마가 어느 쪽인가? 머리 가마 말일세."

나는 최 선생이 내심 내 머리의 가마가 몇 개인지를 확인하려고 하는지도 모른다고 생각했다. 어른들이 가마가 두 개면 두 번 장가간다고 말했던 기억이 떠올랐다.

"저는 하나입니다."

나는 당신 딸과 결혼하면 평생 해로할 작정이라고 강변한 것이다.

"개수 말고, 가마의 방향 말이야."

세상에, 가마의 방향을 확인하며 사는 사람이 있을까 싶었다.

"학설에 따르면, 왼손잡이의 가마는 시계 반대 방향이라고 하네. 자네도 그럴 걸세. 한번 보여 주겠나?"

나부터도 궁금했다. 장모와 은경 씨도 역시 궁금해했다.

"그러네. 왼쪽이야. 하하⋯."

내 머리의 머리카락을 여러 차례 헤쳐 보던 장모는 급기야 웃음을 터뜨렸다. 웃을 계제는 아니었으나 덕분에 모두의 긴장이 풀어졌다.

"여보, 그게 왼쪽이 아니고 시곗바늘 도는 것과 반대 방향이에요. 다시 확인해 보세요."

"그 말이 맞아요. 그럼 오른손잡이도 확인해 보아야 하는 것 아니어요?"

장모는 생물 선생의 아내 자격이 충분했다.

그 장면에 있는 나머지 세 사람은 모두 오른손잡이였으며, 시계 방향의 가마를 가지고 있음이 확인되었다. 가설은 검증되었다. 장인의 말은 더 설득력을 가지게 되었다.

"문제는…."

"문제는요?"

"문제는 유전적인 데보다는 문화적인 데 있지."

최 선생은 이번에는 도덕 선생이나 사회 선생의 입장을 취했다.

"자네가 왼손잡이가 된 데에는 부모의 잘못, 아니, 잘못이라기보다는 부모의 어떤 태도가 개재되어 있네."

"어떤 태도가요?"

"특히 동양에서는 왼손잡이의 유전자를 가지고 있더라도 왼손잡이가 되는 경우가 많지 않지. 왜냐하면, 부모가 학습을 시키기 때문이야. 왼손잡이는 나쁜 것이라고. 거기까지만 얘기함세."

나는 은경 씨의 아버지가 결혼을 반대하는 이유를 충분히 짐작할 수 있었다. 그는 나를 가정교육을 제대로 받지 못한 놈이라고 평가한 것이었다. 게다가 아버지까지 일찍 여의었으니, 애비 없는 자식이라고 불릴 만도 했다.

나는 더 이상의 얘기를 할 수가 없었다. 최 선생도 대화를 이어가고 싶어하지 않았다.

　우리의 결혼은 결국 이루어졌다. 장모의 노력이 컸다. 결혼을 당신이 하는 거냐, 당사자가 서로 좋아하는데, 왜 방해하느냐, 김 선생만 한 신랑감이 우리나라에 어디 있느냐, 그만하면 사람 준수하고, 예의 바르다, 가정교육을 충분히 받지 못했다고는 해도 은경이 얘기를 들으면 얼마나 교양이 있는지 모른다, 대학교수를 아무나 하는 거냐, 이번 기회를 놓치면 은경이 시집가기는 틀렸다 등등, 반은 애걸조로, 반은 협박조로 남편을 설득했다.

　최 선생은 결혼식 내내 비어 있는 어머니 옆자리를 힐끗힐끗 바라보았다고 몇몇 사정을 알고 있는 친척들이 내게 알려주었다. 물론 나도 그것을 눈치챘다. 비록 장인의 환영을 받지는 못했지만, 결혼 이후 그의 마음에 들기 위해서 나는 여러 가지로 노력을 했다. 나아가서는 왼손잡이에 대한 장인의 편견을 깨버리고자 했다. 그것은 사위 입장이라기보다는 한 사람의 왼손잡이로서의 노력이었다. 왼손잡이의 유전자를 가지고 태어난 사람으로서 부친 상실의 어려움을 겪었다고는 하더라도 얼마든지 오른손잡이에 못지않음을 확인시켜주고 싶었다.

　사실 왼손잡이들은 적지 않은 어려움을 겪는다. 사람들의 시선은 문제가 아니었다. 세상이 온통 오른손잡이들을 위해서 설계되었기에, 그 곁다리로 살아가는 왼손잡이는 삶의 곳곳에서 그러한 설계의 불합리성에 직면해야 한다. 제일 문제가 되는 것은 가위였다. 가위의 손잡이는 엄지를 넣는 곳과 나머지 손가락들을 넣는 곳이 분리되어 있는데, 보통의 가위는 그게 인체공학적으로 오른손잡이에게 잘 맞게 되어 있다. 왼손잡이가 가위의 손잡이에 손가락을 넣으면 잘 맞지 않는다. 맞지 않을 뿐 아니라, 힘을 주어 가위질을 하게 되면 아프기까지 한다.

지금은 손잡이가 플라스틱으로 되어 있는 것들이 많이 사용되지만, 이전의 가위는 몸통 전체가 쇠로 만들어졌다. 그 때문에 한참 가위질을 하고 나면, 엄지 쪽 손바닥 모서리에서 빨갛게 핏발이 비칠 때도 있다.

이러한 도구 말고도 각종 생활용품도 오른손잡이용이다. 다이얼식 전화기는 오른손잡이가 사용하기에 편하게 되어 있고, 카메라의 셔터는 오른손으로 누르게 되어 있다. 양손을 다 사용하도록 고안된 컴퓨터의 자판에서도 최종 명령은 오른손으로 엔터키를 누르는 것으로 마무리된다. 텔레비전은 브라운관 오른쪽에 붙어 있는 손잡이를 돌려야 채널을 선택할 수 있다. 볼륨 조정과 켜고 끄는 스위치도 역시 오른쪽에 배치되어 있다. 손목시계는 왼쪽에 차지만, 태엽 감을 때 쓰는 용두는 오른손으로 돌려야 한다. 이런 구조는 오른손으로 하여금 중요한 결정을 내리게 하는 것과 관련된 것이다.

제도나 관습도 오른손잡이를 위한 것이다. 버스나 지하철에서도 교통카드는 오른손으로 태그하는 것이 자연스럽다. 평등을 덕목으로 가르치는 학교에서도 신식 책상은 오른손잡이용이다. 신식 말고 네모반듯한 구식 책상은 오히려 중립적이라고 할 수 있다. 신식 책상에 앉은 왼손잡이 학생은 글씨를 쓸 때 팔을 받친 채로 온몸을 비틀어야만 하는 것이다.

대부분 사람이 오른손잡이여서, 좁은 공간에서 단체로 식사하게 되면 왼손잡이는 적지 않은 민폐를 끼치게 된다. 그래서 나 같은 경우, 식탁의 왼쪽 끝에 앉는 것이 버릇되어 있다. 그래야 옆 사람과 팔꿈치가 겹치지 않는다. 부득이 가운데에 앉아야 하는 경우라면 아내가 내 왼편에 앉음으로써 완충지대를 형성한다.


장인이 외손자를 둘이나 확보했던 1992년에 빌 클린턴이 미국의 대통령이 된 것은 나에게는 절호의 기회였다. TV 뉴스 시간에 비치는 클린턴의 모습은 한국인들에게는 충격이었다. 서류에 서명하기 위해 백악관의 오벌 오피스에 앉아 있는 그는 몸을 한참이나 오른쪽으로 틀고 있었다. 그리고 만년필을 잡은 왼손의 손등은 정면을 향하고 있었다. 내가 글씨를 쓰는 모습과 한 치도 다름이 없었다. 나는 클린턴이 서명을 하는 모습이 TV 뉴스로 방영될 만한 시기에 처가를 방문하곤 했다.

"장인어른, 저거 좀 보시죠."

"왜? 클린턴이 왼손잡이라는 걸 말하고 싶은 거지."

장인도 알고 있었다. 자신에게 불리한 내용이기에 말을 꺼내지 않고 있을 따름이었다.

"클린턴이 미국 대통령인 것은 맞지만, 그가 인격적으로 된 인간인지는 모르지…."

장인은 호락호락하지 않았다.

"클린턴뿐 아녜요. 그 직전의 부시, 그리고 레이건, 포드, 트루먼도 다 왼손잡이였답니다."

미국 유학생 출신답게 나는 미국 유명인사 특히 대통령 중에서 왼손잡이 비율이 월등히 높다는 증거를 그의 코앞에 내밀었다. 그러나 장인은 간단한 콧바람으로 그 증거를 날려 보냈다.

"여보게, 미국 사람들이 왼손잡이를 뭐라고 부르는지 아는가?"

"사우스포라고들 하지요만…."

"그것은 주로 야구선수에게 적용되는 말이고…."

"레프트 핸디드요?"

"'시니스트럴(sinistral)'이란 말이 있지. 형용사로 '왼손잡이의'란 뜻일세. 이 말의 본뜻은?"

나는 시니스트럴이란 말도 처음이거니와 본뜻도 알지 못했다.

"그 말은 시니스터(sinister)에서 파생한 말인데, 사악한, 해로운, 불길한, 그런 뜻일세."

"우리나라에서 오른쪽이라 할 때의 '오른'이란 말이 '바르다'라는 뜻을 가지고 있는 것과도 견줄 수 있겠군요."

"맞네. 오늘날 근래에 대통령에 당선된 사람 절반 정도가 왼손잡이인 미국에서도 십팔, 십구 세기에는 불구자나 장애자 취급을 받았다네. 그 당시에는 유전적 정보가 확실하게 알려지지 않았기 때문에, 왼손잡이는 특히 가정교육을 잘못 받은 사람이라거나, 아니면 악마가 조정하는 사악한 사람이라고 생각했던 것일세."

장인을 이길 수가 없었다. 나는 어디까지나 방어적 입장이었는데, 최선의 방어는 공격이라는 전략을 무시하고 있었던 것이다. 장인은 나를 단지 가정교육이 불충분한 사람 정도가 아니라, 심지어는 사탄의 무리에 넣으려 하고 있었다. 그는 자신이 오른손잡이인 것만 가지고도 남 보아란 듯한, 거리낄 것이 없는 인생을 살고 있다고, 적어도 왼손잡이보다는 월등한 인간이라고 자부하는 것 같았다. 사회적 지위나 학벌의 수준은 그에게는 고려사항이 아니었다.

클린턴이 성추문에 휩싸였을 때, 나는 더이상의 방어는 불가능해졌다고 결론을 지었다. 그러고는 장인이 벼르고 있을 말이 충분히 짐작되었기 때문에 처가 방문 자체를 삼가게 되었다. 그렇게 처가행은 점점 뜸해졌고, 직장을 서울로 옮기고는 더욱 소원해지고 말았다.

그리고 몇 해 뒤에 나는 첫 번째 해외 파견을 미국 대학으로 갔다. 여러 가지 경험을 하던 중에 왼손잡이를 위한 전문 가게를 찾게 되었다. 그 가게의 주요 품목 중 하나가 바로 가위였다. 가위는 미국에서도 특히 문제가 되는 도구였다. 그런데 그곳은 미국에서도 인구의 10퍼센트 정도를 차지하는 왼손잡이용 물품을 파는 곳이어서 그런지 가위 가격이 비싼 편이었다. 가위도 일반 가정용이 아니라, 양복 재단용으로 사용하는 전문가용이 대부분이었다. 그러니까 대통령까지도 왼손잡이가 당선되는 미국에서도, 왼손잡이는 가위질에 불편을 겪고 있는 것이었다.

더러 저렴한 왼손잡이용 가위도 있었으나, 그게 처음부터 왼손으로 가위질을 배운 사람에게는 문제가 없겠지만, 나처럼 오른손잡이용을 사용하다가 왼손잡이용으로 바꾸는 경우에 적절한 것은 아니었다. 손가락과 그 사이에 위치한 힘줄에 작용하는 역학관계가 다른 것이었다. 그렇다고 내가 가위질에 서툰가 하면, 전혀 그렇지 않다. 나는 어렸을 때 이모나 사촌누나들이 가위로 마른오징어를 오려서 잔치에 사용하려고 각종 모양을 낼 때도 그것을 곧잘 흉내 내곤 했다. 그들이 탄성을 지르는 것은 당연한 일이었다. 칼과 같이 중립적인 도구도 왼손으로 사용했다. 특히 나는 사과 깎기에 자신이 있다. 왼손으로 칼을 잡고 얇고 가늘게 껍질을 벗겨서, 이층 난간에서 아래층까지 닿게 할 정도였다.

큰애가 초등학교를 졸업할 무렵에 장인은 중학교 교장으로 정년퇴임을 했다. 전공의 과정을 밟고 있는 처남보다는 같은 교육계에 있는 사위가 가족 대표로 인사를 하는 것이 좋겠다고 장모가 권유했다. 나는 멋진 인사말을 준비했다. 평생을 교단에 바친 장인의 경력과 업적을 기리고, 인생의 마지막 길을 새로이 걸어야 하는 장인의 앞날을 축복해 주기를 하객들에게 당부했다. 장인은 그날 처음으로 내 손을 따뜻하게 잡아주었다. 나름대로는 고마움의 표시였다.

그러나 장인의 앞날은 축복과는 달리 진행되었다. 그는 워낙에 취미가 없는 사람이었다. 화초를 기르는 것도 젊었을 때는 더러 했으나, 어느 나이 이후로는 거들떠보지도 않았다. 남들 다 하는 등산도, 낚시도 그와는 거리가 멀었다. 사회적 기관에서 봉사활동을 하는 동료들도 있었으나 그는 사양했다. 장모는 함께 성당에 다녔으면 하는 눈치였지만, 장인은 요지부동이었다. 사위와의 지루한 왼손 싸움도 이제는 재미를 잃은 듯했다.

그러고는 오로지 한 곳으로만 출근했다. 연금 통장을 개설한 은행에서 퇴임한 교사들을 위한 쉼터를 마련해 주었는데, 장인은 그곳을 만족스러워했다. 거기서 하는 일이라고는 여러 신문의 기사를 대조해 가면서 읽는 것뿐이었다. 뜻에 맞는 기사가 나오면 옆자리의 또 다른 퇴직자에게 신문을 건네

주며 읽어 보라고 하거나, 가끔은 기사에 대해 불평을 하기도 하였다. 점심시간에는 인근 뷔페식당에서 해결했다. 오후에는 은행에서 커피믹스를 한 잔 타 먹고 다시 신문을 보다가 퇴근하는 식이었다.

그것이 일상이 되었고, 그만큼 활동의 물리적 범위가 축소되었다. 그와 함께 장인의 기억력도 점점 쇠퇴해 갔다. 그는 단 5년 만에 치매 초기라는 판정을 받았다. 어쩌다 처가를 방문하면, 장인은 자기 딸은 확실히 알아보았으나, 사위에 대한 기억은 불러내지 못했다. 사위나 손자를 몰라보더라도, 일반적인 가족관계에 대한 지식만 가지고 있더라도, 딸과 비슷한 또래의 남자가 자기 집에 와 있고, 거기 딸린 것으로 보이는 남자아이들이 있다면, 아, 이이가 사위고 얘들이 외손자인가 보다 싶을 텐데, 그러한 지식정보 체계를 가동하는 능력까지도 상실해 버린 것이었다.

워낙에 사위를 살갑게 대한 것도 아니고, 왼손잡이 토론 말고는 깊이 있게 시사 문제에 대해서라도 논의한 적도 없고, 취미생활에 관심이 없는 장인이어서 사위와는 공통분모가 거의 없었다. 사위의 전공에 대해서는 결혼 이전과 이후에라도 한 번도 언급한 적이 없었다.

그는 언제나 왼손잡이에 집착했을 뿐이었다. 그러나 그 집착도 무뎌졌다. 그러고는 언제 그러한 집착이 있었느냐 싶을 정도가 되었다. 은행 쪽 사정으로 퇴직자 쉼터가 문을 닫게 되면서 문제가 두드러지기 시작했다. 이전에는 자신의 내면 문제가 그 정신세계 안에서만 문제가 되었으나, 그 뒤로부터는 그 문제가 완력이라는 외면적 행동으로 불거졌다. 새로 다니게 된 복지관에서 장인의 완력이 노출되기 시작하였고, 결국 공공장소에 대한 부적응 등을 이유로 출입 금지 처분을 당하기에 이르고 말았다.

그러나 더 문제가 된 것은, 아예 그 복지관과 집을 오고 가는 경로를 가끔 잃어버리는 일이었다. 집에서는 명찰을 만들어 목걸이로 채워 주었다. 길을 잃으면 무조건 택시를 타고 이 명찰을 보여주라고 신신당부를 하였으나, 가끔은 순찰차가 데려다주거나 인근 파출소에 가서 데려오게 되었다. 장모는 장모대로 많이 지쳤다. 원래 몸이 강건하지 못한 분이었는데, 점차로 정신을 잃은 남편을 건사하기 어려운 지경이 되었다.

사람의 존엄성은 그의 정신이 온전할 때만 인정될 수 있겠다는 생각이 들기 시작했다. 장인은 기억 대부분을 상실했고, 언어 중추가 손상되었는지 간단한 의사소통조차 거의 가능하지 않았다. 그런 상황에서 장인의 72번째 생일이 돌아왔다. 자그마한 케이크를 자른 후에 식구들은 중요한 결정을 해야 했다. 장인을 시설에 입소를 시킬 것인가 그대로 집에 둘 것인가를 결정해야 했다. 다니던 병원에서도 입원 치료를 권할 정도로 치매는 이미 악화해 있었다. 회의에서는 언제나처럼 딸의 의견이 지배적이었다. 어머니가 돌볼 수 있는 범위를 벗어난 것이었다. 처남도 결혼해서 어린아이를 두고 있었고, 그 며느리가 부양할 수 있는 형편도 아니었다.

그런데 그 자리에서 가족들을, 아니, 유일한 사위를 경악게 하는 일이 벌어졌다. 장인은 회의를 지켜보고 있었다. 가족들은 그를 투명 인간으로 취급하였다. 정작 본인의 의사는 묻지도 않았다. 병원에 입원하는 것이 최선인데, 그렇게 해도 주변이나 친척의 비난을 받지 않을까만 염려하는 쪽이었다. 장인은 갑자기 무언가를 쓰겠다고 종이와 펜을 요구하였다. 그는 이미 어눌해져 있었다.

장인은 왼손으로 펜을 집어 들었다. 모두의 시선은 그 왼손을 주목했다. 이제는 오른손으로 펜을 넘겨주겠지 싶었을 때, 그는 왼손으로 글씨를 쓰기 시작했다. 그가 그토록 저주하던, 사악한 왼손으로 말이다.

나는 나의 눈을 의심했다. 그럴 리가 없었다. 그는 왼손잡이 사위를 받지 않으려 몸부림하던 사람이다. 학설로 논리로 왼손잡이 사위를 제압하던 사람이다. 그는 현직에 있을 때는 절대로 왼손으로는 글씨도, 망치질도, 가위질도 하지 않았던 사람이다. 아니, 필기도구 이외에는 다른 도구를 잡던 사람 자체가 아니었다. 그런데 그가 왼손으로 글씨를 쓰다니….

"나는 집에 있고 싶다."

그는 마침표까지 한 자 한 자, 그러나 삐뚤삐뚤 그림처럼 그렸다. 치매는 그의 운동 신경을 약화시켰으나 글씨에 대한 기억까지를 마비시키지는 않았다. 그의 오른손은 여전히 기능하고 있었다. 식사를 위한 숟가락질과 젓가락질이 원만하지는 않았지만, 가끔 음식을 흘리는 것 외에는 혼자 취식 가능한 상태였다. 그런데 글씨를 왼손으로 쓰다니 말이다.

왼손을 사악하다고 주장하던 그가 바로 그 사악한 왼손으로 글씨를 쓴 것이다. 가족들의 결정으로 말미암아 그 왼손 글씨 역시 사악한 것으로 취급되고 말았다. 왼손으로 쓴 주장은 배척되었고 의사의 권유대로 정신병원에 입원시키기로 하였다. 교외의 한적하고 공기 맑은 곳에 자리한 병원이었다. 그리고 그는 그 정신병원의 다른 중환자들과 마찬가지로 그 병원과 시내에 있는 종합병원의 응급실로 오고 가기를 여러 차례 했다. 때로는 목숨이 경각에 달릴 때도 있었으나, 목숨은 모질었고 응급의학은 신기로울 정도의 능력을 발휘했다.

더이상 응급상황을 처리할 수 없게 되자, 정신병원에서는 시내 쪽의 요양병원을 추천했다. 그리고 거기 병실의 병상에 누운 지 얼마 되지 않아 최 선생은 생을 마감했다.

나는 그가 마지막으로 펜을 들었을 때, 왼손을 택한 이유를 알지 못한다. 오른손으로 글씨 쓰는 기능의 상실 때문이었을까? 아니면 사위에 대한 화해의 제스처였을까? 장인 주변의 누구도 그가 왼손잡이였다고 언급한 적이 없다. 어쩌면 그 역시 왼손잡이라는 열성 유전자를 가지고 태어났으나 문화적

교양으로 오른손잡이로 전환된 사람일지도 모른다는 생각이 들었다. 왼손잡이를 저주하던 그가 덱스트로시니스트럴(dextrosinistral), 즉 '(왼손잡이인 사람이) 훈련의 결과 오른손으로도 쓰게 된' 사람이었던 것인가? 그리고 세상에서의 경험과 교육과 배운 지식을 다 잃어버리고 나서야 본성을 회복한 것이었던가?

작곡가인 사위가 장인의 영전에 할 수 있는 일은 한 가지였다. 그의 영혼을 위한 진혼곡을 만드는 것 말이다. 장인이 요양병원의 중환자실에 입원해 있을 때, 나는 진혼곡을 한 편 써야겠다고 마음먹었다. 장인은 어떻게 보면 자기의 진면목을 드러내지 못한 채 타인의 인생을 살아간 불쌍한 사람이었을 수도 있다. 유명 작곡가들의 진혼미사곡 즉 레퀴엠을 흉내낼 수는 없었다. 교회 근처에 가 본 일은 있지만, 직업적인 관점 이외에 인문학적인 측면에서 그 레퀴엠을 듣기도 하고 좋아하기도 했지만, 나는 진혼미사곡은 만들지 않기로 했다. 장인이 병상에서 영세를 했다고는 해도, 그가 천주교인이라는 것을 받아들이기 어려웠다.

대신 짤막한 소품을 썼다. 그것은 표절이었다. 아니다. 바흐의 '골드베르크 변주곡'의 테마를 바탕으로 두 개의 변주를 만든 것이었다. 그것은 샤를 구노가 바흐의 '평균율 피아노곡집'의 1번 곡을 바탕으로 '아베마리아'를 만들어 낸 것과 비슷한 작업이었다. 원곡이 불면증 환자를 위해 쓰인 것을 나는 기억하고 있었다. 장인이 편히 잠들기를 바라는 마음이었다. 그러나 골드베르크 원곡보다 간단하게 썼다. 연주자가 심심해할지도 모르겠다고 생각했다. 연주는 후배 피아니스트에게 부탁할 참이었다. 곡을 완성하고 나서, 나는 악보에 한마디 지시사항을 빠뜨렸다는 것을 깨달았다. 그리고 나의 사악한 왼손으로 악보 왼쪽 귀퉁이에 '왼손으로만 연주하시오'라고 적었다.

(끝)

# 티럭 하나라도

"터럭입니다."

회중석은 잠시 웅성거렸다.

"바로 여러분의 머리털입니다."

주 집사는 단호하게 얘기했다.

"교회 쓰레기에서 제일 고약한 것이 바로 성도님들의 머리에서 떨어져 나온 머리카락입니다."

그는 자신의 머리를 쓰다듬었다.

"여러분이 교회에서 예배드리고, 성경 공부 하고, 찬양하고, 교제하는 동안에, 여러분의 몸에서는 터럭이 빠져나오고 있습니다. 그 터럭은 의자나 바닥에 떨어졌다가 여러분이 일으키는 공기의 이동에 따라서 움직입니다."

그는 마치 현미경으로 지금 당장에 들여다보고 있는 것처럼 상세히 묘사했다. 예배당에 모인 교인들은 자기의 머리카락에 신경을 쓰기 시작했다. 그러나 주 집사의 주장을 믿고 싶지 않았다. 지금 이렇게 밝은 불빛에도 예배당의 어느 구석에서도 머리카락은 보이지 않았다. 아무래도 거짓이거나, 최소한 과장이라고 치부했다.

"보여드릴까요?"

주 집사는 강단에서 내려와 하얀 장갑을 끼더니 예배당의 구석을 손바닥으로 훑었다. 장갑은 금세 때가 탔고, 그는 먼지와 더불어 적지 않은 머리카락들을 수확했다.

"이거 보십시오. 이거는 장로님의 흰 머리털, 이거는 권사님의 염색한 파마 머리털, 이거는 청년의 멋내기 염색 머리털, 이거는 여기 계신 분의 것 같은데, 절반까지는 검은색이요 나머지 절반은 흰색이네요. 요즘 한 달 이상 염색을 중단했나 봅니다. 그리고 남은 이것은, 몸에서 떨어진 것이긴 한데 말로 하긴 곤란하네요. 아시겠죠?"

회중은 탄식을 내뱉었다.

전혀 보이지 않는 곳에 저렇게 많은 머리카락이 있었다니….

"특히 머리카락은 가벼워서 사람의 조그마한 움직임에도 반응하여, 밀리고 밀려가다가 결국에는 예배당의 구석으로 모이게 됩니다."

교인들은 의심의 표정으로부터 무한 신뢰의 표정으로 전환했다.

주 집사는 말을 마감하면서 누가복음 12장 7절을 참조했다.

'너희에게는 심지어 머리털까지도 다 세신 바 되었나니 두려워하지 말라'

"하나님은 날마다, 시간마다, 순간마다 여러분의 머리털 숫자를 세고 계십니다. 왜냐하면, 여러분의 머리가 시시때때로 빠지기 때문입니다."

그의 어조는 엄숙했고, 교인들의 일부는 전율에 휩싸였다. 담임목사는 그 구절이 '하나님이 사람을 귀하게 여기신다는 문맥'이라고 말하고 싶었지만, 집회 말미에 형성된 그 엄숙함을 깨뜨릴 수가 없었다.

집회를 마치자, 참석했던 교인들은 누구라 할 것 없이 예배당의 구석구석을 쓸고, 흡입하고, 닦았다. 그 교회가 생긴 이래 처음 해 보는 대청소였다. 교인들은 스스로 만족스러웠다. 동시에 자신들이 다름 아닌 교회를 어지럽히고 더럽히는 자라는 것을 깨달았다. 강사인 주 집사가 얘기한 것처럼 예수님이 당장에 오신다면, 틀림없이 나무람의 채찍을 드실 것 같았다.

어쨌든 집회는 성공이었고, 교인들은 주 집사에게 감사의 인사를 아끼지 않았다. 그리고 이렇게 훌륭한 분을 강사로 모셨다면서 목사님을 칭찬하기도 하였다.

"터럭입니다."

이 말로 시작되는 간증의 클라이맥스는 어디서나 대성공이었다. 주 집사는 간증 집회의 강사로 이름을 떨쳤다. 교회를 사랑하고 아끼는 마음을 다잡기에 그만한 강사가 없었다. 그를 초청하려고 하는 교회들이 줄을 섰고, 자기들의 행사 계획이 아니라 주 집사의 일정을 따라야 할 정도로 그는 인기인이었다.


주 집사. 주대림 집사.

그는 판교에 있는 작은 교회의 서리집사다. 교회 전도 집회나 부흥회의 단골 간증자로 주가를 높이고 있는 것과는 달리, 그는 신앙에 입문한 것도 얼마 되지 않았고, 재작년에야 서리집사를 단 사람이었다. 내년 2월 말로 그는 30여 년의 직장 생활을 접을 예정이다. 부부 교사로 살아왔는데, 그는 만 60세가 되는 내년 2월 말 명예퇴직을 신청할 예정이고, 네 살 차이 나는 아내는 몇 해 더 교사 생활을 계속하다가, 적당한 때에 그만둘 계획이었다. 대한민국에서 누구나 부러워하는 가장 이상적인 연금 수급자 가족인 것이다.

그러나 당사자인 주대림 집사는 은퇴 이후를 생각해 보니 막상 할 수 있는 일이 없을 것 같았다. 그는 평소에 취미생활도 없었고, 친구들과의 교제도 시들했고, 등산은 다시 내려올 데를 뭐하러 올라가냐고 반문할 정도로 재미를 느끼지 못했다. 여태 자기를 벌어먹게 했던 고등학교 역사 선생 말고는 다른 직업은 가질 수 없는, 오직 그 직업을 위해서 태어난 사람으로 자신을 낙인을 찍어 버렸다.

내외의 벌이로 착실히 재산을 모으다가 운 좋게도 백 대 일이 넘는 경쟁률을 뚫고 판교 신도시의 아파트에도 당첨이 되니, 더 바랄 일이 없을 것 같았다. 큰아이는 대학을 졸업하자마자 행정고시에, 둘째 딸은 부모를 이어서 임용고시에 합격하여, 자기 밥벌이를 하고 있었다. 이제는 그야말로 누릴 일만 남았다 싶으니, 학교에서 아이들과 씨름하는 게 싫어지기 시작했다. 학부모들도 자기와는 세대 차이가 나서 그런지, 도무지 교사의 권위를 인정하려 하지 않았다. 시도 때도 없이 문자를 날림으로써 학교 일에 참견했다. 도가 넘었다. 교실에서 조금이라도 싫은 소리를 들은 학생들은, 곧바로 어머니에게 카톡으로 연락하고, 그건 다시 담당 교사에게 화살이 되어 날아왔다. 아예 선생님의 얘기를 녹음하거나 동영상으로 채증하는 일도 비일비재했다.

이제는 뭔가 삶의 의미를 찾고, 보람 있는 일을 해야겠다고 마음먹고 있던 그의 눈앞에 교회의 간판이 나타났다. 살고 있는 단지 옆 공원에 5층짜리 건물이 지어지기 시작했다. 이게 무슨 건물인지 궁금하던 차에 공사 안내판을 보니 교회 공사라는 것이었다.

"교회라…."

그의 머리에서는 십대의 기억이 마구 분출되었다. 그는 고등학교 때까지는 신자였다. 부모를 따라서 2대째 기독교인으로 살았다. 그사이에 학습도 받고 세례도 받았다. 그러다가 정확히 고3이 되면서 교회와는 작별하였다. 사회생활을 공립학교 교사로서 하다 보니, 그리 어려운 일, 급한 일, 성과를 내는 일과는 거리가 있었다. 그냥 성실하게 자기 맡은 일을 감당하면 되었다. 맘이 너그러운 아내도 만났고, 부부 교사의 자녀로서 아이들도 착하고 공부도 잘했다. 그러면서 그는 나이를 먹어 갔고, 세상은 변해 갔다.

아주 열심은 아니었지만, 교회 고등부 임원으로 활동하면서 교회의 어른들과 적잖이 부딪쳤던 기억도 났다. 당시 포크송이 유행하면서 젊은 사람이라면 통기타의 코드 정도는 짚을 수 있어야 했다. 복음송이 교회로 유입되자 자연히 통기타가 고등부 예배에 사용되기 시작했다. 그러나 교회의 어른들은 그것을 용납하지 않았다. 유행가나 부르던 악기로 어떻게 성스러운 예배를 드릴 수 있겠느냐고 다그쳤다. 장로교파였던 그 교회에는 피아노며, 오르간이 설치되어 있었으나, 장로교를 창시한 스위스의 칼뱅이 음악을 악마처럼 취급했다는 것에는 무지했다. 젊은이가 교회에서 환영받지 못한다는 것을 절감할 무렵, 대학 입시가 코앞에 닥치니 자연 교회와는 멀어지게 되었다.

세상이 변하니 가끔 기독교 채널에서 예배 중에 여러 악기가 사용되는 것을 알게 되었다. 심지어는 예배당에 드럼 세트가 떡하니 자리 잡고 있는 교회도 있었다. 이제 와서 복음송을 배우는 것도 그렇고, 한 차례 실망한 뒤로는 잡아 보지 않았던 기타를 꺼내는 것도 머쓱했다. 그래도 요즘 교회가 많이도 변한 것 같으니, 교회에나 다시 나가 보기로 마음먹었다. 그게 퇴임을 두 해 앞두고 있던 때였다.

듣자 하니 이 교회는 다른 곳에서 이전하는 것이라 했다. 아파트 주민들은 교회가 생기는 것을 그리 환영하지 않는 분위기였다. 특히 교회당과 마주하게 되는 동에서는 반발이 심했다. 전망을 가린다느니, 공사 소음이 심하다느니, 결국은 집값 떨어진다는 것으로 얘기가 귀착되었다. 주 집사는 그럴 때마다 이상하게 교회 편이 되었다. 교회와 아파트와는 충분한 거리를 두고 있으며, 그것 때문에 집값이 떨어진다는 것은 근거가 없는 소리라고 일축해 버렸고, 교회가 들어와야 사람 사는 동네가 완성된다는 도시공학자 주민의 주장에 적극적으로 동감을 했다.

그는 완공되자마자, 첫 번째로 등록을 했다. 인터넷으로 그 교회 목사의 설교를 들어보니 들을 만했다. 가끔 공사 현장에 나타나는 목사는 인물도 괜찮았지만, 무엇보다 인격적으로 보였다. 그냥 종교 전문가 스타일은 아니고, 신도시 목회자라는 느낌이 풍겨 왔다. 그러나 목사에 대한 만족감이 아니라 무엇보다도 그 자리에 교회가 들어서면 자신이 할 일이 생길 것 같아, 등록을 서두른 것이었다.

교회는 삼 년 전에 설립되었고, 5층짜리 번듯한 건물을 지었지만, 아직도 개척교회나 다름이 없었다. 교인 숫자도 얼마 되지 않았고, 대부분 삼사십대의 젊은 층이었다. 그들은 우선 살기에 바빴다. 아이들 교육하는 데에 봉급의 상당 부분을 할애해야 하고, 학원이다 과외다 해서 아이들 실어나르는 일을 해 주어야 했다. 판교에 거처를 두기 위해서 은행 신세를 적지 않이 져야 했기 때문에 봉급이 많은 사람이라도 가처분소득은 얼마 되지 않았다.

주 집사는 수십 년을 교회 밖에서 살아왔기 때문에 막상 교회에서 할 일이 없었다. 찬양대원을 모집한다고 매주일 광고가 나왔지만, 통기타로 포크송이나 부를 줄 알지, 그것도 옛날 일이니 영 자신이 없었다. 하도 응모자가 없으니 찬양대장은 한글만 읽을 줄 알면 찬양할 수 있다고, 오디션도 안 본다고 유인하였지만, 나중에 음악 선생인 자기 아내나 등록하고 나가 보라고 할 작정이었다.

교회에 간 첫날, 그는 자기의 일감을 발견하였다. 준공검사나 사용승인이 나지 않은 상태에서 입당 예배를 드릴 수밖에 없는 상황이어서 교회당에는 온통 먼지와 횟가루 범벅이 가득했다. 입당 전날 여러 사람이 걸레며, 빗자루며, 청소기며를 동원하여 겨우 의자에 앉을 수 있는 정도로만 청소를 했

**티럭 하나라도**

다. 그러나 통로의 바닥은 도키다시(테라초)가 제대로 마무리 되지 않은 상태였고, 본당의 데코타일 접착부는 여전히 지저 분했다. 바닥을 쓸면서 날린 먼지는 벽이며 선반 쪽으로 올 라가 자리 잡았다. 유리창마다 인부들의 손자국, 장갑 자국이 여실했다.

사실 교회 봉사로서 청소를 한다는 것은 상상도 해 보지 못 한 일이었다. 사찰 집사가 전담하여 청소하려니 하였고, 그게 아니라면 외주업체라도 동원하면 되지 않을까 했었다. 그러 나 개척교회 입장에서 큰돈을 빌려서 건축까지는 했지만, 건 물 운영에만도 적잖은 비용을 들여야 했기에, 외주라든지, 사 찰 채용이라든지는 교회 예산 사용의 우선순위에서 밀려나 있었다. 교인들은 최소한으로 일주일에 한 번씩만 외주를 주 자는 정도로 의견을 모았다.

입당 예배 청소를 위해서 떠들썩하고 수선스럽게 청소 행 사를 벌였지만, 그다음 주부터는 인원이 줄어들었다. 2,3주 지나니 그냥 주 집사 한 사람만 남았다. 외주업체는 주일예 배를 마친 월요일 아침에 일찍 다녀갔기 때문에, 주말이 되면 교회에는 청소 거리가 넘쳐났다. 주 집사는 여하간 입주 청소 라도 완벽하게 한 다음에는 손을 떼려고 했다. 차라리 교인 가정의 아이들이라도 모아서 글쓰기 지도라도 해 볼 작정이 었다.

그러나 주 집사는 손을 떼지 못했다. 토요일이면 담임목사와 사모가 직접 걸레와 빗자루를 들고 청소에 나섰다. 그리고 만날 때마다 고맙다는 인사를 아끼지 않았다. 워낙 인격적으로도 훌륭하게 보이는 목사 내외가 손수 나서니 주 집사는 다른 봉사활동을 찾을 때까지는 그냥 청소를 하기로 마음먹고 말았다.

그 '그냥'은 좀처럼 마무리될 조짐을 보이지 않았다. 사실 주 집사는 청소를 좋아하는 사람이 아니었다. 학교에서 교사들이 청소하는 경우는 없다. 집에서도 물론, 아내가 맞벌이하는 통에 집안일을 나누어야 했지만, 그것도 파출부에게 맡겨버린 터였다. 청소 후에 걸레를 어떻게 빨아야 하는지도 몰랐다. 물론 옛날 어른들의 빨래법은 그래도 흉내 낼 수는 있었다. 빨래를 물에 담가 불리고 나서, 빨랫비누로 비빈 다음 빨래판에 문지르면 소복이 거품이 난다. 그리고 볕에 말리면 되었다. 그런데 이제는 그런 빨래판은 구경하기가 힘들다. 그 대신에 세탁기들이 동원된다. 세탁기 사용법도 교회 청소를 하면서 처음 알게 되었다. 그러니까 주 집사는 하던 버릇대로 청소한 것이지, 즉 주변의 상황 때문에 계속 걸레를 잡은 것이지, 다른 이유가 없었다. 그런 걸 찾을 여유도 없었다.

그런 식으로 네댓 달이 지나갔다. 온수를 사용하지 않으면 손이 시릴 무렵이 되었다. 재직하고 있던 학교에서 공로 연수 대상으로 선정되었다. 가까운 일본이 연수 대상국이었는데, 마침 천리대학에서 조선학회가 열린다는 것을 듣고는 그

학회에 참석하리라 마음먹었다. 천리대학은 나라현의 천리시에 있는 대학이다. 사실 교회에 다시 다니기로 마음먹은 입장에서 일본 신흥종교인 천리교의 본부가 있는 곳에 간다는 것이 꺼림칙하기는 했지만, 그 외에 다른 선택이 떠오르지 않았다. 그리고 오사카와 나라 일대를 답사할 수 있다는 장점을 무시할 수 없었다. 역사 교사로서 천리대학의 학술회의보다는 백제의 숨결을 느낄 수 있는 나라 답사를 더 고대하였다.

천리시에서는 천리교 순례자들이 머무는 공동 숙소의 다다미방에 짐을 풀었다. 이튿날부터 시작된 천리대학의 학술회의는 솔직히 말해 재미가 없었다. 고교 역사 선생으로서의 관심에 어울리는 주제가 거의 없었다. 해외에서 열리는 한국학 학회에서는 한국어 교육이 중심을 이루고 역사며 문학이며, 사상 등의 분야는 발표자가 적었다.

주 집사는 자기가 찍어 놓은 세션 외에는 밖으로 돌기 시작했다. 그는 스스로 천리시 답사를 하기 시작했다. 한마디로 거리며 건물이 깨끗, 깔끔 이런 어휘로밖에 표현될 수 없었다. 일본사람들이 청결을 중요하게 생각한다는 것은 알고 있었지만, 비록 오래된 건물조차도 '깨끗하게 낡을 수 있다'라는 것은 상상을 벗어나는 일이었다. 출입문 유리에는 손자국이라고는 찾을 수가 없었다. 드나드는 사람들을 관찰하니 정말로 모두들 조심스럽게 문고리를 만지고 있었다. 마치 세게 여닫으면 무너지기라도 할 것처럼 취급했다.

주 집사는 시가지 안내도를 따라가며, 드디어 천리교 본부에 다다르게 되었다. 천리교는 19세기 중엽에 창립된 종교 집단으로서 한국에도 그 지부가 설립되어 있는 것으로 알고 있는 터였다. 본부의 정원에는 벚나무 군락이 펼쳐져 있었다. 봄철이면 그 꽃구경만으로도 방문의 의미가 있을 것 같았다. 그러고는 그 안쪽으로 들어가니 회랑으로 둘러싸인, 창시자를 모신다는 교조전이 나왔다. 애당초 사무 공간은 관람에 별 제약이 없었고, 종교의 핵심 시설도 개방되어 있었지만, 주 집사는 그냥 곁에서만 관찰하기로 했다.

옆으로 돌아가니, 유리창이 설치된 마루가 길게 놓여 있었다. 마침 한 여자가 마루 청소를 하고 있었다. 여자는 정장의 기모노는 아닌, 단정한 하얀색 일본식 의상을 입고 있었다. 그녀는 무릎을 꿇고 걸레질을 하고 있었다. 정성스러운 태도였다. 마루는 청소를 필요로 하지 않을 만큼 깨끗해 보였지만, 그녀는 서너 차례나 닦고 확인하고를 반복했다. 그 후에는 두어 걸음 앞으로 이동하여 또다시 무릎을 꿇고 아까와 똑같은 행동을 했다.

여자는 자기를 지켜보는 외부의 시선을 느끼지 못하고 있었다. 이번에는 살짝 눈을 감더니 중얼중얼 경이라도 읽는 듯했다. 그러고는 다시 걸레질을 했다. 여러 차례 바닥을 스쳐 간 걸레였지만, 그 걸레는 여전히 때를 타지 않은 듯했다.

그녀는 거의 무아지경이었다. 청소를 하면서 수행을 하고,

티럭 하나라도

마루를 닦으며 순례길을 걷는 것이라는 생각이 들 정도였다. 그러다 보니 마루 끝까지의 청소에 한 시간 이상이 소요되었다. 주 집사는 청소가 끝난 마루 쪽에 걸터앉아서 손바닥으로 마루를 훔쳐보았다. 먼지가 전혀 묻어나지 않았다. 나무틀과 유리 사이를 손가락으로 쓸어 보았다. 마찬가지였다. 주 집사의 머리에는 이 장면이 영상으로 깊이 각인되었다.

도시 어느 곳을 가도 깨끗했다. 소학교 교실을 창 너머로 건너다보니 마침 그 아이들도 청소를 하고 있었다. 자세는 아까 그 여인과 같았다. 한 줄로 늘어선 다음에 무릎을 꿇고 걸레질을 하고, 다시 앞으로 나가는 식이었다. 다만 염불을 외우지는 않았다. 아이들이라서 주의는 산만했으나, 교실의 마룻바닥을 빈 구석이 없이 청소해 내고 있었다.

도시 전체에서 졸졸졸 시냇물 흘러가는 소리가 들렸다. 그것은 시냇물이 아니라 하수도였다. 생활하수가 넘쳐나는 그런 곳이 아니었다. 시궁창으로 썩어들어 가는 하수도가 아니었다. 그것은 시냇물이었다. 송사리 같은 작은 물고기들이 살고 있었다. 정말 믿을 수가 없을 지경이었다. 설명을 들으니, 그 물은 도시 북쪽에 있는 시라카와[白川] 댐으로부터 흘러내려 오는 것이라 했다. 도시 전체를 감돌아서 후루천[布留川]으로 흘러간다는 것이다. 다른 분의 얘기를 들으니 봄철에는 온 시내가 꽃향기로 휩싸인다고 했다. 한마디로 천리시는 무릉도원 아니면 신선들의 고장에 방불했다.

주대림 집사는 커다란 충격을 받았다. 일본사람의 성격이 그렇다거나, 천리교의 종교적 특성이 그렇다고 하더라도, 눈으로 확인한 천리시는 학교 선생이자 교회의 청소 봉사자인 주 집사의 반성을 촉구하였다. 그 반성 끝에는 이방 종교조차도 저럴진댄, 세계적으로 으뜸 종교인 기독교가, 그 신도들의 모임인 교회가 더 깨끗해져야 하지 않겠는가 하는 각오도 생겼다.

그는 교회당이 하나님이 거하시는 성전이라는 뜻부터 다시 새기기로 했다. 기독교는 더러움을 거부하는 종교였다. 태초에 하나님이 천지를 창조하셨을 때, 만물은 얼마나 신선했을까, 먼지 한 톨 없는 공기는 얼마나 말끔했을까, 아담과 하와의 피부는 어린아이의 것과 같아서 실핏줄이 보일 정도로 투명했을 것이고, 아무리 문질러 본들, 때는 발견할 수 없을 것이었다. 근시, 난시, 원시 같은 질병도 없었을 것이고, 공해도 없기 때문에 수십 리 밖까지 맨눈으로 분별할 수 있었을 것이다. 태초의 자연은 시간이 흐름에 따라 비록 낡을 수는 있어도, 늙어질 수는 있어도 절대로 더러워지지는 않았을 것이었다.

주 집사는 이 대목에서 회개의 눈물을 흘렸다. 양심의 가책으로부터 잘못을 깨닫는 대부분 사람과는 달리 그는 창조의 질서와 그 상태를 회상함으로써 자신을 반성하였다. 그리고 그 반성과 회개의 결과를 몸소 보이기 시작하였다.

티끌 하나라도

이후, 교회 건물은 조감도에 나오는 수준으로 깨끗해졌다. 그는 도구가 죄악이 아니라는 것을 알고, 좋은 무선청소기를 주시라고 하나님께 기도하였다. 그 응답은 바로 이루어졌다. 재활용 쓰레기를 버리러 갔다가 거기서 상태가 어지간한 청소기를 발견한 것이다. 그는 당장 A/S 센터에 가서 여유분의 배터리까지도 구입했다. 그 청소기는 주로 구석에 몰려 있는 머리카락을 수집하는 용도로 사용되었다.

찬양대 지원을 꺼리던 그는, 그러나 청소하는 내내 찬송가를 흥얼거렸다. 누가 '집사님' 하고 불러도 돌아다보지 않을 정도로 그는 청소 시간에는 인기척을 전혀 느끼지 못했다. 청소를 방해하는 그 어떤 것도 사탄의 하수인으로 취급하였다. 그는 이제 거의 그 천리교 본부의 여인 수준이 되어가고 있었다.

집 청소에는 여전히 게을렀지만, 교회 청소에는 신속했다. 누가 시켜서 하는 일이 아님을, 목사의 격려나 교인들의 칭찬이 그를 변화시킨 것이 아님을 사람들도 알게 되었다. 그 교회로 보아서는 신입 교인이었던 그는 그다음 해에, 즉 등록 다음 해에 서리집사로 임명되었다. 그것은 교회에서 정한 내규와는 다른 결정이었다. 등록하고서 삼 년이 지난 다음에야 임명된다는 규정에서 벗어난 셈이었다. 그러나 아무도 이의를 달지 않았다. 고등학교 때까지의 신앙 경력을 참조하였다는 목사의 설명이 따로 필요 없을 지경이었다. 이제 2월 말에 명예퇴직하게 되니, 서리집사 임명이라도 해 주는 것이 좋겠다는 취지였다.

집사에 임명된 그는 본격적으로 교회 청소에 뛰어들었다. 그러다가 자기가 졸업한 대학의 어느 철학과 교수님이 이미 수학과 교수가 된 자기 아들과, 또 의사가 된 또 다른 아들과, 자기 선배이던 고교 교사 사위를 더불어 주말이면 동네 청소를 해서, 칭송이 자자했던 기억을 되살렸다. 그것은 일종의 노블레스 오블리주라고 생각되었다. 교회에서도 장로 같은 중직자들이 교회 청소에 앞장서야 한다는 생각도 들었다. 그러나 이제 막 집사, 그것도 서리집사에 임명된 사람이 나서서 주장할 바는 아니라고 여기고, 오로지 자기의 영역에서만이라도 꾸준히 청소 봉사를 하기로 했다.

소문은 교회에서 교회로 전해졌다. 그 교회를 방문한 사람이라면 누구라도 교회의 청결함에 놀랐고, 그것이 한 사람의 열성적 봉사로 이루어진 일이라는 데 두 번 놀랐다. 몇몇 교인들이 반성의 의미로 주 집사의 봉사활동에 참여했다. 교회에서는 교회 청소를 하나의 봉사 영역으로 인정하였다. 미화팀이 구성되었고, 당연히 주 집사는 그 팀장이 되었다. 주 집사의 진실함은 다른 팀원들에게도 전염되었다.

먼저 주 집사는 청소 테크닉을 전수했다. 밀대 걸레로 계단 청소를 하는 모습은 팀원들의 탄성을 자아냈다. 걸레를 밀착

시켜 계단의 윗부분을 왕복하여 닦은 다음, 그 모서리를 타고 걸레를 수직으로 밀착시켜 옆부분을 닦는 것은 다른 사람들이 흉내 내기 어려운 기술이었다. 교회 엘리베이터의 내부를 닦는 데는 소주가 최고라면서, 주 집사는 분무기에 희석한 소주를 스테인리스판에 뿌려 놓고, 그것을 종이로 닦아냈다. 그래서 한동안 교회에서 소주 냄새가 나곤 했다. 닦는 것도 면 걸레나 극세사 걸레가 아니라 신문지가 최고라고 했다. 바닥에 지저분하게 눌어붙어 있는 것들은 밀대 걸레를 그 위에 두고서 발로 짓이기듯 닦아냈으며, 머리를 아래로 하여 바닥의 상태를 확인하고는, 조금이라도 이상이 있는 부분은 재차 밀었다. 공사이후 교회 바닥에 남아 있던 래커칠의 흔적도 알코올을 뿌려 깨끗하게 닦아냈다. 주 집사는 열심으로도 최고였고, 기술로도 으뜸이었다.

조직이 이루어지자, 미화 팀은 연중 계획을 세웠다. 본당 바닥 청소는 일 년에 두 번, 복도 물청소는 일 년에 네 번, 천장 거미줄 걷어내기는 여름 직전과 끝날 때 한 번씩, 지하 주차장은 비가 오거나 눈이 내린 다음 주에 한 번씩 하는 등, 전문 청소 업체 이상으로 질서를 갖추었다.

교회가 청결한 것으로 이름이 나자, 주민들도 환영하였다. 그리고 다수의 주민이 교회에 등록하기 시작하였다. 대부분 초신자가 아니라, 주 집사처럼 신앙에서 멀어졌던, 이사하고 나서 교회를 정하지 못하던 사람들이었다. 교회는 북적이기 시작했고, 그만큼 청소의 수요도 늘어났다.

학교에서 퇴임하고 봄철이 되자 주 집사는 이전까지의 소극적인 태도에서 벗어나, 이제는 적극적으로 청결 작업을 하겠다고 팀원들에게 선언했다. 제일성으로 주 집사는 담임목사에게 본당 카펫의 교체를 요청했다. 연녹색의 카펫은 교회가 이사 오기 전부터 사용하던 것으로, 낡기도 했을 뿐 아니라 군데군데 검은 얼룩이 생겨서 지워지지 않았다. 주 집사는 청소의 효과를 들먹이며 교체를 요구한 것이었다.

교회는 주 집사의 청을 받아들여 이번에는 얼룩이 잘 보이지 않을 만큼 검붉은 카펫을 깔았다. 카펫을 제작하느라 이어붙인 곳과 가장자리의 마무리 부분에 남은 찌꺼기를 청소기로 걷어내니, 너무도 깔끔하고 좋았다. 팀원들은 주 집사의 영향력을 인정했다.

이웃 교회에 소문이 나서, 견학하러 오는 사람들도 있었다. 주 집사는 기쁨으로 그들을 맞이하였다. 그리고 이웃 교회 목사들은 이 교회 담임목사에게 은근히 주 집사를 집회 강사로 모셔 가고 싶다고 청을 넣기도 했다. 담임목사도 자기 교인이 그렇게 이름나는 것이 싫지는 않았다. 자기가 목회를 하면서 다시 신앙의 길로 돌아온 사람이, 저렇게 극적으로 변화된 모습을 보여주니, 그것이 자기 목회의 열매라고 생각했다. 게다가 주 집사 덕분인지, 자신의 설교 덕분인지 교인들이 늘어나기 시작해서, 그 어렵다는 신도시 교회 개척의 성공 사례로 거론되고도 있었다.

"못 해요, 목사님. 제가 어떻게…."

"그래도 집사님, 기독교 신앙은 공동체 즉 이웃에 대한 관심과 또 그것의 공유와 연결되어 있어요. 다른 교회 교우들에게 집사님의 그 아름다운 사역을 소개하고, 경험을 나누는 것은 하나님이 기쁘시게 생각하실 일입니다."

주 집사는 목사와의 토론에 참여하고 싶은 생각이 없었다. 그의 말은 옳았다. 다만, 경험을 어떻게 나눌 것인가 하는 것이 걱정이었다.

"그냥, 담담하게 이 교회 등록할 때부터 지금까지의 일을 순서대로 죽 얘기하면 되지 않겠어요? 그것이 하나님의 사역에 참여한 집사님의 삶이었으니까요."

그것은 어렵지 않다고 생각되었다. 그는 그날로부터 얘기할 것을 준비하였다. 간증인지 경험담인지는 구분하기 어려웠지만, 목사의 말을 좇아 담담하게 시간순으로 얘기하기로 마음먹었다.

인근 광주시 변두리의 작은 교회에서 주 집사는 담임목사의 안내를 받아 강단에 올랐다. 청소를 위해서 오르기는 해보았어도, 강대상에서 연설하려고 오르기는 처음이었다. 그는 떨었다. 하마터면 손에 든 원고를 놓칠 뻔했다.

앞부분의 순서가 끝나고, 이제 주 집사가 나설 차례였다. 목사는 주 집사를 소개하기 시작했다. 교사 생활 몇 년에 아무 학교를 은퇴하였고, 판교에 있는 모 교회의 집사님이신 주 대림 집사님을 소개한다고 하더니, 이번에는 주 집사가 어떻 게 청소 사역을 하고 있는지를 한참이나 늘어놓았다. 주 집사 는 저렇게 말씀하시면 자기가 말할 내용이 없는데… 하는 생 각이 들었다. 목사는 소개 말미에 갑자기 이름을 거론했다.

"이름은 주대림 집사님입니다. 이름부터가 참말로 거룩해 요. 우리가 성탄절을 앞두고 대림절이라는 걸 지키잖아요. 그 대림이란 말은 '임하시기를 기다린다'라는 뜻이에요. 예수님 말씀입니다. 주님요. 그러니까 이 집사님은 태어날 때부터 주 님 오시기를 기다리는 분입니다. 그 기다림을 표현하고 준비 하는 것이 교회 청소가 아닐까 싶습니다. 성도 여러분, 믿습 니까?"

회중석에서는 일제히 "아멘!" 하고 반응이 나왔다. 이름 이 야기가 나오니까 주 집사는 잠깐 옛 생각이 나기도 했다. 고 등학교 다닐 때 자기 별명이 '대리미'였다. 다리미란 말의 사 투리 말이다. 그러고 보니, 대림절은 몰라도, 자기 이름이 청 결과 관계되는 것이라는 생각이 퍼뜩 들었다. 살짝 회심의 미 소를 지었다. 회중은 대리미라는 별명을 듣자마자 마음을 열 기 시작하였다. 주 집사의 어색함도 이내 가셨다.

그는 차근히, 담담히 자신의 이야기를 풀어냈다. 청소를 시 작하자마자 무선청소기를 얻을 수 있었다고 하자, 성도들은 하나님의 응답의 신속함과 적확함에 놀랐다. 특히 회개의 계

티럭 하나라도

기가 된 천리시의 방문 이야기에는 감탄을 금하지 못했다. 창조신학과 연결을 지어 자신의 사역을 설명할 때 교인들은 청소의 신학적 배경에 수긍하지 않을 수 없었다. 그렇게 주 집사의 첫 번째 간증 집회는 성공으로 끝났다. 집회에 참석했던 교인들이 이번 주말에는 모두 다 청소하러 나오리라 작정을 하고 돌아갔다.

"약소하지만…."

목사는 봉투를 내밀었다. 간증 사례금이라 짐작되었다. 주 집사는 정중히 거절했다.

"이러시면, 이걸 받으면, 저의 하늘의 상급이 그만큼 줄어든답니다."

목사는 이미 준비한 걸 철회하기도 그렇고, 주 집사의 뜻을 거스르기도 그렇고 해서,

"그럼, 이번 주말에는 교회 미화 팀 회식이라도 한번 하시죠."라고 핑계를 마련해 주었다.

청소에 보람을 느끼고, 칭찬도 듣던 미화 팀은, 팀장 덕에 회식을 하게 되자, 자연 주 집사의 리더십에 머리를 숙였다. 청소만 잘하는 게 아니라, 목사 뺨치게 설교도 잘하나 보다 싶었다. 그들은 주 집사의 지시를 매우 잘 따랐다. 일사불란하게 청소를 하니 교회는 더욱 깨끗해졌다.

어느 날은 청소를 마치고 마무리를 하는 중이었다. 주 집사는 미화 팀을 모이라 하고, 목사와 부교역자들까지를 초청하

여, 자기가 맡아서 사용하고 있는 무선청소기의 분해 소제를 시범적으로 보여주기 시작했다. 주 집사는 먼저 청소기를 한 번 작동시켰다.

"지금 청소기가 돌아가는 소리를 잘 기억해 놓으세요."

청소기에서는 다소 낮고 거친 회전음이 들렸다.

그런 다음 버튼 하나를 눌러서 먼지 통을 간단히 탈거하였다. 이어 필터를 꺼내고, 그 안에 모인 쓰레기를 한곳에 모아 놓으니, 먼지뿐 아니라 아이들 과자 부스러기도 보였다. 그러고는 한 움큼의 머리카락을 끄집어냈다. 이번에는 청소기 헤드를 분해했다. 바닥과 접촉하는 롤러에는 머리카락이 듬뿍 휘감겨 있었다. 롤러를 분해하기는 했어도 머리카락을 벗겨 내는 일은 여간 까다롭지 않았다. 사실 까다롭다기보다는 한 묶음 한 묶음씩 뜯어내는 데 제법 많은 시간이 소요된 것이었다. 그렇게 해서 분해한 부품들을 물청소하여 말리고는 다시 조립하였다.

"자, 아까 그 소리와 이제 이 소리를 비교해 보세요."

주 집사가 스위치를 켜자, 청소기는 아까와는 달리 소리의 크기도 작고 약간의 고주파음이 들릴 정도의 경쾌한 회전음을 냈다.

"자 보세요."

그는 아까 받아놓았던 쓰레기를 다시 흡입시켰다. 순식간에 쓰레기가 사라졌다. 그러고 나서는 이전과 똑같이 먼지도

**167**

제거하고, 머리카락도 뜯어냈다. 물청소도 이어졌다. 그런 시범을 굳이 보이지 않아도 될 텐데라는 생각이 들었으나 모인 사람들은 팀장에 대한 찬사를 억제하지 못했다.

주 집사는 청소기 정리가 끝나자 목소리를 낮추어 말하기 시작했다.

"문제의 핵심은 머리카락입니다."

다들 공감했다. 주 집사는 놀라운 제안을 했다.

"우리는 매주 똑같은 일을 하고 있습니다. 우리야 교회 청소를 해서 교인들의 칭찬도 받고 다른 교회에서도 우리를 본받으려 하니 좋습니다만, 그리고 솔직히 하늘나라에 보화를 쌓고 있기도 하죠. 그런데 우리 교인들이 우리를 위해서 희생하고 있다는 생각이 자꾸만 들었습니다. 우리의 영예가 그들의 희생으로 이루어진다는 것이죠. 그들이 쓰레기를 만들어 내지 않는다면, 우리가 청소할 일도 없어지니까요. 그들은 교회를 더럽히는 존재들이고, 우리는 청결케 하는 거룩한 사람들이 되었다는 것입니다."

주 집사는 목사에게나 교역자들에게나 팀원들에게 그들이 전혀 예상하지 못했던 말을 하기 시작했다. 어떻게 보면 궤변 같기도 했지만, 주 집사의 열성과 진심에 찬 어조는 듣는 사람들의 마음을 녹이고 있었다.

"그래서요?"

목사가 먼저 반응을 보였다.

"다른 건 몰라도 머리카락만큼은 배출되지 않도록 해 보자는 것입니다. 우리나라 옛말에도 신체발부는 수지부모라 해서 머리카락을 간수하는 것을 하나의 윤리적 미덕으로 취급했구요, 성경에도 사도 바울이 교회의 여자들더러 머리를 가리라고 하지 않았나요?"

"그거는 머리카락이 떨어진다든가 하는 그런 문제가 아니라, 예수님이 교회의 머리가 되신다는 것과 관련하여…."

부목사의 참견을 주 집사가 가로막았다.

"아니, 어쨌든 사도 바울은 고린도전서 십일 장 육 절에서 '만일 머리를 가리지 않거든 깎을 것이요.'라고 하지 않았습니까? 그러니까 제 말은 둘 중의 하나를 하는 것이 성경 말씀을 따르는 것이라는 거예요."

담임목사는 그 자리에서 주 집사와 성경 말씀을 가지고 토론하는 것이 결코 교회에 유익한 일이 아니라고 판단하였다.

"알겠습니다, 집사님. 제가 장로님들과 의논해 보지요."

"네 감사합니다. 그런데 우리 미화 팀만이라도 먼저 시범을 보이면 어떨까 합니다만…."

목사와 부교역자들은 그날 나온 쓰레기만큼이나 큰 고민을 가지고 자리를 떠났다.

성경에는 여자들의 머리에 대해서만 언급하고 있었으나, 미화 팀의 남자들은 삭발을 결의하는 데까지 이르렀다. 그것은 주 집사의 성경 해석에 동의한 것이 아니고, 주 집사의 일종의 카리스마에 굴복한 것이었다. 여자 팀원들은 삭발은 그렇고, 머리를 어떻게 가릴까 궁리를 하다가, 그냥 미화 팀에서 빠지기로 하였다. 결국, 졸지에 팀원이 줄어들고 말았다.

담임목사는 주 집사의 잇따른 재촉에, 교회의 방침으로 결정하기보다는 광고를 통하여 되도록 모자를 쓰거나 헤어밴드를 착용하도록 권고하였다. 물론 자신이 목격한 청소기의 머리카락 얘기를 곁들여서 말이다. 교인들은 혼란에 빠졌다. 천주교도 아니고 개신교에서 머리를 가리라니, 언제는 예배 시간에 모자 쓰는 것도 모습이 안 좋다고 벗으라고 하더니, 담임목사가 왜 마음을 바꾸었을까 하고 의문을 품었다. 예배에 참석한 교우 중 머리를 민 사람들이 바로 미화 팀이라는 것을 알게 되면서는 무언가 두려움을 느끼기도 하였다. 아이들은 일절 과자를 휴대하지 않았고, 카페에서 받은 커피를 다른 층으로 이동시키는 일도 없어졌다.

교회는 이전보다 훨씬 깨끗해졌다. 여성 팀원들이 나오지 않아도 지장이 없을 정도였다. 주 집사의 첫 번째 프로젝트는 거의 성공을 거두었다. 사실 여자들이 머리 가꾸는 일에 얼마나 신경을 쓰는지를 잘 알고 있기에, 그걸 깎으라고 하기도 그렇고, 보자기로 덮으라고 하기도 그랬다. 적당한 선에서 잘 마무리된 것이었다. 물론 천주교를 흉내 내느냐는 반발도 있었지만, 확실히 깨끗해진 교회당을 보면서 아무도 더는 이의를 달지 않았다.

얼마 후, 주 집사의 두 번째 프로젝트가 시작되었다. 본당에 맨발로 들어가자는 것이었다.

"집사님, 맨발은 좋지 않아요. 여름철이면 냄새가 진동할 거예요."

"저도 압니다. 그러니 교회에 오기 전에 발을 깨끗이 씻고, 그것으로 부족하다면 입당할 때 양말을 갈아 신으면 되지 않겠어요? 이거 좀 보세요. 이 카펫에 모래가 지금지금하잖아요. 진공청소기로 여러 차례 빨아들였지만 통 없어지질 않는 거예요."

주 집사는 검붉은 카펫 위에 점점이 흩어져 있는 모래를 가리켰다.

"그러네요."

성도들의 형편과 그들의 영적인 상태를 잘 알고 있는 담임 목사로서도 교회당의 물리적 상태는 주 집사에게 배워야만 했다.

"그리구요, 이제 교회에서는 결혼 예식은 허가하지 않는 것으로 합시다. 교회 다니지 않는 일반인들이 와서는 아무렇게나 어지럽혀 놓고 가는 거예요. 지하 주차장에서 담배를 피지 않나….."

예식과 관련된 문제는 목사도 신경을 쓰고 있었지만, 교회의 청결 때문에 혼인 예배를 중단하라는 것은 받아들일 수가 없었다. 그래서 목사는 무리한 부탁이라고 대답했다.

"저번 제가 간증 집회에 갔을 때 그 교회 목사님은 정말 그래야겠다고 하시던데요."

주 집사는 벌써 여러 차례 불려갔다. 특히 기독교 TV 채널에 출연한 이후에는 전국적으로 기독교계의 유명인사가 되었다. 고구마 전도왕이란 사람이 일으킨 파도가 잠잠해지자, 이번에는 교회 청소가 화두가 되었다.

"결혼 예배는 자주 있는 것도 아니니 더 두고 생각해 보기로 하구요, 일단 카펫은 교인들이 밟지 않는 것으로 합시다. 내가 광고 시간에 카펫 가장자리로 다니라고 얘기할게요."

"교회 입구에서 신발을 잘 털라고도 얘기해 주세요. 아니면 제가 한번 얘기할까요?"

목사는 물러서고 말았다. 차라리 다른 교회에서 한다는 간증 집회를 열어주는 것이 어떨까 하는 생각도 들었다. 주 집사가 다른 교회에서는 자기를 알아주는 데 비해, 본교회에서 알아주지 않는다고 저렇게 행동하는 것으로밖에 해석이 안 되었다.

"그러고 보니, 선지자가 고향에서 대접을 받지 못하고 있는 셈이군요."

목사는 쓸쓸한 미소를 지었다. 목사는 거의 항복을 한 것이었다. 그를 선지자의 반열에 올려놓았으니 말이다.


"바로 터럭입니다!"

이전과 마찬가지로 그는 퀴즈로부터 간증을 시작하였다. 자신의 별명 얘기도 털어놓았다. 어느 교회보다도 회중의 반응은 더 강력했다. 주 집사의 얘기는 이전 간증보다 더욱 풍부했으며, 훨씬 설득력이 있었다. 자기가 청소한 바로 그 자리에서 그 청소 이야기를 하니 실감도 배가 되었다.

그리고 학교 선생 경력자로서 자신의 경험을 또 한 가지 보탰다. 자기가 어렸을 때 청소는 일종의 징벌이었단다. 숙제를 해 오지 않은 학생이나, 수업 시간에 떠든 학생, 옆자리 친구를 괴롭힌 학생들이 그 벌을 받는 자였다. 죄지은 학생이 없는 날은, 그야말로 청소 당번이 맡았지만, 절반 정도는 잘못을 저지른 학생들이 청소를 했다. 청소하는 학생을 보면 다른 반 아이들은 '저 녀석이 무슨 잘못을 해서 청소에 걸렸나?'라고 생각했다. 하긴 미국 영화 중에는 줄무늬 죄수복을 입은 이들이 장총을 든 교도관의 감시를 받으며, 교외의 고속도로를 청소하는 장면도 나온다. 청소를 징벌이라고 여기니, 사람들이 청소를 싫어한단다. 시청의 청소부를 보더라도, 뭔가 잘못한 사람으로만 여긴단다. 최소한 공부는 지독히 하지 않았을 것으로 생각한다는 것이다. 만일 1등을 한 학생에게 청소를 시켰다면, 청소를 영광으로 여겼을 것이고, 아예 세상을 어지르지 않으려 노력했을 것이라고 했다. 청중들은 그의 어법에 매료되었다.

간증의 절정에 이르자, 주 집사는 그날의 본문으로 사도행

전 27장 34절을 택했다. 성경에서 교회 청결의 근거를 찾으려 하는 것 같았다. 간증의 전반부에서 후반부로 이어지면서 목사의 긴장감은 정도가 높아졌다. 종잡을 수 없는 주 집사의 행동에 내내 불안하기만 했다. 성경을 자기 식으로 해석해서 교인들을 잘못 인도하면 어떡하나 싶었다.

"여기 보니까, '바울 사도가 너희 중에 머리카락 하나도 잃을 자가 없으리라.'라고 선언하셨습니다. 지금 바울 사도가 탄 배는 아드리아해에서 풍랑을 만났습니다. 다행히 앞에 작은 섬을 만나서 이제 상륙할 참입니다. 그런데 불안한 나머지 선원들이 도망치려 합니다. 이때 바울 사도가 하신 말씀입니다."

목사는 적이 안심되었다. 거기까지는 본문 해석에 문제가 없었다.

"바울 사도가 '당신들은 결코 죽지 않을 것이다.'라는 뜻으로 뭐라고 했습니까? 바로 머리카락 하나도 잃을 자가 없다는 것입니다. 이 말을 바꾸어서 표현해 볼까요? 머리카락 하나라도 잃는 것 그 자체가 죽는다는 말이 아니겠습니까? 터럭 하나라도 말입니다."

주 집사는 성경 본문에서 벗어나는 수준이 아니라 생명체의 원리에서 벗어나고 있었다. 목사는 당장에 주 집사를 끌어내리고, '머리카락은 마치 사람과 마찬가지로, 생겨나고, 자라고, 죽어서 빠지고를 계속합니다. 그것이 자연스러운 일입니다. 그러니 본문에서 말하는 머리카락이라는 말은 당신들 몸에 아주 작은 부분이라도 손상을 입지 않을 것이라는 뜻입니다.'라고 말하고 싶었다.

회중은 이미 주 집사의 말에 전율을 느끼고 있었다. 그들 중에는 자신들의 오만함과 하나님을 경외하지 않음을 뉘우치는 자들이 늘어나고 있었다. 부교역자들조차도 회개의 탄성을 지르고 있었다.

목사는 겁이 났다. 사탄이 준동하고 있는 걸 느낄 수 있었다. 그동안 주 집사를 신앙적으로 지도하지 못했음을 후회했다. 처음에는 자신도 청소했으나, 미화 팀이 구성되면서는 그들에게만 맡겼던 것도 아쉽게만 느껴졌다. 함께 청소했더라면 그들과 자주 대화의 시간을 가졌을 텐데, 하는 생각도 들었다. 그러나 열심으로는 주 집사를 능가하지 못함을 탄식했다. 자신은 외부 집회에 나가 본 적이 없는데, 그는 벌써 유명한 간증자가 되어 있었다. 그걸 시기하고 있는지도 몰랐다. 그 역시 조용히 자신의 죄를 고백하기 시작했다. 할 수만 있다면 구약의 선지자들처럼 머리에 재를 뿌리고, 옷을 찢기라도 하고 싶었다. 그 정도의 심정이었다.

"청소를 영광이라고 인식하는 쪽으로 우리의 사고가 바뀌기까지는 시간이 필요할 것 같습니다. 그래서 당분간은 청소는 징벌이라고 생각하기로 합시다. 우리 미화 팀은 일 년 이상 정말 성심성의껏 청소를 했습니다. 하나님의 전을 깨끗하

**175**

게 하고, 하나님을 향한 예배를 준비하는 일이라 여겼습니다. 그런데도 우리 교회는 주말에 이르면 온갖 쓰레기가 넘쳐납니다. 과자 부스러기며, 종잇조각이며, 심지어는 여러분의 머리카락까지 말입니다."

교인들은 이 대목에서 다시 마음에 불편함을 느꼈다. 자신들의 죄를 뼈저리게 느꼈다. 목사는 안절부절못했다. 그러면서 주 집사가 이제 무슨 일을 벌이려는 거지, 하고 그를 주목했다.

"쓰레기를 버리거나 머리카락을 흘리는 사람에게 일 개월 교회 출입 정지 명령을 내리자는 것입니다. 쓰레기를 지참한 더러운 육신은 충분한 참회의 시간이 필요합니다. 머리카락을 주워서 유전자 검사를 해 보면 누구의 것인지 금방 나옵니다. 그러니 우리 미화 팀처럼 머리를 밀어 버리든지, 아니면 교회 출석을 자진하여 자제해 주시기 바랍니다. 그때에야 우리 주님이 영광 받으실 것입니다. 할렐루야!"

주 집사는 여느 부흥강사 뺨치게 간증 시간을 이끌었다. 교인들은 우렁찬 목소리로 "아멘!" 하고 화답했다. 목사는 자기가 쌓아 올린 성전이 무너져 내림을 느꼈다. 돌 위에 돌 하나도, 벽돌 위에 벽돌 하나도 남지 않을 것 같았다. 목사는 침통한 표정으로 자신의 머리를 한 줌 쥐어뜯었다. 터럭 몇 가닥이 빠져나왔다.

(끝)

# 가뭄의 끝

여름은 길었다. 구름 한 점 없는 하늘은 더이상 맑을 수가 없었다. 태양은 그의 빛과 볕을 유감없이 지상에 투하하였다. 여름내 그랬다. 오성리에 습기라고는 조금치도 전달되지 않았다. 저녁이나 새벽에 이슬조차 맺히지 않았다. 동네 우물은 말라 갔다. 평소에 줄줄 흐르던 안터의 옹달샘도 겨우 한두 방울씩 똠방똠방 떨어질 뿐이었다. 작소 마을 앞을 흘러가는 작은 개울은 그냥 모래밭의 연속일 뿐이었다. 그리고 그 계절에 그녀가 있었다.

대대로 농사로 생계를 유지하던 이 마을에 재앙이 닥친 것이다. 생활용수가 모자라는 판에 농업용수는 엄두도 낼 수가 없었다. 이삼일에 한 번씩 소방차가 와서 한 도가지씩 물을

**177**

퍼 놓지 않는다면 사람들은 갈증으로 세상을 뜰 지경이었다. 그건 작소 마을이나 오성리에 국한된 것은 아니었다. 정읍군을 중심으로 전라북도 남부지방이 온통 그 지경이었다. 내장산을 넘어 백암산으로 이어지는 노령산맥 남쪽은 그래도 몇 차례의 소나기가 내려 당장의 갈증은 해소하고 있었다. 그런데 저 멀리 상두산을 배경으로 둔 이 옹동면에는 유난히도 비가 내리지 않았다.

그중에서도 작소 마을은 가뭄이 가장 심한 곳이었다. 인근 방죽밑 마을은 제내저수지의 혜택을 아직은 보고 있으며, 저 뒤쪽의 용호리는 오성저수지 물이 개울 형태로나마 흘러오고 있었다. 내기 마을이라고도 불리는 안터는 마침 용출수를 발견하여 식수 정도는 해결하고 있었다.

지난 겨울을 따뜻하게 난 덕분에 눈이 쌓이지 않았고, 그러다 보니 지하로 스며들어 간 물도 적었다. 봄 가뭄에 여름 가뭄까지 겪다 보니 옹동면 일대는 언론사의 단골 취재 지역이 되어 버렸다. 방송국의 카메라는 쩍쩍 갈라진 논바닥을 향했으며, 몇 군데 둠벙이 있던 곳까지 기자들이 내려가서 보도하는 모습도 연출되었다. 재앙이란 말로는 표현이 부족하였다. 너른 들판을 앞에 품고 야트막한 언덕을 뒤로하여 옹기종기 살아가던 작소 마을, 기름진 농토에서 나는 미곡으로 그런대로 윤택하게 살던 20여 세대의 마을은 이제 빈민촌으로 전락할 위기에 처해 있었다. 마을에 답지하는 구호물자를 애타게 기다리는 신세가 된 것이다.

　거기가 나의 외가 동네였다. 방학이면 호남선 하행 열차를 타고 신태인에서 내려, 태인까지 버스를 타고 가서, 다시 원평으로 가는 버스로 갈아타고, 먼지가 풀풀 나는 1번 국도를 따라가다가, 오성교를 지나 작소 마을로 통하는 뚝방길에 하차를 하고서 십여 분을 걸으면 닿는 곳이었다. 마을에서는 외갓집이 그래도 제일 큰 집이었다. 안채의 크기도 컸고, 마당의 끝에 사랑채를 따로 두었는데, 나중에는 뒷집까지 사서 확장하는 바람에 다른 집은 견줄 수가 없을 정도의 규모가 되었다.

　외견상으로만 그런 것이 아니었다. 마을 바로 앞의 텃논은 외갓집의 소유였고, 그 외에도 여러 군데 농토와 과수원 따위를 소유하고 있었다. 위로 몇 대째 그곳에서 살아왔는지는 모르나, 벽장에 퀴퀴한 냄새를 풍기는 한문책이 보관된 것을 보면 글깨나 읽은 집안이 분명했다.

　외갓집이 행세하는 가장 큰 이유는 아무래도 자손이 번성한 데 있다는 것이 정답일 것이다. 외할아버지는 두 번 장가를 가서 자식 열을 두셨다. 딸 일곱에 아들 셋. 큰아들인 외삼촌은 출생 순서가 네 번째였고, 그다음이 우리 어머니였다. 다시 그 외삼촌은 업둥이 딸 하나를 포함하여 외할아버지와 마찬가지로 자식을 열을 두셨다. 농사가 주업인 농촌에서 자식이 번성한 것은 농사일에 절대적으로 필요한 인력의 확보

　　　　　　　　　　　　　　　　　　*가뭄의 끝*

라는 면에서 큰 자산이었다. 게다가 그 자손들이 다들 인물이
준수해서 원근 각처의 신랑감이나 색싯감으로 손꼽히고 있
었다.

외갓집은 나의 해방구였다. 한 번 가면 들판이며 동산이며
돌아다니지 않은 곳이 없다. 외갓집 원두막에 올라 수박을 우
적우적 먹고는 그대로 나자빠져서 모기에게 온몸을 맡긴 것
도 한두 번이 아니었다. 풀피리를 불어 본다고 머리가 핑 돌
정도로 바람을 내뿜어 보기도 했으며, 도시에서는 날리기 어
려운 연도 날려 보고, 자치기며 구슬치기도 마음껏 했다. 동
네 또래들과 어울려 팽이도 돌리고, 팔방도 하고 막자 치기도
했다.

또래들은 도시 출신인 나에게 매우 호의적이었다. 도시 촌
놈이 경험해 보지 못했을 것이라고 추정되는 놀이를 앞다투
어 선보이곤 했다. 잠자리나 사마귀를 잡아서 날개나 다리를
하나씩 뜯어 가는 험한 짓도 했고, 둥개(물방개)를 잡아 달리
기 시합을 벌이기도 했다. 나무에 붙어 있는 풍뎅이를 잡으면
그걸 뒤집어 놓고 뱅뱅 돌리다가 다시 일어나게 하는 것도 주
요 행사였다. 그러다가 출출해지는 저녁 무렵에는, 과수원의
복숭아를 따서 쓱쓱 바짓가랑이에 문대고는 그냥 껍질째 먹
었다. 심지어 이삭이 패기 시작한 벼에 모여드는 메뚜기를 잡
아 기름에 볶아서 단백질 보충용으로 먹기도 했다.

나는 방학 때마다 옹동행을 자원했다. 이모들이나 삼촌들이 다들 나를 예뻐하셔서 기꺼이 동행해 주었다. 마을에 도착하면 동네 어른들(그 대부분은 외갓집과 이렇게 저렇게 친척 관계였다)의 환영을 받았다. 도시 학교를 다니던 깨끔한 녀석이 오니 이것저것 물어보는 것도 많았다. 그런 질문 끝에는 창가나 한마디 불러 보라고 채근을 댔다. 동네 사람들이 세상을 접할 수 있는 유일한 도구인 라디오에서는 유행가나 민요 가락만 흘러나왔다. 그 동네에서 학교에 다니던 사촌들은 음악 시간의 혜택을 받지 못했는지, 교실에는 낡아빠진 풍금조차도 없었는지, 창가를 배운 적도, 부른 적도 없는 모양이었다.

석사과정의 마지막 학기를 남겨두었던 그해 여름방학에 나는 외갓집에 갔다. 아마도 학생으로는, 방학 때의 해방은 그것이 마지막이라고 생각되었다. 나이 든 녀석이 방학이라고 외갓집을 찾아간다는 것이 그리 드러낼 일은 아니었다. 이미 성인이 되어 버린 예전의 또래들이 대부분 입대했거나 돈벌이차 도회지로 떠나 버려 이전과 같은 재미도 없었다. 사실 대학 때부터 외갓집 행은 시들한 상태였다. 갓 입학했던 첫 여름방학에는 대학생이 된 모습을 동네 어른들에게 보여드리고 싶은 생각으로 갔지만, 그 뒤로는 봉사활동이다, 바캉스다 해서 집안 행사 외에는 신태인행 기차표를 끊을 일이 없었다.

사실 나는 외갓집을 고향이라고 치부하고 있었다. 월남하신 아버지에게는 일가붙이가 거의 없었다. 있다고 해도 8촌 이상 먼 친척이었고, 그것도 서울이나 부산쯤에 사는 분들이 었다. 명절이면 다른 친구들이 큰댁에 간다고 할 때, 나는 그 큰댁이라는 말의 의미를 몰랐다. 그냥 집이 큰 줄만 알고 있 었다. 게다가 개신교인인 아버지는 추도 예배는 드릴망정, 제 사상은 차리지 않았다. 추도 예배도 할아버지 할머니의 생신 일에 드렸다. 왜냐하면 그분들의 생사도 모르는 상태이기 때 문이었다. 설날에는 교회 어른들뿐 아니라, 아버지와 마찬가 지로 이북에서 내려온 어른들을 찾아 세배를 드렸다. 그러면 그 집에서 만둣국이나 비지전 같은 이북 음식을 내놓곤 했다.

외갓집은 여전했지만, 외삼촌과 외숙모는 이제 장년의 말 엽에 들어서 있었다. 초로라고나 할까, 시골 농사에 찌든 풍 모는 조카의 마음을 짠하게 했다. 그렇지만 나는 언제나 환영 이었다. 외갓집의 사촌 누나와 동생이 우리 집에서 고등학교 를 다녔다. 우리는 단칸방에 살 때부터 외가 식구들과 더불어 살았다. 서울에라도 다녀올라치면 외가 식구들은 꼭 이리역 에서 내려 우리 집에서 하룻밤이라도 머물고 갔다. 아버지의 처가 사랑이 여간 깊지 않고서는 있을 수 없는 일이었을 것이 다.

나는 대학원의 석사 논문을 준비하는 한편 다음해 신춘문 예에 던질 작품을 구상하고 있었다. 그러나 그것은 그냥 명분 이었다. 사실은 건강이 매우 좋지 않은 상태였다. 어렸을 때부터 호흡기가 약하더니 급기야 지난해에는 폐결핵 판정을 받았다. 엑스레이 사진을 꼼꼼이 들여다본 보건소 의사는 2기와 3기의 중간쯤이라고, 그러나 판정상으로는 3기라고 말해 주었다. 당분간은 보건소에 나와서 매일 주사를 맞아야 한다고 했다. 그리고 한 달분이라면서 한 뭉치의 약 보따리를 안겨 주었다.

외아들이 폐병에 걸렸다는 것을 들은 부모님은 낙심천만이었다. 그러고는 양약은 물론이요. 몸에 좋다는 한약도 따로 지어 왔고, 심지어는 다른 도시에 가서 뱀사탕이라는 것도 사 가지고 오셨다. 누런 기름이 동동 떠 있는 국물을 훌쩍훌쩍 들이마실 때마다 구역질이 올라왔다. 그러나 먹지 않을 수 없었다. 폐병으로 세상을 등지는 사람이 적잖은 시대였던 것이다.

보건소에서 폐결핵 진단을 받았을 때, 그러나 나는 기쁨으로 충만해짐을 느낄 수 있었다. 어떤 이들과 동류가 될 수 있다는 사실에 나는 은근히 흥분하고 있었다. 한국의 근대 문학인치고 폐병에 걸리지 않은 사람이 없다고 해도 과언이 아니지 않은가. 멋쟁이 이상이 그랬고, 그의 절친 김유정도 폐병 환자였다. 나도향 같은 소설가는 물론 김수영 같은 시인도 그렇게 아팠다. 심지어 채만식은 우리 남중동 집에서 한달음에 달려갈 만한 거리의 마동 집에서 폐결핵으로 신음하다 세상을 떴다. 그리고 그 대부분이 천재들이었다. 나는 쉽게 천재

자리에 오르게 된 것이다. 그러나 그들의 연보 마지막에는 공통된 표현이 있다. 요절! 그것만 빼고 나는 천재의 반열에 오르리라 마음먹었다. 다음해 신춘문예가 그것을 증명할 것이었다.

나는 여러 종류의 약들이 들어 있는 약봉지와 몇 권의 책을 들고 작소를 찾았다. 사실 초여름부터 가뭄의 징조가 있었다. 모내기는 했는데, 김을 맬 필요가 없을 정도로 가뭄에 시달리고 있었다. 시골에서는 이곳저곳에 관정 파기 운동이 벌어졌다. 물이 고일 만한 위치에 새로 둠벙을 파기도 했다. 사촌들이 군대에 간 외갓집에 일손이라도 하나 보태겠다는 심정이었다. 다행히 내 병의 상태는 호전되어 이제는 그 지긋지긋한 주사를 맞기 위해 엉덩이를 깔 필요는 없게 되었다. 약으로 다스리고, 섭생으로 보한다면 곧 좋아질 것이라는 얘기를 보건소에서 들은 것이다. 그러나 이제 전염성은 없다고 해도, 폐의 꽈리에 기생하고 있는 결핵균을 모조리 들어내는 데는 시간이 필요하다고 했다.

사랑채에 짐을 풀자마자, 나는 둠벙 파는 일에 동원되었다. 사실 외삼촌은 그냥 쉬라고 했지만 그럴 수는 없었다. 장정 서넛이 사나흘은 족히 삽질을 해야만 했다. 첫날은 그렇게 쉬이 지나갔다. 그리고 가뭄의 땅에도 어둠은 찾아왔다.

여행의 끝이었고, 노역에도 동원되었지만 잠을 이루기 힘들었다. 동네 사람들의 표정은 어둡기만 했고, 외가 식구들도 전처럼 살갑게 대해 주지도 않았다. 사촌 누나들은 시집을 갔거나 도회지로 취직을 해서 나간 상태였다. 나에게 창가를 청하던 동네 할머니들 일부도 더이상 모습을 보이지 않았다.

농촌의 저녁을, 그 가뭄에도 불구하고 풀벌레 소리가 장식하고 있었다. 나는 그 벌레들 소리에 익숙해지려 애를 쓰고 있었다. 그런데 어디선가 벌레 소리와는 다른 음향이 섞여서 울려오고 있음을 감지할 수 있었다.

"무슨 소리지?"

나는 자리에서 일어나 문밖을 나섰다. 소리가 조금씩 커지고 있었다. 내가 소리의 근원과 가까워지고 있는 것이 확실했다. 그것은 동네에서 국민학교 쪽으로 넘어가는, 말하자면 면사무소로 통하는 길가에 있는 어떤 건물에서였다.

"웬 교회가!"

교회당 건물의 실루엣이 눈에 들어왔다. 4년 전에는 없었던 건물이었다. 교회에서 무슨 집회를 하고 있는지 유리창으로는 약하나마 전등불이 비치고 있었다. 소리의 주인은 악기였다. 오르간 소리가 분명했다. 아마도 레코드판으로 무슨 음악 감상이라도 하는 모양이었다. 저런 조그만 교회에 오르간이 있을 턱이 없다. 학교 교실에 놓인 풍금의 소리가 아닌 파이프오르간 소리였다. 그것은 내가 다니고 있던 신광교회에서도 익히 듣던 음색이었다.

나는 확인하고 싶어졌다. 몇 걸음 교회 쪽으로 가까이 가려는데, 소리도 그치고 불빛도 그만 꺼지고 말았다. 어둠 속에서 더이상 전진하는 것의 의미가 없어졌다. 나는 돌아와 다시 잠을 청했다. 무슨 음악일까? 머릿속에서 내가 기억하고 있는 모든 음악의 선율을 끄집어내어 맞추어 보려 했다. 그러나 점차로 아까 교회당에서 연주되던 곡의 선율이 사라져 갔다. 그러고는 그대로 잠이 들고 말았다. 피곤한 나머지 꿈도 꾸지 않았다.

다음날은 그 어떤 것보다도 소리의 근원을 찾는 것이 우선이었다. 왜 이 동네에 교회당이 들어섰는지도 궁금했다. 대대로 유교 사회인 이 동네에는 기독교인이 없었다. 더러 타지로 나간 사람 중에는 교회를 다니는 사람도 있었지만, 대부분 종교에는 크게 관심이 없는 사람들이었다. 몇몇 사람은 가끔 태인에 있는 절에 다니기도 하고, 초상이 나면 스님들을 청해다가 염불을 외우는 경우는 있어도, 기독교라고는 구교나 신교 모두 이 마을을 외면하고 있었다. 그도 그럴 것이, 옹동면에서도 끝자락에 위치해 있는데다, 20여 가구밖에 안 되는 곳에 교회를 세워 봤자 운영하기도 어렵기 때문이었을 것이다.

"그렇지. 한 삼 년 됐나? 저 웃곁에 살던 성식이네가 서울 가서 돈을 많이 벌었는데, 아마도 교회 덕을 봤다지. 그래서 고향에 교회를 하나 세운다고 돈을 제법 내놨대."

외삼촌은 심드렁하게 대꾸했다. 종갓집으로서 한 해에도

여러 차례 제사를 지내는 외갓집에서는 기독교를 받아들일 상황이 아니었다. 한동안 동학이 판을 칠 때는 외할아버지가 차천자(車天子) 밑에서 잠깐 일을 보았다는 얘기도 들은 적이 있었다. 벽장에 모셔진 한문책들을 들추다가 어떤 종이 문서 한 장을 발견했는데, 거기에는 외할아버지를 포함한 여러 사람의 이름이 원을 이루며 쓰여 있었다. 바로 사발통문이었다. 한 이십 리쯤 떨어진 곳에 전봉준 장군의 묘소가 있을 정도이니 한동안 이 지역은 동학에 휩싸였을 것이었다.

아무튼 작소는, 그리고 오성리는 기독교 복음과는 거리가 있는 땅이었다. 아버지가 외삼촌을 신앙으로 이끌어 보려고 몇 차례 권고하는 것을 본 적이 있으나, 전통 유교의 외삼촌이 타종교의 매제를 받아들인 것만으로도 감사한 입장이었다. 그러면 과연 저 교회는 어떻게 운영되고 무슨 힘으로 유지되고 있는 것일까?

오후에 찾아간 교회당은 적적했다. 대신 교회에 잇대어 지은 사택 같은 곳에서 어떤 노인네 한 사람이 나왔다. 중키에 머리가 허옇게 세고 허리는 약간 구부정한 사람이었다. 볼록 렌즈 안경 너머로 깊숙한 그의 눈매가 보였다. 자세히 보니 목사 같기도 했지만, 행색 자체로는 도시 교회의 사찰에 방불하였다.

"누구신지?"

"예, 저…. 그냥…. 준자 철자 집에….."

가뭄의 끝

"아, 김 구장 댁 조카로구먼요."

목사의 음성은 약간 카랑카랑했고, 억양은 삼팔선 이북의 것임이 틀림없었다. 평안도 언저리의 말씨였다. 외삼촌은 동네 구장이기도 했다. 이 작은 교회에 사찰을 따로 둘 리가 없으니 그가 목사인 것은 분명했다. 그는 대뜸 나를 알아보았다. 소식도 빨랐다.

"예, 그렇습니다, 목사님."

"명자 청년이 얘기하더구먼…."

노인이 말한 명자는 틀림없이 외갓집의 업둥이 여동생일 것이었다. 이리 시내에서 버려지다시피 한 꼬마를 외갓집에서 입양해 간 막내딸이었다. 같은 지역에서 살았다는 인연으로 그는 나를 친오빠 이상으로 여겼다. 명자가 교회를 다니는 거였다.

"신광교회 다니신다구?"

호구조사가 이미 끝나 있었다. 성령의 인도를 받은 것은 아니고, 명자가 다 고해바친 것이었으리라.

"안 목사님, 참 훌륭한 분이시지요. 설교의 대가이시기도 하구."

"네에…."

"예배는 주일예배하고, 삼일밤에도 있어요. 새벽기도회는 어려우시겠지? 아 참, 나는 조민철 목사요."

목사가 손을 내밀었다.

"박윤국입니다."

"그래요. 반갑습니다. 내일 저녁에 나오시면 좋겠군요."

목사는 삼일밤 예배를 말하는 것이었다. 목사와의 조우가 이루어졌는데, 더이상 교회에서 어물쩍거릴 명분이 없었다. 내일 저녁을 기약하며 나는 외삼촌의 둠벙 파기에 다시 자원했다.

저녁에 명자를 따로 불렀다.

"입도 싸다."

명자는 내 표정만으로 이미 상황을 파악하고 있었다. 어렸을 때부터 남의집살이를 한 끝에 이제는 호적도 얻고 가족도 생겼으며 생활도 안정되었지만, 눈치는 비상했다.

"오성리교회에 교인이 하나 늘게 되었는데, 목사님에게 보고해야 하지 않겠어요? 오빠는…."

그도 그렇다. 명자에게 신앙이 생긴 것은 뜻밖의 일이긴 했어도 매우 잘된 일이었다.

"그런데, 거기 무슨 오르간이 있지 않나?"

"맞아요. 목사님 따님이 반주를 해요. 유학 준비를 한다는 것 같은데…."

나는 목사댁의 가족관계에 대해서는 큰 관심이 없었다. 그저 그 자리에 교회가 세워졌다는 것과, 앳된 신학생이나 안수 받지 못한 나이 든 전도사가 아니라 어엿한 목사가 목회한다는 것과, 커다란 오르간이 연주된다는 것이 매우 생소했다.

예배 시간 삼십 분 전에 나는 벌써 교회 의자에 앉아 있었다. 장의자가 열 개씩 두 줄로 놓여 있었고, 학교 교단 정도의 높이로 된 강단 위에는 소박한 강대상이 올려져 있었다. 오르간은 역시 문제였다. 열댓 평이나 될 만한 공간에 덩치가 큰 오르간이 자리하고 있으니, 예배당은 좌우 비율이 잘 맞을 수 없었다. 십 분 전쯤에 목사와 그의 딸이 들어왔다. 목사는 강단의 의자 앞에 꿇어앉아서 기도하기 시작했고, 단발머리의 오르가니스트는 오르간의 뚜껑을 열고 의자에 올라앉았다. 둘 다 가운을 착용하지는 않았고, 보통 키 또는 약간 작은 키의 목사에 비해서 딸은 키가 큰 편이었다.

교인 서넛이 들어왔다. 명자도 내 옆에 자리를 잡았다. 눈짓으로 '저게 목사 딸이라우, 오르간에 앉아 있는.'이라고 말하는 듯했다.

전주가 시작되었다. 복음송이나 찬송가 곡조가 아니었다. 비록 전자오르간이었지만 다양한 음색이 울려 나왔다. 나는 그때까지 실제 파이프오르간의 소리를 들어보지 못했으므로 웬만한 전자오르간 소리를 들으면, 그게 파이프오르간과 같을 것이라고 치부하고 있었다.

문제는 공간이었다. 이 교회보다는 삼십 배도 더 넓은 신광교회에서는 정말로 웅장한 울림 소리가 났다. 이 교회당에서는 안타깝게도 울림이 허용되지 않았다. 그렇지만 벽에 흡음 시설을 한 것도 아니고, 바닥에 카펫을 깐 것도 아니어서 정말 약간씩의 잔향을 느낄 정도였다. 연주자의 양손은 위아래의 건반을 분주히 더듬었고, 양발은 발건반의 페달을 지치고 있었다. 나는 예배 준비를 위한 마음의 정돈 대신에 일종의 황홀경에 빠지고 있었다. 눈이 저절로 감기는 듯했다. 예배 시작을 알리는 차임 소리가 들리지 않았다면 나는 그대로 잠에 빠졌을 것이다. 도시 청년의 둠벙 파기는 여간 고역이 아니었다. 사용하지 않던 근육이 움직인 바람에 매우 노곤한 상태였다.

어쨌든 예배는 끝나 가고 있었다. 목사의 마지막 기도 후에 후주가 연주되기 시작했다. 이번에는 다소 화사한 음향이 울려왔다. 예배당을 나서는 교인들의 발걸음도 덩달아 가벼워졌다. 명자와 더불어 나는 후주가 마무리되기 전에 예배당을 떠났다. 도무지 설교에 대한 기억은 없고, 오르간 소리의 감각만 메아리쳤다.

"명자, 목사님 딸 맞어?"

명자는 고개를 끄덕였다. 나이가 거의 칠십이 된 아버지에게 저 정도 나이의 딸이 가능할까 싶었다.

"오빠보다 두 살쯤 많을 거예요."

"스물아홉?"

나는 그 집의 가계도가 궁금해졌다. 예배당에 앉아 있던 어떤 여자분이 목사의 사모인가 생각히었고, 또 딸의 키와 아버지의 키가 자꾸만 견주어졌다.

"외동딸이래요, 엄마는 안 계시고…. 나도 잘 몰라요."

"그렇구나…."

"왜, 관심이 있어요? 이쁘지요? 나는 도시 아가씨들 보면 다 이쁘더라. 키도 늘씬하고, 살결도 뽀얗고…."

다음날은 읍내에 다녀와야 했다. 한 움큼씩 집어삼키는 약들이 웬일인지 위장을 자꾸만 갉아내는 것 같았다. 속이 쓰려서 읍내 약국에서 며칠분 약을 지어야 했다. 읍내라는 것은 태인면사무소가 있는 동네를 말하는데, 걸으면 한 시간, 차를 타면 걷는 것 15분, 차 타는 것 10분 해서 25분쯤 걸리는 곳이다. 요행히 버스 시간에 맞추어 가면 25분이면 되지만, 버스가 연착하거나 회사에서 빼먹거나 하면 걷는 것보다도 시간이 더 걸리게 되었다. 나는 걷기로 했다. 웬만하면 걸어서 다녀오리라 맘먹었다. 약을 지어 돌아올 때는 마침 버스 시간이 맞을 것 같아서 버스 정류장에서 기다리기로 했다.

정류장의 나무의자에 뜻밖에도 그녀가 앉아 있었다. 가벼운 블라우스에 바지 차림이었다. 하얀색 운동화를 신은 그녀는 발로 무슨 박자를 맞추는 듯했다. 앉아 있는 무릎 위에는 우편물 같은 것이 놓여 있었다.

나는 승차장에서 좀 떨어진 곳에서 버스를 기다리기로 했다. 가까이 가서 명자의 얘기가 맞는지 확인하고 싶기는 했다, 예쁘다는, 살결이 희다는. 그러나 일단 같은 버스를 타게 될 것 같은 상황이므로 무리하지 않기로 했다. 오성교 지나서 내리면 어차피 같은 길을 걸어야 하기 때문이다. 되도록 눈길을 다른 쪽으로 두기로 했다.

약속된 시간에 버스는 나타나지 않았다. 고마운 일이었다. 15분쯤 지났을 때, 차를 기다리던 사람들은 툴툴거리면서 자리를 뜨기 시작했다.

"저기…. 작소 부락에 사시죠?"

내가 말문을 열었다.

"아, 명자 씨 오빠시군요."

뜻밖에 그녀는 내가 마치 말을 걸어올 줄 알고 있었다는 듯이 답변을 준비하고 있었다.

"함께 갈까요?"

우리는 한 시간을, 아니, 보조를 맞춘다면 한 시간 반쯤을 걸어야 했다.

"그러면 차나 한잔 하고 가실까요? 시골에 오니까 커피 마실 일도 없고, 마실 곳도 없고."

나의 자연스러운 제안이었다.

그녀와 나는 정류장 옆의 다방으로 들어갔다. 그녀와 나는 걷는 시간과 차를 마시는 시간을 포함하여 온 오후를 대화로 이어갔다.

"차 마시는 것도 그렇구요, 얘기할 사람도 없구."

그녀는 수도권의 말씨를 가지고 있었다. 나 역시 이 방학을

**193**　　　　　　　　　　　　　　　　　　　가뭄의 끝

그녀와 함께할 수 있다는 것만으로도 약간은 흥분되었다.

"그건 뭐예요? 손에 든 봉투. 국제우편인가요?"

"아, 이거요? 네, 맞아요. 독일로 보내려던 우편물입니다."

"보내려던?"

그녀는 그 봉투를 독일로 보내려고 읍내 우체국까지 나왔다가, 그만 생각이 변해서 되돌아가는 길이라고 했다.

"유학 준비하신다던데…."

"명자 씨가 얘기했군요. 네, 맞아요."

그녀와 나는 명자를 매개로 조그만 교집합을 형성하기 시작했다. 내가 박윤국이라고, 그녀가 조영이라고 자신들의 이름을 밝히면서 그 교집합은 완성이 되었다. 교집합에 들어온 그녀는 순순히 자신의 유학 계획을 털어놓았다.

그녀는 오르간 전공이었다. 어렸을 때부터 피아노를 치다가 고등학교 때부터는 오르간으로 전환했단다. 오르간이 희소성이 있을 뿐 아니라, 앞으로 교회 오르가니스트의 수요가 늘어날 것이라는 얘기를 들었다 한다. 그런데 사실은 피아노로는 대학에 붙을 자신이 없었단다. 워낙 실력이 출중한 아이들이 많았고, 교수 레슨까지 받을 여력이 없다 보니, 자연 오르간 쪽으로 기울었단다. 그러고는 재수를 해서 교회음악과를 들어갔다는 것이다.

"몇 학번이세요? 저보다 좀 빠르실 것 같은데…."

"칠사예요. 윤국 씨는요?"

명자의 얘기가 맞았다. 그녀는 두 살 많았다. 이런 경우에 누나라 불러야 하나, 그냥 누구누구 씨라고 불러야 하나 망설일 필요가 없어졌다. 그녀가 먼저 내 이름에 '씨'자를 붙인 것이다.

오뉴월 하루 볕이 무섭다고 하지만, 그녀는 나보다 한 수 위에서 대화를 지배했다. 내가 궁금해할 만한 것들을 앞질러 털어놓았다. 대화에 굶주린 사람 같기도 했고, 감옥에서 오래 머물다 햇빛을 처음 본 사람 같기도 했다.

그녀는 독일 유학을 희망하고 있었다. 오르간 전공으로 말이다. 독일에서 학비 걱정은 하지 않아도 되지만, 그래도 생활비가 적잖게 드니, 그녀는 풀 스칼라십을 원했다. 하지만 전액 장학생은 쉽지 않은 일이라 했다. 입학원서와 더불어 자신의 연주를 녹음해서 보내려던 길이었다. 지정곡은 그런대로 연주되었는데, 자유곡은 아무래도 마무리가 아쉬웠다는 것이다.

"다시 녹음하려구요. 예배 연주는 괜찮은데, 예배당에 혼자 앉아서 시험곡을 연주하려니 부담이 많이 되어서 좀 거칠어졌어요. 터치도 마음에 들지 않고……."

"그래요? 관객이 필요하시겠군요."

거래는 성사되었다. 나는 관객 겸 녹음 기사로 그 연주에 참여하기로 하였다. 그녀와 나는 다방을 떠나 작소 마을까지를 함께 걸었다. 그녀는 마을에 대해, 그 이름에 대해, 어귀에 있는 상엿집에 대해, 어머니의 형제들에 대해, 외삼촌의 자식들에 대해 많은 걸 물어왔다. 작소가 '참새의 보금자리'라고 하니 그녀는 상상외라는 표정을 지었다. 나는 확실히 이 마을과 외갓집과 시골살이에 대해서는 우위에 있었다. 각종 놀이며, 개구쟁이 짓이며, 참외 서리며 내 어린 시절의 추억의 보따리를 넉넉하게 풀어놓았다. 그녀는 매우 즐거워했다. 그리고 그녀는 살고 있는 마을을 다른 눈으로 바라보기 시작하는 것 같았다.

가뭄은 정말로 심각해졌다. 보름 이내에 비가 오지 않으면, 밭농사며 논농사며를 완전히 포기해야 할 지경이 되었다. 동네에서는 비를 오게 하는 일이라면 무엇이든 할 태세였다. 이미 인근의 절에서 괘불탱(掛佛幀)을 해 주겠다고 제안이 왔었고, 방죽안 마을에 사는 숙이네 무당은 기우제를 본격적으로 지내야 한다고 채근이었다. 농사가 되지 않으면 생활이 쪼들릴 것이 뻔한데, 효험이 있는지 없는지도 모르는 괘불탱이며 기우제에 마을 공동기금을 들인다는 것도 내키지 않는 일이었다. 적어도 구장인 외삼촌은 그런 입장이었다. 마을 기금을 총동원해서라도 양수기를 사고, 관정을 뚫는 것이 더 급하다는 입장이었지만, 대부분 주민들은 효험은 둘째치고, 부처님이나 신령님의 성을 풀어드리는 것이 우선이라고 주장했다. 이렇듯 지독한 성을 내는 이유도 모르는데, 그것을 푸는 것은 더욱더 간단치 않은 일일 것이었다.

사정이 이러니, 마을에서는 자연, 교회는 무얼 하고 있느냐는 탄식이 들려오기 시작했다. 교회에 출석하는 몇몇 신도들은 가뭄에 대한 책임감을 외면하지는 않았다. 예배 시간이면 비를 줍시사 하고 간절히 기도를 드렸고, 새벽기도 시간에 목사는 하나님께 매달리다시피 울먹이곤 했다.

마을 총회에서는 결국 할 수 있는 것은 다 해 보자 하는 쪽으로 결론이 났다. 괘불탱은 절의 협조를 받아서, 인근 몇 동네와 연합하여 추진하는 것으로 정해졌다. 진안에 있는 금당사의 괘불이 그중 효험이 높다 하니, 거리는 좀 되지만 그래도 거기에 맡기는 것이 지성이라 믿었다. 긴급한 형편을 호소하며 이번 주말에 해 달라고 부탁을 하기로 하였다.

기우제는 숙이네가 주관하되, 마을에서 전통적으로 드리던 방식으로 하기로 했다. 그러자면 돼지도 잡아야 했고, 마을 농악도 되살려야 했다. 이것은 농악 상쇠인, 고샅길 춘심이네 아버지에게 맡기기로 했다. 이 마을의 농악 전통은 그런대로 오래 지속하였으나, 근래에 들어서는 젊은이들이 군대며 도시로 빠져나가는 바람에 그만 시들해진 상태였다. 총회에서는 기우제에 모든 능력을 집중하기로 하고, 두레패를 다시 모아 연습하기로 했다. 그리고 기우제 날짜는 숙이네가 찍어 놓은 대로 다음 목요일로 잡혔다.

그리 크지 않은 마을이 위기에 처하니, 원근 각지의 신령한 힘들이 다 동원되고 있었다. 숙이네는 저 멀리에 있는 상두산 산신령까지도 위로해 드려야 한다면서 여간 치성을 드리지 않았다. 저녁이면 작소 마을까지 찾아와서 뒷동산의 느티나무 아래에 정화수를 떠 놓고서 비는 것이었다. 그 목소리는 그 아래 마을로 잔잔히 깔려 내려왔다. 마을회관에는 두레패가 모여서 악기를 정비하고, 간단한 리듬에 손을 맞추는 연습부터 시작하였다. 이것은 적잖은 소음이 되었다. 그러나 누구하나라도 불평하는 사람이 없었다.

또 하나의 소리는 교회에서 들려왔다. 목사는 사택에서 금식기도를 시작했다고 하고, 교회당에서는 오르간의 연주가계속되었다. 귀가 밝은 귀신이라면 도무지 견딜 수 없는 상황이었다. 예수는 무당의 치성 소리에 신물이 났을 것이고, 부처나 신령은 오르간 소리에 비위가 상했을 것이었다. 부처와신령은 예수에 대해 공동전선을 펼칠 것이었다.

그 오르간 소리는 그녀의 막바지 연습 소리였다. 동네의 소음이 잦아드는 때를 고려하여 녹음 시간은 다음 토요일 아침으로 정해졌다. 나는 모처럼 맡은 레코딩 엔지니어의 역할을잘 감당하고자, 전주에 다녀오는 주민에게 크롬 카세트테이프를 사다 달라고 부탁했다. 클래식 음악에는 크롬 테이프가최고라는 것을 알고 있었다. 면봉에 알코올을 묻혀 소니 카세트테이프 레코더의 헤드도 열심히 닦았다. 교회당에서 녹음기의 위치만 잘 잡으면 스테레오로 돌비 음향 기술까지 포함된 녹음이 이루어질 수 있는 것이다.

토요일 아침, 외삼촌을 비롯한 마을 주민 몇 사람과 이웃 마을 대표들이 진안으로 떠나갔다. 괘불탱에 참가하기 위해서다. 이렇게 저렇게 자료를 찾아보니, 금당사의 불탱 또는 탱화라고 하는 것은 가로가 5미터, 세로가 9미터에 이르는 넓은 천의 가운데에 커다란 관세음보살상이 그려져 있고, 그 둘레에 작은 보살상 이십 구를 배치한 그림이라고 되어 있었다. 예로부터 이 탱화를 법당 앞에 걸어 두고 기우제를 지내면 특히 효험이 있다고 알려져 왔으며, 워낙 탱화의 작품성이 높아서 보물로 지정되기까지 했다고 한다. 괘불탱은 괘불탱대로 잘 진행되겠지만, 나는 오늘 오르간이 우선이었다.

오르가니스트는 소박한 연주복을 입고 나타났다. 그녀는 눈짓으로 살짝 인사를 던지고는 오르간 의자 위에 걸터앉았다. 그러더니 다시 내려와서는 의자의 위치며 높이를 조절했다. 자기 혼자만 앉았던 의자인데도 그는 처음 대하듯 다루었다. 두어 차례의 시도 끝에 그녀는 이상적인 위치를 잡은 듯했다. 혼자 연주하는 행사였지만, 수백 명의 관객을 두고 하는 연주회에 버금가는 신중한 태도를 보였다.

오르간의 메인 스위치를 올리자 스피커에서 약간의 전기적 잡음이 들렸다가 이내 조용해졌다. 그녀는 건반 사이에 위치한 몇 개의 버튼과 건반 위 양쪽에 설치된 또 다른 스위치들을 매만졌다. 그리고 마지막에는 페달 쪽도 조정하였다.

그녀의 신호에 따라 나는 녹음 단추를 눌렀고, 드디어 연주가 시작되었다. 당일 프로그램이 제공되지 않았기 때문에 나는 그 레퍼토리에 대한 아무런 정보를 가지지 못했다. 그냥 멋진 오르간 음악이라고만 생각하였다. 마치 호수에 일고 있는 잔물결 같은 빠른 박자의 연속이 지나가자, 장강의 흐름 같은 유장한 가락이 뒤를 이었다. 그러다가는 다시 쓰나미와도 같은, 폭풍우와도 같은 엄청난 파도가 밀려왔다. 그러고는 썰물과 같이 점점 그 소리가 잦아들었다. 첫 곡이 끝났다. 이런 때 손뼉을 쳐도 되는지, 그게 실례가 되는지에 대한 교양을 나는 갖추지 못했다. 그냥 예배 시간에 연주되는 오르간곡만 들었지, 연주회장의 오르간곡은 처음이었기 때문이었다.

다음 곡의 연주가 시작되었다. 그녀는 슈즈를 고쳐 신었다. 그러더니 두어 차례 목청을 가다듬었다. 마치 연주 무대를 앞에 둔 성악가처럼 말이다. 그러더니 발건반으로부터 연주가 시작되었다. 내 짐작으로 첫 번째 곡은 지정곡이고, 이번 곡은 자유곡이리라. 자신의 연주 역량을 마음껏 과시할 수 있는 곡이라고 생각되었다. 둔탁한 베이스음이 스피커 통을 묵직하게 울렸다. 어디선가 들어 본 듯한 멜로디였다. 그 멜로디가 계속되면서 손건반에서는 이러저러한 변주가 연주되었다.

처음에는 발건반을 열심히 바라보던 연주자는 이내 눈을 감은 듯했다. 앞에 놓인 악보를 넘길 줄 모른다. 그리고 무언가 조금씩 나무통을 울리는 소리 말고, 사람의 육성이 섞여서 들리는 듯했다. 시간이 조금 흐르자 연주의 속도는 조금 높아졌다. 때로는 단호하게 때로는 다정하게 멜로디가 이어졌다. 그리고 한참은 아까 발건반이 연주하던 멜로디를 손건반이 대신하기도 했다. 국문학 전공자로서 음악에서 나타나는 소리의 현상을 문자로 기록한다는 것이 너무나도 어이없는 일이라는 것을 깨닫게 될 무렵에 연주는 끝이 났다. 그 후에도 교회당 안에는 첫 부분의 멜로디가 계속 반향되는 느낌이 들었다. 연주자는 그 반향이 사그라들 무렵에야 의자에서 일어났다. 녹음기의 정지 단추는 이미 눌러진 상태였다.

그녀는 녹음을 들으려 하지 않았다. 그러더니 녹음 시간을 확인했다.

"첫 곡이 구 분, 두 번째 곡이 십이 분 이십 초였습니다."

"됐어요."

그녀는 탈진한 듯했다. 목소리에는 다소간 신경질이 포함되어 있었다. 그녀는 테이프를 받고 오르간과 교회당을 정리하고는 총총히 사라져 버렸다. 나는 뭐가 잘못되었나 싶어서 안절부절못했다.

주일예배가 끝나자, 후주를 간단히 끝낸 그녀는 나에게 다가와 이렇게 제안했다.

"점심 함께 먹어요."

나는 졸지에 사택에 가게 되었나 보다라고 생각했지만, 그녀는 읍내로 나가자고 했다.

"아버지가 지금 금식 중이셔요."

목사는 연로하기는 했어도 평소 설교 목소리는 카랑카랑
했다. 그런데 오늘 설교 시간에는 한결 풀이 죽어 있었다.

그녀는 백반집의 골방에 차려진 식탁을 대하자, 기분이 좀
좋아진 듯했다. 그러고는 며칠 굶은 사람처럼 반찬이며, 찌개
며, 국이며를 걸터들였다. 이성과 함께가 아니라 여고 동창과
함께 온 듯 식탁을 대했다.

"아버지 금식하는데, 힘드셨군요."

"맞아요. 좀 힘이 들었어요."

내가 다시 확인해 보았지만, 그녀는 녹음한 연주를 듣지 않
았다 했다. 대신 연주 시간에는 만족감을 표시했다. 자신이
생각한 템포가 제대로 처리된 것이라 했다.

"바흐예요, 두 곡 모두."

요한 제바스티안 바흐, 음악의 아버지 말이다.

"첫 곡은 토카타와 푸가 라단조 작품번호 오백육십오 번,
다음 곡은 파사칼리아와 푸가 시단조, 아, 다단조. 작품번호
오백팔십이 번. 유명한 곡들이죠."

이제야 레퍼토리가 노출되었다. 나는 음악의 아버지라는
칭호가 공연히 부여된 것이 아니라는 생각을 했다.

"저도 알아요. 시(C) 마이너, 다단조. 하하…. 저도 고등학
교 입학시험에서 음악 과목 시험을 봤어요. 계이름이니 음이

름이니, 장조니, 단조니 그리고 단삼도, 장오도 이런 것도요. 지금은 많이 잊기는 했지만⋯."

나는 그녀와의 교집합을 좀 더 넓혀 볼 심산이었다.

"사실 내 오르간이지만, 소리가 마음에 들지 않아서 고민했어요. 많이도 낡았고, 예배당도 너무 작고⋯. 어디 파이프오르간 있는 곳을 빌려서 녹음할까 생각도 했지만, 비용도 그렇고, 아버지를 떠나기도 그렇고⋯."

나는 오르간이 파이프 수의 싸움이라는 것을 그때 처음 들었다. 몇 해 전에 설치된 세종문화회관의 파이프가 8천 개가 넘는다는 것을 듣고는, 갑자기 오르간 연주자는 누구라도 무조건 장인의 반열에 오른 음악가라고 느껴졌다. 그 많은 파이프를 조합하면서 높은 소리, 낮은 소리, 큰 소리, 작은 소리, 플루트 소리, 오보에 소리, 등등을 혼자서 다룬다는 것은 보통 사람의 할 일이 아니라는 생각이었다. 게다가 교회 오르가니스트는 예배를 지배하고 있었다. 나는 앞에 앉은, 다소간 게걸스럽게 섭취하고 있는 그녀가 존경스럽기까지 했다. 10분, 20분씩 연주하는 곡을 암보하다니 말이었다.

"그런데, 좀 걸리는 게 있어요, 녹음에."

나는 연주 중에 섞여 들어간 음성에 대해서 언급하지 않을 수 없었다. 잡음이 연주를 망치지 않을까 하는 우려였다.

"그랬죠. 알아요. 내가 노래한 거예요. 그냥 둬도 돼요."

그녀는 뜻밖의 반응을 보였다. 연주에 온갖 신경을 써서 의자의 위치며 높이, 그리고 악보의 위치와 신발의 착용 상태 등등 사소한 것까지도 세세하게 주의를 기울이던 그녀는 음성이 묻어 간 것에 대해서는 의외로 담담했다.

"평가위원이 신경 쓰지 않을 거예요. 대가들도 그러는 걸요, 뭘…. 호호…."

그녀는 처음으로 웃어 보였다. 위아래 입술 사이로 드러난 그녀의 치열은 제법 가지런했다.

"글렌 굴드라고, 좀 괴짜 피아니스트가 있는데요, 그 사람도 늘 노래를 불러요. 나는 그런 수준은 아니지만요. 어쩌면 그것도 연주의 일부분일 수 있어요. 심지어는 연주회장의 잡음까지도요."

그녀는 자기의 유학 계획을 얘기했다.

"일본이 좋을까요, 독일로 갈까요?"

나는 아무런 정보가 없으므로 추천의 자격도 없었다. 다만 오르간이라면, 특히나 바흐 곡을 연주한다면 독일이 좋지 않겠느냐는 말밖에 할 수가 없었다. 일본으로 오르간 공부를 하러 간다는 것이 의외였다.

"도쿄에 있는 무사시노 음악학교가 유명해요. 오르간 교육이 강하구요. 일본은 여기서 가까워서 좋구요, 아르바이트로 학비 조달하기도 쉬워요."

그녀의 말에 따르면, 유럽의 교회나 성당이 자기들의 오르간을 일본에다가 내다 판다는 것이었다. 교인은 모이지 않고,

오래된 오르간을 유지 보수 하는 데에 적지 않은 비용이 든다는 이유였다. 게다가 유럽에서도 연주자가 나날이 줄어들고 있어서, 오르간 연주를 들을 수 있는 예배나 미사도 적어지고 있다는 것이었다.

"일본에는 교회가 그리 많지도 않은데 오르간을 산답니까?"

"아뇨, 백화점 같은 데서 그걸 사들여요. 그걸 일층에 설치해 놓고, 시간 시간 아르바이트생들이 연주하는 거예요. 그러면 오르간의 음향이 온 백화점을 구석구석 파고들거든요. 그런 환경이 부럽기도 해요."

"독일로 가시면 어느 학교, 아니, 어느 도시로 가시려고?"

"아무 데나 가도 되는데요, 장학금 많이 주는 데요, 하하하. 그런데 정말 가고 싶은 곳은 라이프치히랍니다."

"라이프치히라면 동독 지역인데…."

나는 그곳이 견본시와 관련된 상업지역이라는 것과 구텐베르크 인쇄술이 정착된 곳 정도로만 알고 있었는데, 그녀는 바흐와 성 토마스교회를 얘기했다.

"결국, 갈 수는 없는데."

공산당이 지배하고 있는 동독은 한국사람에게는 허용된 땅이 아니었다. 남몰래 동독 지역을 드나들다가는 한국에서 중범죄로 취급될 수도 있었다. 그녀는 일본 외에는 다른 나라에 가 본 적이 없다고 했다. 나는 불현듯 독일에 가 보고 싶어졌다. 그곳의 교회당에서는 날마다 바흐가 연주되고 있을 것만 같았다.

"아 참, 아까 두 번째 곡은 내가 아는 곡과 비슷하던데요."

그녀는 갑자기 소리 내어 노래를 부르기 시작했다.

"주여, 나를 평화의 도구로 써 주소서. 미움이 있는 곳에 사랑을…. 이 곡 말이죠?"

맞다. 바로 그 곡이었다. 적어도 '평화의 도구로'까지는 비슷했다.

"나도 그 생각을 많이 했어요. 그 성 프란체스코의 기도문에 곡을 붙인 사람이 바흐의 이 곡에서 모티브를 얻은 것 같아요."

그녀는 곡에 관해서 설명을 이어 갔다. 페달로만 연주했던, 그리고 연주 내내 반복되었던 부분을 오스티나토(ostinato)라고 부른다는 것과, 그것이 낮은음 즉 오르간의 페달로 연주된다는 점에서 바소(basso) 오스티나토 즉 지속하는 저음, 또는 통주저음이라고 한다는 것이었다. 그리고 곡 제목인 파사칼리아(Passacaglia)는 본래 삼박자의 춤곡의 하나였다고 했다.

그녀와 나는, 우리는 읍내에서 돌아오는 길에 내내 그 파사칼리아를 노래했다. 나는 바소 오스티나토를, 그녀는 그 변주를 말이다.

그리고 맞이한 목요일은 온 동네가 아침부터 부산했다. 두레패에 속하지 않은 남정네들은 마을 뒤 높다란 언덕으로 모여들었다. 톱이며, 낫 등의 도구는 물론이고, 처마 밑에서 겨울을 기다리던 마른 장작들을 이고 지고 날랐다. 아이들은 신문지나 오래된 잡지들을 가져왔다. 그것은 불쏘시개 용도였다. 여자들은 전날부터 돼지 한 마리를 삶았고, 오늘도 새벽부터 전이며 유과 등을 준비해서 날랐다. 제상이 차려지고, 그 뒤에는 차곡차곡 나무들이 쌓였다. 집에서 가져온 땔감이 바닥나자 남자들은 언덕 주변의 소나무며, 상수리나무의 가지를 잘라서 땔감 위에 얹기 시작했다.

거의 준비가 되자 두레패가 풍장을 치면서 언덕으로 올라왔다. 한바탕 기우제 마당을 휘젓고 다닌 후에 제사가 시작되었다. 제주로는 막걸리가 사용되었다. 마을의 어른들이 돼지머리 앞에서 머리를 조아렸다. 비를 바란다는 간절한 축문도 낭독되었다. 그러고는 숙이네의 한 판 굿도 벌어졌다. 양손에 든 방울을 울려대며 천지신명을 부르고 있었다. 가끔 펄쩍펄쩍 뛰기도 했다. 제사의 마지막에는 온 동네 사람들이 땅바닥에 엎드렸다. 그날도 태양은 유감없이 빛과 볕을 하사하고 있었다.

마지막으로 외삼촌이 신문지에 불을 붙여 불쏘시개 쪽으로 밀어 넣었다. 순식간이었다. 그 언덕 위는 태양이 아낌없이 주는 열기와, 나무가 타면서 뿜어내는 열기와, 제주에 포함된 알코올이 혈관을 돌면서 달구어 놓은 몸의 열기와, 두레

　　　　　　　　　　　　　　**가뭄의 끝**

패의 떠들썩함과 아이들의 함성이 열광의 도가니를 이루었다. 사람들은 그 열기를 애써 피하려 하지 않았다. 술을 마시지 않은 아낙네들의 얼굴도 벌겋게 익어 갔다. 장작이 다 타고 생솔가지에 불이 옮겨붙자, 언덕은 새로운 향내로 가득 찼다. 솔가지 틈바구니의 송진들이 청색 불빛을 내면서 타올랐다. 두 길이 넘는 땔감과 나무더미는 두 시간이 넘도록 탔다. 타고 난 숯덩이는 다시 그로부터 한 시간 이상을 이글거렸다.

마을 사람들은 이제 이 연기가 하늘로 치솟아서는 공중의 물기를 끌어모아 구름을 형성하고, 웬만큼 형성된 구름의 물방울이 뭉쳐서 떨어지기만을 기다렸다. 이삼일이면 효과가 있을 것이라고 숙이네는 장담했다.

오후에 나는 교회를 방문했다. 조 목사의 상태가 궁금했다. 벌써 두 주 가까이 금식이라니 말이다. 그녀는 염려가 컸다. 서너 명이던 교인들조차 기우제에 참석했다는 말은 차마 전하지 못했다. 남들의 눈치를 보아 가며, 땅바닥에 엎드리지는 않았지만 두 손을 앞으로 모으고 간절히 비는 모습은 여느 동네 사람과 똑같았다. 조 목사는 나이도 많은 데다, 당뇨며 고혈압 등 노인들에게 흔히 나타나는 대사질환을 앓고 있었다. 아버지도 예외가 아니었다. 주머니에는 언제나 몇 알의 사탕이 들어 있었다. 당뇨 환자에게 위험한 것은 고혈당이 아니라 역설적으로 저혈당이라고 했다. 음식을 섭취하지 않으면, 특히 당류로 전환되는 탄수화물이 부족하면 저혈당 쇼크가 올 수 있다는 것은 당뇨인들에게는 상식에 속했다.

"그러게 말예요. 아버지는 온몸을 던져서 기도하시는 거예요. 뭐 비가 오고 안 오고를 떠나서 이 동네에 믿음의 씨가 떨어지고, 그 씨에서 싹이 나고, 열매를 맺기를 바라는 거지요."

교회 정원에서 교회당으로 우리는 자리를 옮겼다.

"저번에 우리 함께 노래했던 곡을 한번 연주해 볼까요?"

"둘이 같이요?"

"어렵지 않을 거예요. '젓가락행진곡'은 아시죠?"

그렇다. 당시 교회를 다니던 학생들은 교회 피아노를 만질 수 있었고, 젓가락행진곡 정도는 연주해 낼 수 있었다.

"그런 식으로 하면 돼요. 윤국 씨가 베이스 오스티나토를 연주하는 거예요."

나는 그녀가 이끄는 대로 오르간의 의자에 앉았다. 그것은 피아노 의자와는 달리 오르간의 폭만큼 긴 것이었다. 나는 왼쪽에, 그녀는 오른쪽에 자리 잡았다. 그녀는 페달을 짚는 방법을 설명해 주었다. 악보를 살펴보니 못갖춘마디로 된 8마디였다. 나는 낮은음자리표에 기록된 오스티나토를 가리켰다.

"맞아요. 똑똑해요. 하하⋯."

그녀는 아버지에 대한 시름을 애써 잊어버리려 하는 것 같았다.

사분의 삼박자. 플랫이 세 개가 붙은 다단조. 중학교 때의 기억이 용솟음치듯 살아났다.

"계이름으로 한번 읽어 보세요."

"음…. 도 솔 미 파…."

"그게 아니죠. 낮은음자리표는 잘 읽었는데, 조성을 무시했어요. 첫 음이 라."

"아차, 그래요. 다시…. 라 미- 도 레- 미 파- 레 미- 시 도-…."

"솔샵 라- 레 미- 라--"

솔샵(sol sharp)부터는 그녀가 끼어들었다. 그리고 박자를 다 맞추진 못했어도 대체로 마무리는 되었다.

그녀는 이번에는 음표와 건반의 위치를 연결해 주었다.

"자, 여기 첫 음 라는요, 다장조의 도 자리니까, 검정 건반 두 개 중 아래 것 바로 밑."

사실 이것을 글로 기록하는 것은 적절하지 않다. 원고지의 낭비일 수 있다. 나는 눈으로 충분히 위치를 알 수 있었다. 그냥 피아노의 손건반을 확대하여 아래로 내려놓은 것과 마찬가지였다. 그리고 왼발 오른발을 교대로 짚으면 된다고 했다. 긴 박자에서는 한 발로 누른 채 다른 발로 교대를 해도 되었다.

"이제 한번 연주해 보세요. 시작."

15개의 음표는 어렵지 않게 연주될 수 있었다. 솔샵에서 두어 번 놓치기는 했어도 쉽게 익숙해졌다.

"자 그러면 윤국 씨가 먼저 연주합니다. 악보를 볼 것도 없어요. 그 열다섯 개를 박자에 맞추어 연주하면 된답니다."

우리의 연주는 성공적이었다. 템포의 변화는 그녀가 이끌었다.

"여기서부터는 내가…."

중간 부분에 이르자 그녀는 페달까지 장악했다. 거기서부터는 페달 부분에도 변주가 주어져 있었다. 수없이 많은 반복과 변주 끝에 연주는 끝났다.

그녀와 나는 어느새 우리가 되었다. 처음에는 내가 높은음을 연주할 때면 그녀가 조금씩 오른쪽으로 옮아 앉았으나, 조금 후에는 신체의 접촉을 개의치 않았다. 남녀부동석의 윤리는 애당초에 파괴되어 있었다.

연주가 끝난 후에도 우리는 한참을 그대로 앉아 있었다. 교회당에는 마지막 페달의 음이 빙빙 돌고 있는 것 같았다. 나는 그 상태에서 말없이 그녀를 감싸 안았다. 그녀도 말없이 단발머리를 왼쪽으로 기울였다. 우리는 그러고도 다시 한참을 그렇게 있었다. 창으로 기어들던 석양의 줄기가 사라지면서 어둠이 내려앉고 있었다.

긴 하루였다. 낮에는 귀신들이 언덕에서 들끓었는데, 저물녘에는 오르간의 깊은 저음이 그들을 몰아내는 듯했다. 조영 씨에 대한 내 감정은, 존경하는 것으로부터 시작하여 이제는 좋아한다는 것으로 전환되는 것 같았다. 우리는 이렇게 영원히 손발을 맞추며, 화성을 이루어내며, 베이스 오스티나토와 그 변주처럼 남자가 마련하는 삶의 조건에서 여자가 멋진 장식으로 아름다운 생활을 지속해 낼 수 있을까 싶었다. 그렇게 되기만 한다면 이 세상에서 이상세계도 구현될 수 있으며, 꿈조차도 현실이 될 수 있을 것 같았다.

우리는 뜻밖에도 어색해졌다. 나는 금요일을 어영부영 보냈고, 조영 씨는 아버지를 간호하고 있을 터였다. 쾌불탱이며, 기우제며, 금식기도의 효과는 아직도 나타나지 않고 있었다. 햇볕은 여전히 쨍하고, 공기는 건조했다. 가뭄이 아니더라도 사람들은 모두 짜증이 폭발할 지경이었다. 토요일 아침에 나는 일단 작소를 탈출하기로 맘먹었다. 읍내에 가서 서점에도 들러 보고, 없는 영화관에라도 가 보고, 차라도 한잔 마실까 싶었다.

서로 연락도 없었으나 우리는 언제나처럼 읍내에서 만나게 되었다. 내가 지칠 만큼의 시간을 읍내에서 보낸 다음에 버스 정류장으로 왔을 때, 그녀도 처음 만났을 때 모양으로 뭔가를 손에 든 채, 의자에 앉아서 발목을 까딱거리고 있었다. 나는 그 까딱거림만으로도 그것이 파사칼리아임을 충분히 알 수 있었다. 그녀는 남몰래 하던 일을 들킨 것처럼 움츠러들었다. 나 역시 좀 겸연쩍은 표정을 지었다.

그녀는 나에게 의자 옆자리를 내주면서 앉으라 하였다.

"아버지 약을 지어 가는 길이예요."

"용태는 어떠셔요, 목사님요?"

"의원에 들러서 왕진을 요청했는데요, 월요일에나 가능하다고…. 일단은 여러 날 금식을 하셔서 속에서 뭘 받아주지 않아요. 좀 드셔야 하는데…. 당장에 수액이라도 맞히고 싶은데…. 그래야 기력을 회복하실 터인데…."

그녀의 음성에는 많은 걱정이 묻어 나왔다. 사실 나는 그녀에게 품었던, 목사님과 따님 사이의 관계 같은 것조차도 해결하지 못하고 있었다. 걱정의 정도며, 감정이입의 수준에 대해서 불민한 점이 많았다.

버스가 제시간에 왔다. 우리는 나란히 앉았다. 작은 시골 마을에서의 소문은 도시 못지않게 빨랐지만, 이미 이렇게 버스에 나란히 앉기 이전부터 마을 사람들은 쑥덕거리고 있었다. 그것은 나를 향한 것이 아니라, 행실 운운하면서 목사 딸을 향했다. 나는 결론이 필요했다. 그리고 간략한 요약문도 필요했다. '이리하여 둘이 하나가 되었음' 같은 것 말이다.

오성교를 지나 마을로 통하는 둑길 초입에서 우리는 내렸다. 이제 15분여를 걸으면 된다. 나는 그 결론, 그 요약문을 빨리 쓰고 싶었다. 살짝 그녀의 손을 잡았다. 그녀는 순순히 잡혀 주었다. 10분쯤 걸었을까, 여러 달 태양 빛만을 배출하던 하늘에 변화가 일어나고 있었다. 돌풍이 불 조짐도 보였다. 갑자기 서쪽으로부터 먹구름이 몰려왔다. 이제 가뭄의 끝인가? 잠시 후에는 황톳길에 후드득후드득 빗방울이 떨어지며 물방울을 튀겼다. 황토에 물이 젖어 들어가자, 온통 비릿한 냄새가 코를 자극하기 시작했다.

"저기로요!"

나는 상엿집을 가리켰다. 우선 비를 피해야 했다. 잠깐인데도 우리는 어지간히 젖었다. 상엿집의 구석에 쭈그리고 앉아서 나는 그녀를 감싸 안아야 했다. 그녀는 살짝 떨고 있었다. 죽은 자를 또 다른 곳으로 옮겨주는 상여는 그 상황에서 결코 음산한 소품은 아니었다. 우리는 비가 그치기를 기다려 시간여를 상엿집에 있었다. 그 시간에 우리 둘은 교집합을 한껏 넓혔다.

조 목사는 원래 봉직하던 서울의 중형 교회에서 쫓겨나다시피 했다고 한다. 이유는 두 가지였다. 첫째는 조 목사를 좋아하지 않던 장로들이 조 목사가 근속 20년을 넘겨 원로목사가 되는 것을 반대한 것이었다. 그 교회만 그런 것은 아니었다. 교회가 위축되자 많은 교회가 담임목사의 영예스러운 은퇴를 받아들이지 않으려 했다. 조 목사는 자신이 교회를 발전시키고 교세를 확장했다면 그러한 반대에는 부딪히지 않았을 것이란 생각을 가졌다. 그러고는 장로들의 처분을 그대로 받아들였다.

둘째는 조영 자신에게 있었다고 한다. 그녀는 그 무렵 교회 장로의 아들과 사귀고 있었다고 한다. 목사의 영예로운 은퇴를 앞장서서 반대한 장로의 아들이었고, 장로는 자기 아들이 목사의 사위가 될 만한 신앙을 가지지 못하고 있다고 겸손한 이유를 댔지만, 사실은 자신을 배척한 것이라고 했다.

그녀는 자신과 목사와의 관계를 드디어 언급했다. 자기는 조 목사의 친딸이 아니라 했다. 핏덩이로 목사 사택 앞에 던져진 존재였단다. 조 목사는 단신 월남하여 독신으로 살고 있었는데, 그 핏덩이를 하나님이 주신 선물로 받아들였다고 한다. 교인들의 도움으로 자신을 키워서 이렇게 장성하게 되었는데, 그 모든 사실을 알고 있는 장로는 자신을 애당초 꺼림칙하게 여겼다는 것이다. 자신은 어렸을 때 아버지로부터 공개 입양이라는 것을 들었다고 했다. 그런 상황에서 자신이 선택할 수 있는 아무런 선택사항이 없었다는 것이었다. 단지 딸로서 아버지를 모시는 것만큼은 사람으로 할 도리라 생각하고 있다는 것이었다. 그러한 의무감은 시골에 내려올 때도 이삼 년 근무하던 학교를 접고 함께 내려올 정도였다고 했다.

그날 내린 빗방울은 비린내만 잔뜩 풍길 정도였다. 하지만 앞 시내에는 물줄기가 조금씩 형성되었고, 둠벙 깊이 진흙 속에 숨어 있던 미꾸리들이 기지개를 켜기 시작했다. 마을 사람들은 농사를 완전히 포기하지는 않아도 되었다. 사람들은 자신의 믿음대로, 어떤 이는 괘불탱을 한 덕분이며, 어떤 이는 대자대비한 부처님의 은덕이라고 주장했다. 많은 이들이 숙이네의 영발이 보통이 아니라면서 기우제의 효험이 대단하다고 내세웠다. 그러나 아무도 조 목사가 목숨을 내놓으면서까지 간절히 기도한 덕분이라고는 생각하지 않았다.

조 목사의 장례식이 끝나고 그녀는 가재를 정리하여 작소 마을을 떴다. 공간에 어울리지 않던 오르간만 덜렁 남겨졌다. 그녀는 독일의 쾰른에서 장학금을 받았다고 했다. 나는 그녀가 떠나고 여름이 다 끝날 무렵에야 집으로 돌아왔다. 학위논문 주제는 도무지 잡히지 않았다. 내년도 신춘문예도 난망이었다.

"오빠도 독일로 가셔요!"

명자가 떠다밀었다.

"그럴까 보다. 국문학을 포기하고…. 흐흐흐…."

어쨌든 가뭄은 끝났다. 그리고 내 가슴의 폐포도 많이 깨끗해졌다.

그러나 내 머릿속인지, 내 가슴속인지는 확실하지 않으나 나의 가뭄은 끝나지 않았다. 결론이 나오지 않았는데 요약문은 더더욱 나올 수가 없었다. 나의 바소 오스티나토를 받아서 변주해 줄 사람이 없어진 것이었다.

(끝)

# 바벨의 뒤안길

       어양동의 그 외국인 아파트까지는 모두 한 시간 가까이 걸렸다. 이십 분을 기다려 팔봉 가는 시내버스를 탔고, 이십오 분 정도 간 다음 공업단지 끝에 내려서는 다시 십 분 정도 걸어야 했다. 시내버스가 한 시간에 두 대가 다닌다는데, 출발 시각을 맞추기 어렵다 보니, 약속 시각보다 한 시간쯤 일찍 출발해야 했다.

  이국풍의 3층짜리 건물들이 흩어져 있었고, 건물 사이에는 잔디가 깔끔하게 깔려 있었다. 오월의 햇살이 몸에서 수분을 거의 앗아갈 무렵 나는 목적지인 G동에 도착했다. 그 집은 1층에 있었다. 위층으로 올라가는 계단을 가운데 두고 왼쪽에 자리 잡고 있었다. 이미 속도를 높이고 있던 나의 맥박은 약간의 설렘으로 불규칙해지고 있었다.

벨을 눌렀다. 반응이 없었다. 손가락이 버튼을 어느 정도로 눌렀는지 기억되지 않았다. 다시 누르자니 내 초조함이 노출될 것만 같아서 좀 기다려 보기로 했다. 잠시 후 다시 한번 눌렀다. 이번에는 다소간 힘을 주었다. 한참 지나서 맥박이 정상으로 돌아오고, 땀도 식어갈 무렵에 나는 문을 두드리기로 했다.

"헬로! 익스큐스 미! 디스 이스….."

말이 미처 끝나기 전에 문이 바깥으로 열렸다. 나는 주춤 뒤로 물러섰다.

"들어오세요."

뜻밖에 젊은 여자가 맞이했다. 그것도 유창한 한국어로 말이다.

"신발 벗지 않아도 돼요. 벨이 고장 나서……"

그녀는 나를 서재로 안내했다. 나는 영 서먹한 발걸음으로 카펫을 밟으며 여자의 안내를 따랐다. 신발을 열심히 털지 않은 것이 후회되었다.

슈미트 씨는 서재에서 나를 맞았다. 서양인에 대한 경험이 별로 없는 나는 그를 게르만족의 전형이라고 생각하기로 했다. 덩치는 확실히 컸다. 그의 눈은 내가 약간 고개를 쳐들어야 마주할 수 있을 만큼의 높이에 있었다. 머리는 배코를 친 지가 두어 주쯤 되는 것처럼 보였다. 그리고 간혹 전등불 빛에 새로 돋은 붉은색 머리카락이 보이는 듯하기도 했다. 그는 거의 무표정하게 나에게 악수를 청했다. 그의 손도 내 손에 비해 컸고, 내 손바닥은 그의 손에서 털의 감각을 충분히 느낄 수 있다.

나는 오로지 슈미트라는 이름과 아파트 동호수와 화목 5시라는 세 가지 정보만 가지고 있었다. 아참, 슈미트가 아까 지나쳐 온 공업단지에서 일하는 독일사람이라는 것은 알고 있었다. 그 나머지는 어쩌면 알 필요도 없으며, 알 수도 없을 것 같았다. 내 생애 25년 만에 전라도의 소도시 이리시에서 마주치는 이 낯선 이국 풍경에 어느 정도로 적응해야 하는지도 가늠할 수 없었다. 다만, 대학원 학비 아르바이트로 나는 이곳에서 한국어를 가르쳐야 한다는 것만은 확실히 해 두어야 했다.

그를 내게 소개해 준 이는 역 앞에서 치과를 하는 김 장로님이었다. 아버지를 통해서 나를 만나고 싶다는 전갈이 왔다. 외국인에게 한국말 좀 가르치라는 것이었다. 영어가 통하는 김 장로님 치과에는 가끔 외국인 환자들이 드나들었고, 슈미트 씨도 그중의 하나였다. 그가 한국말을 배우고 싶다고 말하길래 내 생각을 했다는 것이다. 국문학 석사 수료생이니 할수 있지 않겠느냐고 했지만, 그 배경에는 내 학비에 대한 배려가 깔려 있음을 모를 수 없었다.

독일사람에게 영어로 한국말을 가르친다……. 사실 나는

그럴 만한 위인이 못 되었다. 국문과를 다니긴 했지만, 국어 교육은 사범대학 쪽이 더 전문이고, 영어로 간단한 인사말을 한다든지, 대학원 입학시험이나 논문 제출 자격시험의 필기시험이나 치를 정도였지, 그 실력으로 누구를 가르친다는 것은 언감생심이었다. 상대방이 인도유럽어족에 속한다고는 해도 영어가 모국어는 아니어서, 그것도 적잖은 애로를 가져올 것이었다. 한편으로는 선생과 학생이 100% 영미 사람은 아니라는 점에서는 일단 도전해 볼 수도 있다는 생각이 들기도 했다.

"한번 해 봐!"

세바스찬의 정 사장도 나를 부추겼다. 그는 음악감상실을 운영하면서, 해적판 LP의 뒷면에 적힌 영어 설명을 읽어 내는 나를 믿고 있었다. 노란색 마크를 달고 있는 도이체 그라모폰 발매의 음반에는 독일어와 영어가 병기된 것들이 많았고, 또 음악 용어의 철자가 대체로 비슷한 것이 많았기 때문에, 그 음악감상실에서 나는 독일말에도 재주 있는 사람으로 인정되고 있었다.

진짜 독일사람 앞에서 여지없이 드러날 독일어 능력과, 아무리 선생과 학생 두 사람에게는 모두 외국어라고 해도 여러모로 알타이 어족과는 거리가 먼 탓에 결국은 버벅거리고 말 영어 능력, 그리고 문학작품이나 읽을 줄 알았지 문법에는 여전히 자신이 없는 나의 선생으로서의 무경험에도 불구하고,

나는 무모하게도 긍정적 결단을 내리고 말았다.

한 달을 하건, 단 한 주 만에 끝나건 간에 먼 훗날 나의 경력란에 버젓이 올라갈 '한국어 교육' 다섯 글자와 평균을 훨씬 상회하는 시간당 급여는 나로 하여금 긍정적 결단을 내리게 한 결정적 요인이었다. 그리고 나는 외국인 아파트 G동에 와 있는 것이다.

그런데 상황이 좀 복잡해졌다. 나는 분명히 슈미트 씨에게 한국말을 가르치러 왔는데, 그에게 집중되어야 할 나의 정신이 조금씩 흐트러지고 있었다. 그녀가 물 한 컵을 가져다주었을 때, 나의 주의력은 더욱 산만해지고 말았다. 한국 여자가 분명한데 그녀는 왜 이 집에 있는 건가? 나 말고 또 다른 아르바이트생인가? 그렇다면 무슨 일을 하는 걸까? 청소나 밥을 해 주는 사람일까? 의사소통은 어떻게 할까? 영어로 하는 걸까? 아니면 독일말로? 어쩌면 한국인 부인일지도 모르겠다.

슈미트 씨가 'ㄷ'과 'ㅌ'의 발음 구분법을 물어 오는 바람에 나는 바로 본업에 복귀할 수밖에 없었다.

"그건 영어 발음의 '디(d)'와 '티(t)'가 다른 것과 유사하지요. 그런데 '디귿(ㄷ)' 발음은 '디(d)'와는 좀 달라요. 영어의 '디'는 유성음처럼 발음하는 데 비해, 한국말의 '디귿'은 무성음이지요."

슈미트 씨는 유성음(voiced), 무성음(voiceless) 같은 용어는 알아듣지 못하는 눈치였다. 하긴 그것은 일반 한국사람도 잘 모르는 음성학 용어였다. 그래도 웬만큼 외국어에 관심이 있는 사람이라면 알 수도 있을 텐데 싶었다. 'd'와 'ㄷ'의 차이를 '으드'와 '드'로 구분해서 발음해 주니 그제서야 좀 이해하는 듯했다. 다행히도 '외'와 '위'는 설명하기가 쉬웠다. 움라우트는 독일어에서도 나타나는 발음 현상이니 말이다. 그러자 그는 '외'와 '위'를 단모음으로, 모국어 화자보다도 훨씬 더 정확하게 발음해 냈다.

첫날에는 이렇게 한글 읽는 법을 가르쳐 주는 것으로 시작했다. 수업을 마칠 무렵 나는 세종대왕을 들먹거렸고, 그가 발명한 문자가 세 가지 특징을 가지고 있다고 자랑스럽게 떠벌렸다. 첫째 한글은 세계에서 가장 어린 문자다. 그러니까 최신의 문자라는 것이다. 둘째는 만든 사람이 분명하다. 알파벳은 누가 만들었는지 모르지 않느냐? 셋째는 매우 과학적이다. 세계의 저명한 문자학자들이 한결같이 칭송하고 있지 않으냐?

그러나 슈미트 씨는 그러한 설명에는 별반 관심이 없었다. 그는 한국을 흠모하거나 문화적으로 높이 평가하여 한국말을 배우는 것이 아닌 듯했다. 그는 자기가 한국에 온 이유를 이렇게 설명했다. 섬유산업을 기본으로 하는 자기 회사가 한국에 생산 시설을 설립했고, 자기는 기술 이사로서 와 있다는 것이었다. 기술과 자본을 갖춘 선진국 사람이 개발 도상에 있는 후진국을 지원해 주고 있다는 태도가 분명했다. 나는 그가 한국인 직원과의 소통을 위해 언어를 배우는 것이라고 짐작했다.

호남선과 전라선 그리고 군산선의 철도가 교차하는 교통도시인 이리시가 도약의 발판으로 기획한 수출자유지역에는 여러 선진국의 공장들이 연속해서 설립되고 있었다. 가까이 일본의 전자회사도 공장을 세웠고, 구미의 회사들도 속속 들어오고 있었다. 그중에도 슈미트 씨가 다니는 독일 기업이 노동집약적인 섬유회사로서 현지 고용률이 매우 높다는 지역 신문 기사도 나곤 했다. 외국인들의 거주 여건을 개선하기 위해서 주택공사에서는 그들만을 위한 아파트를 따로 세워 주었다. 수출자유지역에 투자한 회사들의 외국인 임직원들은 대부분 그곳에 입주하였다. 이런 상황에서 나는 말하자면 그 도시의 외국기업 유치 활동의 일환을 담당하고 있던 셈이었다.

첫날의 수업은 그런대로 무사히 끝났다. 흔히 하는 말로 영어가 미국이나 영국을 떠나 객지에서 고생을 많이 한 것이었다. 슈미트 씨의 영어도 비교적 서툰 영어였기 때문에 막상 의사소통은 어렵지 않았다. 단지 언어학적 설명에 동원되는 용어들에 대해서는 슈미트 씨는 아무런 연고가 없다는 투였다. 음성과 음운의 개념도 이해할 수 없다는 표정이었고, 언어학의 첫 장에 나오는 랑그와 파롤에 관해서는 설명을 들을 생각도 하지 않았다.

언어학 용어의 독일어 표현을 알기 위해서 독문학 전공의 친구에게 물어보니, 슈미트 씨가 김나지움을 나와 대학을 다닌 것이 아니라, 아마도 실업학교를 졸업한 기술자라서 그럴 것이라고 했다. 소위 대학물을 먹지 않다 보니, 개념적 설명이 먹히지 않는 것이라고 덧붙였다. 당시 우리나라는 바야흐로 실험대학이라는 제도가 나와서 입학 정원을 제약하지 않은 덕에 누구나 대학을 갈 수 있게 된 시대였다. 그런데 기술 선진국일 뿐 아니라, 학문의 선진국이라는 독일이 아예 고등학교 입학 때부터 대학 갈 사람과 그렇지 않은 사람을 구분한다니, 대부분의 고등학교가 인문계인 우리나라 상황에서는 잘 이해가 되지 않았다.

미영이는, 어양 외국인 아파트 G동 1층의 계단 왼쪽 집에 살고 있는 미영이는 서재에서 오고 가고 있는 슈미트와 나의 대화를 엿듣고 있었다. 나는 슈미트와의 한국어 수업 틈틈이 서재 바깥쪽으로 안테나를 길게 뽑고 있었다. 그녀는 내가 그 집에 갈 때마다 문을 열어 주었고, 가끔 음료수를 내오는 정도로 비공식적인 개입을 하고 있었다. 나의 관심사는 슈미트의 한국말이 얼마나 늘고 있는가가 아니라, 그 집에서 매주 화목 요일에 만나는 그녀에게로 이동하고 있었다. 슈미트와는 가끔 농담할 정도로 가까워졌지만, 그에게 사적인 물음을 던지는 것은 예의에서 벗어난 것이라고 스스로 삼가고 있었다.

한 달쯤 지나니 슈미트는 한글 문장을 떠듬떠듬 읽어 냈고, 기본적인 인사 정도는 할 수 있게 되었다. 그는 '안녕하세요? 안녕히 계세요. 감사합니다.' 같은 인사말을 곧잘 건넸다. 어투도 점점 자연스러워졌다. 아무래도 보조교사가 개입되었다는 느낌을 받았다. 수업 시간의 진도보다 훨씬 더 나가고 있었기 때문이었다. 그는 아주 능동적인 학생이 되어서 "유어 웰컴(You're welcome)"을 한국말로 뭐라 하는지 물어오기도 했다. 독일말에도 "비터 쇤(Bitte schön)"이라는 말이 있고, 심지어는 별로 친절하지 않은 중국인들 사이에서도 "비에커치(別客氣)"라는 말이 오고 간다는데, 그러고 보니 우리말에는 그런 인사말이 없었다. 영어식으로 '내 기쁨입니다(My pleasure)'라고 하기에는 쑥스럽고, '천만에요'라고 하면 딱 잘라서 말하는 것 같아서 정이 없고, '괜찮아요'라고 하면 인사의 맥락에서 좀 벗어난 것으로 느껴졌다. 확실히 우리말 현장에서는 상대방의 '고맙다'라는 표현에 대하여 그냥 무심하게 지나치는 것이 일반적이었다. 외국인들은 그런 인사 교환법에 익숙하지 않아서 오해를 받기에 십상이었다. 나는 그 질문에 대하여 당장에 대안을 찾을 수 없었다. 그것이 한국의 특수성이니 그렇게 이해해 달라고만 대응했다.

나는 슈미트의 언어적 진보나 허를 찌르는 질문이 미영과 관계가 된 것이려니 싶었다. 미영이는 한국어 수업이 끝나고 나면, 그 복습을 책임지는 것 같았다. 그럴수록 나는 그 G동

1층 왼쪽 집의 그 여자가 궁금해졌다. 여기에 이렇게 이름을 대고는 있지만 사실 나는 그때까지 그녀의 이름도 모르는 상태였다. 한 번도 대화해 본 적도 없고, 눈을 마주친 적도 없다. 다만 키가 늘씬하게 크고, 웃을 때 윗잇몸을 내보인다는 점만 알 뿐이었다.

얼마 후에 교습이 있는 날 나는 무심히 그 집의 벨을 눌렀다. 그날은 벨 소리가 '찌르릉' 하고 났다. 그리고 예의 그 여자가 문을 반쯤 열었다.

"벨이 고쳐졌네요."

문이 활짝 열리면 바로 집으로 들어가는 것이 일상이었으나, 그날은 그 일상에 차질이 생겼다. 문은 반만 열렸고, 그녀는 그 사이로 고개를 내밀고 나를 바라다보았다. 나는 벨 소리에도 놀랐지만 정작 발걸음을 얼게 만든 것은 빤히 바라다보는 그녀의 얼굴과 마주친 일이었다. 반가움과 당혹감의 표정이 그 얼굴에 묻어 있었다.

"어쩌죠? 연락을 못 받으셨나 봐요."

뭔가 일이 잘못된 것 같았다. 나는 아무 얘기를 듣지 못했다.

"잠시 들어오세요."

머뭇거리던 그녀는 결국 나를 안으로 청했다. 그것은 어려울 것이 없었다. 신발을 신은 채 카펫을 밟는 것도 이제는 익숙해 있었다. 그러나 다시 나는 난감해졌다. 그녀는 매우 짧은 핫팬츠를 입고 있었다. 허벅지가 그대로 드러나 있었다. 상의까지도 짧아서 허리의 윤곽이 보였다. 한국에서는 집 안에서도 상상할 수 없는 옷차림이었다. 그 상태로 시내를 활보하다가는 경범죄로 파출소에 불려갈 만했다.

나는 거실 소파에 앉았다. 그리고 시선을 거실 창밖으로 두려 했다. 그녀는 반짝반짝 빛나는 청색의 둥근 상자를 들고 왔다. 그 상자는 사실 늘 서재의 한쪽에 놓여 있던 것이고, 내심으로 그 내용물이 궁금하던 것이었다. 거실의 탁자에 그 상자를 내려놓고 그녀도 약간의 거리를 두고 소파에 앉았다. 핫팬츠의 끝은 더 올라갔다. 나는 그 상자로 시선을 모을 수밖에 없었다.

그녀는 상자의 뚜껑을 열었다. 우유 냄새가 진하게 풍겨 왔다. 가까이에서 보니 '데니시 비스킷'이라는 글자가 확연했다. 말로만 듣던 덴마크의 비스킷이었다.

"오늘 갑자기 일이 생겨서 저녁에 늦게 온다고 해요. 아마도 치과에 연락했을 텐데⋯⋯."

나는 김 장로님에게서 연락을 받지 못했다. 진료에 바빠서 나에게 전화할 틈이 없었을지도 모른다. 사실 그런 일까지 연락해 주어야 하는 의무도 없었다.

"그랬군요. 그럼 다음 주에 오죠."

나는 서둘러서 자리를 뜨고 싶었다. 물론 그것은 한국어 선생으로서의 입장이었고, 개인으로서는 더 있고 싶었다. 방금

파란 상자의 정체를 알게 된 것처럼 그녀의 이야기를, 그녀가
왜 G동 1층 왼쪽 집에 있는지, 대체 슈미트 씨와는 무슨 관계
인지를 알고 싶었다. 왜 나의 한국어 교습소 언저리에서 서성
이고 있는지를 묻고 싶었다.

"차 한 잔 드시고 가세요!"

그녀가 자신의 이야기를 하고 싶은 것이 분명했다. 나는 갑
자기 큰 부담을 느꼈다. 내가 과연 감당할 수 있을 만한 이야
기일까? 문학도로서의 나의 상상력은 여간 자극되지 않았다.
그나저나 그녀는 오늘따라 무척이나 매력적이었다. 아니 도
발적이라고 하는 편이 적절했다.

"선생님, 저, 미영이에요. 모르세요?"

커피잔을 들고서 나는 드디어 그녀의 얼굴을 바라보았다.
미영이라는 이름은 이때 나온 것이다. 나는 이 이름에 익숙하
지 않았다. 약간의 미소를 머금은 이 얼굴도 전혀 기억이 없
었다. 이 이름을 대는 여성도 G동에서 처음 보았을 뿐이다.
그냥 길 가다가 만나는 여성들에게 이름을 물으면, 열 명 중
에 한 명 정도는 이 이름을 댈 수도 있지 않은가? 그리고 나는
이전에 이만큼 늘씬하게 매력적인 여성을 만나본 적도 없다.
만나지 못했을 뿐 아니라 그런 여성이 있다는 것조차도 알지
못했다. 그녀는 매우 도시적 인상이었다. 유난히 눈 화장을
열심히 했다는 느낌이 들었다. 얼굴이나 몸에는 불필요한 지
방이 거의 없었고, 입술마저도 가늘었다.

"저 이리국민학교의……."

천만에, 나는 이리국민학교의 선생이었던 적도 없고, 그 학교의 학생도 아니었다. 그런데 그 학교 이름을 대다니, 뭔가 오해가 있는 듯했다. 사람 잘못 본 것이라는 대답을 준비하다가 나는 퍼뜩 '새마을'이라는 말이 떠올랐다.

"새마을청소년학교?"

벌써 10년 가까이 지난 일이었다. 대학에 입학해서 교양학부 일 년을 대충 마무리하고 전공에 올라가니 고등학교 선배이기도 한 3학년 구 선배가 그 학교로 나를 이끄는 것이었다. 말로만 들었던 야학이었다. 일제 때나 60년대에 하던 문맹퇴치운동이 그때까지 이어지고 있다는 것이 신기했다. 그 야학이 국민학교 구내에 자리 잡은 것은, 마침 그 국민학교의 학생 수가 줄어서 교실 세 개짜리 한 동의 교사가 비었기 때문이었단다. 국민학교에는 전기료와 청소비만 내는 조건이었다.

애초에는 중학교 전 과정을 계획했다고 하나, 자원봉사하는 교사의 부족으로 2학년까지만 운영되고 있었다. 구 선배가 2학년을 맡고 있었으니, 1학년은 내 차지였다. 야학이니, 문맹퇴치운동이니, 자원봉사니 하는 것에 대해 아무런 생각도 하지 않은 채, 그냥 선배가 이끄는 대로 갔을 뿐이었다. 그냥 한두 달 체면치레만 하고 벗어날 작정이었다. 100% 자원봉사라고 하니, 내 소중한 아르바이트 시간이 축나는 것이 여간 마땅치 않았다.

그러나 내가 핑곗거리로 단단히 구축해 놓았던 것들은 개학 첫날 교실에 들어가면서 그냥 녹아내렸다. 나는 80개의 눈총을 한꺼번에 맞았다. 거기에는 독기라고는 전혀 없었고, 지식을 향한 애처로움 혹은 학력에 대한 갈구가 묻어 있었다. 중1에 해당하는 연령대도 있었지만, 벌써 대학 캠퍼스를 헤젓고 다닐 만한 나이 든 학생도 있었다. 갑자기 나의 국어에 대한 무지함이 죄송스러워졌다. 나는 단지 글이나 써 볼까 하고 국문과를 진학했지, 학교의 국어 성적이 뛰어난 것은 전혀 아니었다. 국민학교에 다닐 때 '가다'의 반대말을 '안 가다'라 하여, 담임선생님에게는 군밤을, 아버지에게는 머퉁이를 들었던 것이 나의 국어 실력을 대변한다고 할 수 있다. 글짓기를 곧잘 하고, 학교 신문 편집실을 주관하던 나였지만, 그것과 국어 성적과는 비례하지 않았다.

미영이는 그때 그 교실에서 나를 향하던 눈총 80개 중 두 개의 주인이었다고 했다. 신장으로 보아 그 눈총은 그 교실 뒤편에서 출발했을 것이라고 생각되었다.

"공단에 다니고 있었어요."

그랬을 것이다. 이리 공업단지는 수없이 많은 여공으로 인해 돌아가고 있었다. 이리 시내와 익산 군내의 중학교 미진학 소녀들은 공단에 들어선 업체들의 최일선 생산 현장에 투입되었다. 어쩌면 취업의 기회가 있어서 중학교 진학을 포기

한 것이라고 변명할 수도 있을지 모른다. 하지만 거기에도 남
녀의 차별이 엄연했다. 집안의 아들들은 대부분 취업보다는
진학의 기회를 얻었고, 딸들은 취업의 길을 선택해야만 했다.
새마을청소년학교의 교실에는 여학생이 80% 이상이었다.

"나는 잘 기억이 나지 않는데요……."

정말이었다. 그 교실에는 물론 키가 큰 여학생들도 있었지
만, 제멋대로의 교복을 입은 단발머리 학생들뿐이었다. 시간
도 많이 흘렀다. 그 눈동자만 기억이 될 뿐이고, 꾀죄죄한 학
생들과 후줄근한 선생이 엮어내는 풍경만 되새겨질 뿐이고,
그 어떤 얼굴도 내 앞에 앉아 있는 이 여성과 연결되지는 않
았다.

"그때 선생님에게 손바닥을 맞은 기억이 선명한데요."

그렇다, 내가 학생들 손바닥을 때렸던 것은 분명하다. 첫
만남에서와는 달리 학생들의 눈망울은 매시간 수업이 시작
되자마자 눈꺼풀에 덮였고, 숙제라고는 도무지 제대로 해 오
는 경우가 없었다. 온종일 산업 현장의 최일선에서 시달리다
가 학교까지 오랜 시간을 걸어서 오다 보니, 어쩌면 그것은
당연한 일이었을 것이다. 그러나 그것은 변명이요 핑계라고
나는 생각했다. 나를 비롯한 교사 중에는 그 누구도 교통비
한 푼 받지 않는 이가 없었다. 교장이라는 사람은 몇 차례 정
부 표창도 받고, 그가 운영하는 업체는 여러 가지 혜택을 받
는 모양이었지만, 교장이 학교에 나오는 일도 없고, 교사들이

그에게 밥 한번 얻어먹은 적도 없었다.

중간고사가 끝나자 나의 울화는 정점에 다다랐다. 나는 시험 성적이 매우 나쁜 학생들의 손바닥을 가격했다. 예상 문제에서 출제한 것은 물론이요, 수업 시간에 여러 차례 강조한 문제만 냈음에도 절반 이상을 맞힌 학생이 없었다. 내 손에는 대뿌리가 들려 있었고, 맞은 학생들은 눈물을 찔끔거렸다. 내 마음도 함께 찢어지고 있었다.

그중에 성숙해 보이는 한 여학생 차례가 되었다. 그 학생은 한사코 손을 내밀지 않았다. 매를 거부하는 태도에 괘씸한 생각이 들었다. 한참을 실랑이하다가 내민 그의 손바닥은 거칠거칠했고 손톱 밑에는 땟국이 묻어 있었다.

"퇴근하면서 손도 못 씻고 왔네요."

얼굴을 붉히며 엇비슷 고개를 돌리던 그의 손에는 온종일 봉제공으로 일한 흔적이 여실했다. 매가 무서운 것이 아니라 더러운 손을 내밀기가 두려운 것이었다. 체념한 듯 손바닥을 나에게 맡긴 채, 그는 별무 반응이었다. 맞은 자리가 금세 붉게 변했지만, 전혀 꿈쩍하지 않았다. 그 표정이 나의 화를 더 돋운 기억이 선명하게 떠올랐다.

"그게 저였어요."

원수는 외나무다리에서 만난다고 했던가, 가해자와 피해자가 피할 길 없는 대면을 하고 있었던 것이다. 나는 후회스러운 과거를 어렵사리 고백했는데, 미영이가 '내가 그 당사자요.' 하고 들이댄 것이었다.

"처음에는 어디선가 많이 본 듯한 사람이라고만 생각했는데요, 선생님이 서재에서 말씀하시는 걸 듣다 보니, 그 옛날 생각이 나더라구요. 갑자기 그 10년 전의 교실이 떠올랐어요."

내 말씨며, 음성이 기억에 있었다는 얘기였다.

"미안해요. 내가 먼저 알아봤어야 하는데…… 그 말이 맞군요. 때린 사람은 기억 못 하는데, 맞은 사람은 기억한다는."

"아뇨. 제가 많이 변했죠. 선생님은 크게 달라지지 않은 것 같아요. 여전히 눈은 푹 들어갔지만 얼굴은 조금 밝아진 것 같아요."

그녀는 나의 피부색을 정확히 짚고 있었다.

"그때도 선생님을 원망하지 않았어요. 충분히 화가 나실 만했지요."

미영이의 이해에 고마움을 느낄 여유가 없었다. 나는 그 십 년 전의 교실로부터 얼른 외국인 아파트 G동의 공간으로 이동하고 싶었다.

"학교를 대체로 마치긴 했어요. 2년을 다니는 동안 선생님들이 3학년 과정까지 열심히 가르쳐주시긴 했는데, 결국 검정고시는 통과하지 못했어요."

나의 야학 시절도 2년 만에 종언을 고했다. 3학년을 마치고 나는 국가의 부름을 받아 군대에 다녀왔고, 구 선배도 대

**233**

학을 졸업해 버린 상태였기 때문에 다시 새마을청소년학교에 복귀할 염을 버리고 말았다. 그 학교도 결국 몇 년 더 운영되다가는 문을 닫았다는 소문이 들렸다. 국민학교에서 그 낡은 건물을 철거하겠다고 통지해 왔고, 새로 옮길 만한 공간을 얻지 못한 학교 측은 그만 폐교를 결정하고 말았다고 한다.

"그러고는 몇 년 더 공단을 다녔어요. 그러다가 어떤 언니의 제안으로 나이트클럽으로 가게 되었어요. 거기서 삼 년 정도 술을 따랐지요. 그러더니 그 클럽에 외국인들이 오기 시작하더라구요."

슈미트를 만난 이야기를 하려는 것이었다.

"그리고 언니 몇 사람과 함께 이 아파트 단지로 오게 된 거예요."

그녀의 정체는 분명했다. 나는 그의 직업의 속칭이 언론에서 가끔 언급되는 것을 알고 있었다. '슬리핑 딕셔너리(sleeping dictionary)' 이 말이 퍼뜩 떠올랐다. 저개발 식민지에 진출한 사업가들에게 현지어를 가르쳐 주면서 잠자리까지 함께한다는 여자 말이다.

"슈미트 이사는 독일에 가족이 있지 않나요?"

나는 거실 한편 탁자에 놓여 있던 가족사진을 가리켰다. 그 사진에는 슈미트 씨 내외와 예닐곱 되어 보이는 남자아이, 그리고 아직은 어린 딸이 엄마의 품에 안겨 있었다. 여자는 사십 대 초반으로 보이나 이미 웬만한 중부 유럽의 여자들처럼 푸짐한 몸매가 형성되어 있었다.

미영이는 한마디로 현지처였다. 독일의 가족에 대한 언급에도 불구하고 그녀는 거침이 없었다. 어떤 점으로는 뭔가 전문직 여성의 느낌을 주기까지 했다. 자기를 나이트클럽으로 이끌었던 그 언니도 이 단지에 살고 있다고 했다. 중학교를 제대로 다닌 덕인지 그 언니는 영어가 조금 더 통한다고 했고, 슈미트가 영어로 그 언니라는 사람에게 메시지를 전하면 그걸 다시 미영에게 전달하는 식이라고 했다.

나는 그 상황에서 할 수 있는 말이 없었다. 국어 선생, 한국어 교사도 아무 소용이 없었다. 한국의 딸들이 외국 자본의 힘에 굴복하고 있는 것이었다. 갑자기 내 속에서 역겨움이 치솟았다. 방금 마신 커피를 속에서 거부하는 느낌이 들었다. 나는 바로 그 집을 나왔다. 그러고는 버스 정류장을 거치지 않고 집까지 걷고 말았다.


다음 주 화요일이 되었을 때, 나는 갈까 말까를 고민하고 있었다. 한국어를 가르치는 것은 용돈 벌이의 수단이기도 했지만, 그보다는 뭔가 애국적인 일을 하고 있다는 자부심에 연결되어 있었다. 그것은 나의 경력란에서 남들이 따라올 수 없는 빛나는 업적일 수도 있었다. 그런데 그것은 G동 1층 왼쪽 집에 사는 슈미트 씨와 관련된 것일 뿐, 그 집에 함께 사는, 24시간 서비스를 제공하고 있을 미영이는 고려되지 않은 것이었다. 미영이를 다시 대할 수가 없을 것만 같았다.

그러나 목구멍이 포도청이라 했던가, 일반적 과외 교습의 두 배가 넘는 교습비는 내가 포기할 일이 아니라는 결론에 이르렀다. 나를 배려해 준 김 장로님에게도 면목이 서지 않을 것 같았다. 그렇다고 터놓고 상의하기도 그랬다. 자기 일에 대해서 전혀 거리끼거나 부끄러워하지 않는 미영이의 태도가 나의 결심에 결정적인 역할을 한 것은 분명했다.

어양동으로 가는 내내 갈등하고 있었지만, 결국에 나는 평소와 다름없이 외국인 아파트 G동 1층의 계단 왼쪽 집의 벨을 눌렀고, 익숙한 환영 음성을 들었으며, 슈미트의 곁에 앉아서 교과서의 진도대로 대중교통 이용 때 필요한 말들을 가르쳤다.

"전주 가는 기차표 한 장 주세요."

"전주 가는 기차표 한 장 주세요."

"기사님, 외국인 아파트까지 가 주세요."

"기사님, 외국인 아파트까지 가 주세요."

그는 비교적 자연스럽게 잘 따라 했고, 전주를 군산으로, 외국인 아파트를 기차역으로 바꾸는 것도 잘 해 냈다. 그날은 서재 바깥쪽의 인기척이 거의 들리지 않았다. 미영이도 미영이대로 무언가 쉽지 않은 경험을 하는 듯했다.

그날 첫 번째 과정이 끝나고 잠시 휴식을 하는 사이에 슈미트는 회사에서 온 전화를 받으러 서재에서 나갔다. 그 틈에 나는 서재를 둘러보았다. 책이라고는 몇 권 꽂혀 있지 않은 책장이 눈에 들어왔다. 그리고 전에는 안 보이던 엽서 한 장이 거기에 놓인 것을 발견하였다. 가까이 가서 보니 한글로 쓰인 것이었다.

"요한, 나는 당신을 사랑합니다. 당신도 나를 사랑합니까? 마리아."

글씨는 매우 서툴렀지만, 꼬박꼬박 한 자 한 자 힘주어 쓴 것이 역력했다. 그 엽서의 수신자는 'Johann Schmidt', 발신자는 'Maria Schmidt'였다. 요한은 남자 이름이요, 마리아는 여자 이름이라는 거를 모를 사람은 없을 것이다. 나는 슈미트와 이름을 주고받는 사이는 아니었다. 그냥 미스터를 성에 붙이는 정도였다. 편지를 보낸 발신지에는 바이에른이 선명했다.

슈미트가 돌아오는 기척에 나는 급자기 자리에 앉았다. 그러나 나는 좌불안석이었다. 그날은 어떻게 마무리했는지 기억도 나지 않는다. 슈미트도 회사 일로 전화를 받았는지 뭔가 신경 쓰이는 것이 있는 모양이었다.

돌아오는 시내버스 안에서 나는 상상력을 최대치로 올렸다. 요한은 슈미트 씨의 이름일 것이고, 마리아는 그의 부인임이 분명했다. 그 거실의 탁자에 놓여 있는 가족사진에서 아이를 안고 있는 여인 말이다. 금발에 환하게 웃고 있는 그녀는 한국으로 떠나는 남편에게 그 사진을 딸려 보냈을 것이다.

슈미트는 한국에 도착해서 회사 일도 잘 적응하고 있고, 잘 먹고 잘 산다는 편지를 썼을 것이다. 슈미트가 한국인 현지처를 두고 있다고 고백을 하였을까는 잘 짐작이 되지 않았다.

나라면 절대로 그런 얘기는 하지 않을 것 같았다. 섬유공장에 파견되어 와 있는 독일인 직원들은 모두 서로의 비밀을 지켜 주기로 암묵적 약속을 하고 있을 것이었다. 현지처를 두고 있다는 것은 절대로 노출하지 않아야 했을 것이다.

슈미트의 보고 가운데에 한국어 공부 내용이 포함된 것은 틀림없겠지. 마리아 부인은 현지에 적응하려는 남편의 태도를 높이 샀겠지. 그의 편지는 그걸 말하고 있는 것이겠지. 아니 어쩌면 딴생각을 할지도 모르는 남편에게 주의를 주는 것일 수도 있겠지. 어쨌든 스스로 한글을 익혀서 저렇게 또박또박 적어서 보낼 정도라면 결코 교양 없는 여인네는 아닌 것 같았다.

슈미트의 한국어 진도는, 그 편지의 문자를 정확히 읽을 수도 있으며, 그 뜻도 충분히 알 수 있을 만큼이었다. 현지처를 둔 그가 편지에 어떤 반응을 보였을까 궁금해졌다. 사실 슈미트는 아내와 현지처를 명확하게 구분하고 있었다. 저번에 한국어 공부 시간에, 무슨 설명을 하면서 그 아파트에 함께 살고 있는 여성을 지칭한 일이 있었다. '유어 와이프(your wife)'라는 나의 표현에 대해서, 그는 정색하고 '노(No), 마이 프렌드(my friend)'라고 고쳐 말했던 것이다.

물론 슈미트의 호적에는 아내의 자리에 마리아란 이름만 올라 있을 것이다. 독일 역시 중혼을 허락하지 않으므로 와이프라는 말은 적절하지 않은 것이 사실일 것이다. 나는 미안하다고 말했다. 그러나 따지고 보면 미안할 일이 아니었다. 미영이가 네 친구라고, 한집에서 살고 있으며 24시간 서비스를 제공하고 있다고 정직하게 보고를 했느냐고 되묻고 싶었다.

그보다는 미영이의 반응이 어땠을까 궁금했다. 슈미트의 아내에게서 온 편지를 그녀도 읽었겠지. 그걸 떡하니 책장 위에 펼쳐 놓은 걸 미영이는 어떻게 받아들이고 있는 것일까? 마리아에 대해서 뭔가 죄스러운 마음을 가지고나 있을까? 중학교 때 선생이었던 나에게 그녀는 애초부터 부끄러워하지도 거리끼지도 않았는데 말이다.

그 반응은 그다음 주에 확인할 수 있었다. 미영이는 교습을 마치고 돌아가는 나에게 슈미트 몰래 편지 한 통을 내밀었다. 나는 돌아가는 버스에서 봉투를 열었다.

"선생님, 저는 요즘에 영어를 배우고 있어요. 저는 잘 지내고 있구요, 슈미트 씨도 나를 매우 좋아해요. 내가 영어로 말을 걸면 그렇게 좋아할 수가 없어요. 제 걱정은 마시구요, 어떻게든 잘 지내 볼 작정이에요. 돈도 많이 모았어요."

대체로 이런 내용이었다. 미영은 자기가 살아갈 방도를 분명히 알고 있는 듯했다. 그녀는 마리아 슈미트에 대해서는 아무런 감정도 가지지 않은 듯했다. 어떻게 보면 현실이 그녀의 감정을 최대한 억제하고 있는 것도 같았다. 결국, 그들 사이에 나는 전혀 개입된 바가 없고, 내가 개입할 필요도 없다는 결론이 난 것이었다.

나는 불필요한 제스처를 억제하기로 했다. 다시 본업에 충실하기로 했다. 서재 바깥에서 기웃거리던 미영의 목표도 조금 바뀐 듯했다. 나의 한국말보다는 나의 영어에 관심을 가지는 것 같았다. 영어를 배우는 것은 미영이뿐 아니라 외국인 아파트 전체에 불고 있는 바람이었다. 일본인과 함께 사는 여성들만 일본말을 배우고 있지, 그 나머지는 모두 영어를 배운다고 저번 편지에 써 놓았었다. 현지처가 일종의 전문 직업화한 것처럼 보였다.

두어 주가 지나고 슈미트는 우리 관계의 종언을 선언했다. 한국어를 그만 배우겠다는 것이었다.

"아니 왜?"

나는 너무나도 갑작스러웠다. 이제는 공장의 직원들과의 대화나 영업과 관련된 표현에 들어갈 예정이었는데 말이었다.

슈미트는 스스럼없이 이렇게 말했다.

"내 친구가 영어를 배우고 있기 때문이다."

물론 그 친구가 미영이라는 것을 그는 설명하지 않았다. 나는 어이가 없었다. 물론 처음 한국어 교습을 약속할 때, 교습의 범위를 외국인 아파트 G동 1층의 왼쪽 집에서만 통하는 한국어라고 한정한 일은 없었지만 말이다.

"그럼 너는 네 친구와만 대화하려고 한국말을 배운 거냐?"

그는 "슈어(Sure)!"라고 힘주어 말했다.

'네 마누라에게도 그렇게 알려줬냐? 미영이를 끝까지 책임질 작정이냐, 아니면 즐길 수 있을 때까지 데리고 있으려는 거냐? 마리아는 어떻게 할 거구?'

이런 말들이 솟구쳐 나오려는 것을 겨우 억눌렀다. 내가 일자리를 잃는다는 생각은 꿈틀거리지도 않았다. 나는 최소한의 자존심으로 웃는 표정을 지었다. 그동안 좋은 시간이었다, 부디 한국에서 잘 지내기 바란다고 말하고는 집을 나왔다. 미영이도 오늘이 마지막 시간이라는 것을 알고 있었다. 그녀는 예의 데니시 비스킷 상자를 슬며시 나에게 건넸다. 뭔가 말하고 싶어하는 표정이 역력했다. 마지막 날이라고 슈미트가 현관까지 따라 나왔다. 나는 그냥 그 둘에게 손을 흔드는 것으로 마지막 인사를 했다.

김 장로님은 자기가 또 교습 자리를 알아봐 주겠다고 했고, 정 사장은 자기 가게를 가끔 들르는 외국인에게 말해 보겠다고 했다. 그러나 나에게 한국어 교육은 뭔가 트라우마가 되어 가고 있었다. 대체 왜 하나님은 바벨탑을 헐어 버리신 것일까? 언어를 흩어 버림으로써 그가 진정으로 얻으려 했던 것은 무엇일까? 불통과 오해로 빚어지는 인간의 불화를 정말

원하신 걸까? 그런데 바벨탑 이후 인간은 외국어라는 것을 배울 수밖에 없었다. 그러나 그것은 신의 뜻을 거스르는 것이었다. 나 역시 그 무너진 바벨탑의 뒤안길을 서성이고 있는 것이었다. 그것은 신의 처방에 대한 도전이었던가 싶었다.

독일사람과의 만남은 뜻밖에 나의 독일에 대한 관심을 촉발했다. 나는 슈미트 말고 다른 독일사람을 만나기 시작했다. 세 사람의 B를 추구했다. 세바스찬에는 LP판으로 만들어진 그들의 저작물이 수북했다. 나는 한국어를 교습하던 시간을 음악감상실에서 보냈다. 그리고 베토벤과 브람스를 듣는 한편으로 첫 번째 B인 바흐에 몰입하기 시작했다.

어느 날 세바스찬에는 독일사람들이 커피를 찾아 들어왔다. 네 사람의 일행 가운데 슈미트와 미영이 포함되어 있었다.

"안녕하세요, 선생님!"

슈미트와 미영은 한목소리로 반갑게 인사를 했다. 동행한 사람은 그 섬유회사의 독일인 부사장과 그의 현지처였다. 그 부사장은 가끔 이 음악감상실에 들르곤 했기 때문에 나와는 안면이 있었다. 부사장은 음악에 제법 조예가 있어서 내가 턴테이블에 걸어 둔 음반의 곡명을 짚어내곤 했다.

"바흐의 샤콘이군요."

"헬무트 발흐입니다. 맹인 오르가니스트…."

부사장은 알고 있다는 듯 고개를 끄덕였다.

그들은 여느 부부처럼 다들 다정한 모습이었다. 주변 식당에서 만찬을 즐기고 차 한잔 하러 세바스찬을 들렀다는 것이다. 알코올 냄새가 풍기는 그들의 만찬은 최후의 그것이었다. 슈미트가 인도네시아로 발령을 받았단다. 나름 승진이라고 했다. 나는 미영에게로 눈을 돌렸다.

"저도 함께 가요."

미영은 밝은 표정을 지었다. 윗잇몸이 한껏 드러나 있었다.

"잘됐네요."

나는 진심을 표현했다.

"영어는?"

"쉬 스픽스 잉글리시 베리 웰(She speaks English very well)!"

이번에는 슈미트가 내 한국말을 알아듣고 자랑하듯이 대답했다. 결론적으로 나는 성공했다. 슈미트와 미영이 사이는 아무 문제가 없었다.

나는 문득 그 서재의 서가가 궁금해졌다. 몇 통의 편지가 바이에른에서 와 있을 텐데, 거기에는 과연 어떤 한글 사연이 적혀 있을까? 마리아는 다시 인도네시아어로 편지를 쓸 것인가?

(끝)

# 열차 안 풍경

　　문을 열고 바다 내음이 물씬 풍기는 전라선 열차의 찝찔함 가운데로 발을 내디뎠을 때 차 안에서는 향연 (饗宴)이 한창이었다. 중년(中年)들이었다. 치맛자락들과 바짓가랑이들이 서로 얽혀서 객차 안을 휘저으며 돌아다니고 있었다. 바쿠스의 은혜를 입은 그들은 모두 벌건 얼굴들이었다. 그리고 다분히 무뎌진 혀 놀림으로 불그죽죽한 소리를 흘려보냈다. 자랑할 것도 없는 그들의 몸들도 70년대의 중반과 함께 흔들리고 있었다.

　　맨 마지막 칸이었다. 그 칸을 지나쳐 더 나아갈 수가 없으니, 그냥 주저앉을 수밖에 없었다. 보통, 기차의 중간 칸들이 붐비더라도 첫 칸이나 끝 칸에는 자리가 많이 빈다. 일단 나는 플랫폼의 첫 자리에서 기다리고 있다가 기차가 도착하자 제일 앞칸에 올랐었다. 그날따라 첫 칸부터 자리가 없었다. 혹시나 하여 한 칸 한 칸 뒤로 훑어 나아가다 바로 그 끝 칸에 안착한 것이었다. 그리고 그곳이 바로 난장판이었다.

나는 입석 버스처럼 양편 창 쪽으로 길게 놓인 자리 중에 되도록 그 난장판과 거리가 먼 곳에 앉았다. 기차에 탄 사람의 숫자로 계산해 본다면, 사실 거기도 자리가 없을 것이었다. 내가 자리를 잡은 것은 어쩌면 그 난장판을 벌이면서 자리를 비워 준 사람들 덕이거나, 그 소란함을 벗어나 버린 승객들 덕일 수도 있었다.

점심 후에 4시간 연속되는 교련이란, 더군다나 4월의 풋풋한 햇볕을 유감없이 받아야 하는 운동장에서 실총을 무게를 절절히 느껴야 하는 각개전투 훈련이란 결코 쉬운 일이 아니었다. 게다가 나같이 군대 생활을 마친, 쓴맛 단맛 다 본 늙수그레한 복학생에게는 거기에 지겨움 같은 것이 덧붙여졌다. 아니, 어쩌면 뻔히 알고 있고, 신기하지도 않아서 그렇게 지겨운 것일 수도 있다. 국방부의 시계가 그랬던 것처럼, 어쨌거나 대학에서도 지겨움의 시간은 끝날 때가 있다. 그리고 그 끝을 내다보며 겨우겨우 견딜 수 있었다. 하지만 꽁보리밥에 신김치와 단무지, 그리고 맹물로 점심을 때우는 우체국 만년(萬年) 집배원의 4남매의 큰아들로서는 여간 배고프고 졸리고 피곤한 노릇이 아니었다. 이런 판에, 잡것— 내일부터는 과목별로 중간고사가 시작되니 피곤한 것은 둘째 치고, 책이라도 들춰야겠다는 생각에 자리 잡기가 급했다. 덕진역에서 이리역까지의 하굣길 50분은 그리 짧은 시간이 아니었다.

바다 쪽에서 출발하는 열차들이 늘상 그렇듯이, 전라선 열차는 김이나 미역 등의 해조류, 그리고 남해에서 잡아 말린 명태나 멸치 등 건어물의 짭조름한 냄새를 출발지인 여수에서부터 싣고 온다. 객차의 바닥이며 선반에는 비닐로 감싼 수산물 바구니가 하굣길 통학생들의 비어 있는 위장을 많이도 자극한다.

짠내에 전 왜바지(몸뻬)를 입은 채 생활에 지쳐 졸고 있는 건어물 장수 아낙들은 새벽차로 여수까지 갔다가 돌아오는 길일 것이다. 구례며 곡성, 그리고 남원이나 전주에서 일부가 내리고, 덕진을 지나서는 삼례나 이리 그리고 일부는 호남선의 김제나 강경까지도 가는데, 객차의 짠내는 그들의 승차 여부와는 관계없이 언제든 나에게 전라선 열차의 감각을 일깨워 주곤 했다.

여느 때와 마찬가지로 이 객차에는 그러한 상인들과 일반 여객 그리고 전주에서 탄 통학생과 덕진에서 타는 우리 대학의 학생들이 타게 된다. 이들을 태우고 팔복동의 전주공단 모서리도, 동산촌의 조촐한 시가지도 지나 드디어 삼례의 만경강 철교를 넘어서면, 드넓은 평야지대가 열린다. 지리산 부근에서 사는 사람들이 서울 나들이의 설레는 마음으로 이 기차를 타고 나오면, 그들은 이 대목에서 평야지대의 광대함에 놀라 탄성을 지른다.

— 워매, 이 넓은 디를 누가 다 농사짓는디여!

그들은 손바닥만 한 논배미에서 겨우 식량 거리나 추수하던 사람들일 것이다. 그들과는 달리 이 기차를 늘 타야 하는 사람들은 바깥 풍경의 변화에 별반 감흥을 보이지 않는다. 특히 건어물 장사치들은 일반적으로 삼례철교쯤에서는 부족한 잠을 채우는 마지막 노력을 한다. 그러나 오늘은 무심함도 감탄함도 아닌 아우성이 이 객차에 가득 차 있을 뿐이었다.

나 같은 통학생 역시 평소의 건어물 장사치나 다름없이 무심하게 바깥 풍경을 바라보곤 한다. 그런데 내일부터 시험이다. 그 긴박감과 부담 덕분에, 바로 옆에서 대포 아니 미사일을 쏴도 공부를 할 수는 있다. 문제는 주의를 얼마나 집중시키느냐 하는 데 달려 있다. 나는 '아무리 그렇게 떠든다고 내가 질 줄 아느냐?'라고 호기를 부리기 시작했다.

내일 첫 시간 시험의 교과서를 가방에서 꺼내 펼쳐 들었다. 차내에 앉아 있거나 뒤늦게 들어와 서 있는 학생들 모두 한결같이 나름대로 공부의 의지를 표명하고 있었다. 열심히 눈을 번뜩거리며 책장을 넘기다가, 노트에 무언가를 끄적거리기도 하다가, 가끔 천장을 바라보며 중얼거리기도 했다. 그리하여 객차는 아우성과 중얼거림의 두 부류로 금세 구분되었다.

나에게 이번 시험은 여간 중요하지가 않았다. 한국의 고3

생들의 인생을 결정 짓는 예비고사나 진배없는 의미가 있는 것이었다. 예비고사를 치르고 대학 진학을 하게 되었을 때 나는 서울로 올라가 보고 싶은 마음이 없지는 않았다. 물론 성적이 그 정도는 되었지만, 봉(鳳)의 꼬리보다는 닭의 머리가 되라는 아버지의 제안은 사실상 은밀한 명령이었다. 사실 막상 서울로 올라간다면, 우리 집 형편으로는 비싸디 비싼 등록금은 고사하고 하숙비며 용돈이며를 도저히 감당할 수가 없었다. 게다가 지방대학이라도 사립대학은 등록금이 만만치 않지만, 이 대학은 국립대학이라서 등록금 자체가 저렴했고, 혹시 닭벼슬이라도 된다면 장학금도 탈 수 있었다.

입학시험에서 어쩌다 과 수석을 하였고, 그에 따라 수업료와 기성회비를 면제받게 되니 우리 집 형편을 아는 주변에서는 효자 났다고 칭찬이 자자하였다. 부모님도 벌어진 입을 다물지 못하였다. 돈을 많이 가지고 있어도 대학에 발을 디딜 수 없는 친구들도 있었고, 아예 예비고사에서 대학 입학의 길이 막히는 일도 있지만, 그러나 나에게 대학 생활은 다분히 사치였다. 어머니가 노상 죽치고 앉아 있는 구멍가게도 그럭저럭 빠듯이 현상 유지만 하던 터였다. 하여 책값이다, 전주-이리 간 통학권 값이다, 대학에 들어갔으니 하다못해 작업복 같은 것이라도 하나 있어야 하겠다 해서 영정통의 기성복 가게에까지 돈을 바치니, 입학과 더불어 당장 그달의 생활비가 걱정될 정도였다.

국민학교에 다니는 막내는 걱정 없지만, 여중학교에 다니는 동생의 수업료와 공업고등학교에 입학한 동생의 입학금과 내 입학금이 겹치게 되니, 아버지와 어머니 벌이로는 터무니없이 부족한 상황이 되었다. 그런대로 수지를 맞추어 절약하며 살던 아버지는 결국 주변에 빚을 내야 했다. 그 결심의 이유는 간단했다. 못 배운 한을 자식들에게서나 풀자는 것이었다.

이대로 가다가는 아버지가 피땀 흘려 봉급생활 15년 동안 겨우겨우 마련한 다섯 칸짜리 스무 평 오막집마저 떠내려갈 것 같았다. 말이 15년이지 그 기간 내내 집배원 일만 해 온 아버지가, 가고 오는 소식들을 전하기 위해 걸은 거리는 이루 측정할 수도 없을 것이었다. 남들이 신발을 한 번 갈아 신을 동안 아버지는 적어도 세 켤레는 바꿔야 했다. 그것도 아주 누더기 상태로 말이다. 아버지 다리에 힘줄과 핏줄이 불거질 대로 불거지고, 발바닥에 굳은살이 박힐 대로 박힌 덕택에 나는 먹고 입고, 아버지 어머니가 다녀 보지 못한 학교에 다녔던 것이었다.

고등학교에 다니는 동안에도 맏아들로서 나는 그러한 부모님의 사정을 잘 알고 있었기에 정말 스스로를 억제하고 지냈다. 다른 친구들처럼 학관에 다닌다, 과외를 받는다고 하지도 않았고, 교과서 외에는 다른 참고서도 산 적이 없었다. 어쩌다 선배들이 쓰다가 물려준 참고서, 이미 답이 다 달린, 선배가 다 풀어 버린 문제집 같은 것만 가질 수밖에 없었다. 친구들과 어울려 빵집이나 냄비우동집에 가더라도 그냥 얻어먹기만 했다. 그것도 미안하니 나중에는 아예 친구들과 어울릴 생각을 접기도 했다.

미숙이와는 그런 어간에서 만났다. 고2 때 열린 시내 고등학교 예술제에서 처음 만난 그녀는 유난히도 내 시를 좋아했다. 약간은 작은 체구에 유난히 똥그란 눈을 가진 그녀는 예술제 백일장 부문 장원을 한 내 작품을 줄줄 외워 주었다. 밉상은 아니더라도 눈 말고는 그리 예쁜 것도 없는 그녀였지만, 그 똥그란 눈으로 나를 바라보면서 시의 마지막 연까지를 온전하게 읊는 통에, 나는 도저히 그 시선에서 벗어날 수가 없었다. 그녀는 나의 가난을 탓하지 않았고, 오히려 나의 문학을 숭배했다.

나는 정말 이상하게도 미숙이 앞에만 서면 허리가 펴졌고, 어깨에도 힘이 주어졌다. 그때 누군가 내 얼굴을 자세히 관찰했다면, 미숙이 앞에 있는 나의 입꼬리가 몇 밀리미터 정도 올라가 있는 것을 눈치챌 수 있었을 것이다. 미숙이에게 냄비우동을 얻어먹을 때나, 해태 '부라보'가 아닌 황금당의 소프트아이스크림을 얻어먹을 때도 나는 뜻밖에 당당했다. 그녀는 마치 가난뱅이 피아니스트 쇼팽을 좋아하던 파리의 귀부인 같았다. 그녀는 패트런을 자청했다.

그녀는 역전에 자리 잡은 약품 도매상 집 외동딸이었다. 도매상 주인은 시내와 인근 군내 약국에 약을 대는 한편, 소매로도 적지 않은 수입을 올리고 있었다. 인근의 소읍에 사는 사람들이 이리 시내에 다녀가면서 이 약국에 들러 한 보따리씩 약을 사 가는, 아주 유명한 곳이었다. 내가 부모의 희망대로 국립대학에 입학했을 때, 그녀는 시내에 있는 사립대학의 약대에 입학했다. 나처럼 문과 출신인 그녀가 이과에 그것도 경쟁률이 높다는 약대에 입학한 것은 신기한 일이었다. 나는 가방끈이 짧은 아버지의 소원 풀이를 하는 수준이었지만, 미숙이에게는 가업의 계승이라는 고상한 목표를 향한 첫걸음이었다.

자기는 안정된 약국에서 넉넉하게 생활비를 벌 터이니, 나더러는 정말 유명한 시인이 되라는 것이 대학 입학식을 마친 후의 미숙이의 선언이었다. 정말 갸륵한 아이였다. 나는 그의 기대에 찬 선언을 만족시켜 주겠다는 각오를 다졌다.

두 달쯤 지나서 슬슬 대학 축제가 시동을 걸 무렵, 미숙이는 나에게 새로운 제안을 해 왔다.

— 저기, 현우. 대학을 옮기면 안 될까? 우리 대학으로…….

미숙이는 대학을 함께 다니자는 의사를 피력한 것이 아니었다. 그녀는 단지 내가 약사가 되면 더 좋지 않겠냐고 했다. 부부 약사가 되어서 그저 하루하루를 함께하고 싶다는 것이었다. 내가 다니던 국립대학에는 약대가 없었던 것이다.

국문과에 들어간 것은 운명이었다고 치부하고 있던 나에게, 그렇게도 문학 공부를 할 수 있는 학과에 들어갔으니 얼마나 좋으냐고 함께 기뻐하던 미숙이였는데, 그것은 너무도 뜻밖의 제안이었다. 사실 불가능한 일이었다. 우선 문과와 이과의 구분이 엄연한 현실을 비켜 가는 것은 정말 만만치 않은 일이었다. 나는 화학이며, 물리에는 정말 자신이 없었다. 산수는 곧잘 했지만, 수학에 이르자 나는 망망대해에서 방향 잃은 배에 불과했다. 도대체 일상생활에 이차 방정식이 무슨 소용이며, 미분이나 적분이 인생에 무슨 필요가 있느냐는 것이 나의 변명이었다.

국문과 학생에게 허용된 교직과정을 무사히 마치면 국어 교사의 길이 열린다. 그러면 나는 유명한 시인은 못 되더라도 가정의 생계는 어느 정도 책임질 수가 있게 된다. 국어 교사로서 얼마든지 미숙이가 원하는 만큼의 시를 쓸 수도 있다. 거기에 그녀가 약국을 경영한다면, 시내에서도 내로라하는 가정이, 부와 명예까지는 아니더라도 충분히 중산층 가정이 될 수 있는 것이다. 그런데 왜 미숙이는 이 대목에서 나에게 방향 전환을 요구하는 것일까? 게다가 도무지 아무 인연이 있을 것 같지 않은 약대를 가라니 말이다. 우선 당장에 국립대학도 겨우 등록하여 다니는 입장인데, 미숙이는 내 형편을 몰라도 너무 모르는 것이었다.

사실 나는 고등학교만 마치고 바로 직장을 잡을 생각도 했었다. 그러나 오늘 좀 고생스럽더라도 미래를 내다보면서 견디자는 것이 아버지와 어머니의 생각이었고, 그것은 결국에는 우리 집의 가훈처럼 굳어졌다. 따라서 대학에 입학은 했어도 내 앞에 펼쳐진 것은, 무슨 상아탑도 아니었고, 낭만의 평원도 아닌 현실의 험난한 지평뿐이었다.

대학에 들어와서까지 먹여 주는 밥 그냥 먹고 입혀 주는 거 그냥 입고 학교에 다닌다면 아버지는 적어도 하루에 족히 십리 꼴은 더 걸어야 할 것이었다. 그냥 모른 체를 하며 룰루랄라 다닐 수가 없으니 당연히 아르바이트라도 해야 했다. 서너 군데 과외 교습 자리를 얻어서 바쁘게 돌아다녔다. 하지만 한 달에 한 번씩 받는 봉투의 두께는 그리 두껍지가 않았다. 술이나 담배를 하지 않는 덕분에 동생들 용돈도 조금 나눠 줄 수 있고, 월간으로 나오는 문학잡지나 몇 권 사는 정도의 사치는 가능했다.

몽창몽창 걸어대는 회비가 부담되니, 동문회니 반소풍이니 과소풍이니, 무슨 체육대회니 환영회 등은 참석할 엄두도 못 냈다. 덕분에 나에게는 불성실한 동문이요, 공동체를 모르는 멤버라는 낙인이 찍혔다. 선배들이 있는 경우에는 공연히 부모님의 건강을 들이댔으며, 동급생에게는 내가 이 학과에 들어오는 데 너희들이 도와준 것이 무엇이냐고 반문하곤 했다.

미숙이의 요청은 시간이 지나면서 채근으로 바뀌었다. 나는 그녀가 그렇게까지 부부 약사를 인생 목표로 삼는 것이 솔직히 마땅치 않았다. 국문과생을 남자 친구로 둔 것을 그의 부모가 탐탁하게 여기지 않는 탓이려니 했다. 게다가 가난한 우체부의 맏아들이니 어느 누구인들 딸 가진 부모가, 그것도 외동딸을 둔 부모가 그런 사윗감을 마땅하게 여길까 싶으니, 스스로에게도 한심한 생각이 들었다.

나는 활로가 필요했다. 문학을 배우겠다는 나의 목표는 교양학부에서는 결코 채워지지 않았다. 수강신청서에는 영어니 국사니 천문학이니 교육학개론이니 하는 전공과는 상관없는 필수 또는 선택 과목들이 적혀야 했다. 워낙 시국이 소란했기에 모든 대학이 다 뒤숭숭했다. 서울에 있는 대학은 데모에 휩싸이곤 한다는데, 우리 학교는 다행인지 불행인지 수업 결손이 생기지는 않았다. 서울에 있는 대학에서 우리 학교로 날마다 감자를 포대로 보낸다는 소문도 들렸다. 나는 우리 대학에 무슨 식량이 부족하다고 먹을 것을 보내는가 했지만, 그것은 결국 멸시의 취지가 짙게 밴 농담이며, 시국을 대하는 우리 대학의 태도에 대한 조롱과 비난이라는 것을 깨닫는 데는 시간이 별로 걸리지 않았다.

활로가 없다는 판단에 따라 나는 일단 당분간 도피를 하기로 했다. 바로 밑의 동생이 고등학교를 마칠 때까지는 내가 자리를 피해 주는 것이 최선이었다. 그 피난처는 군대였다. 3년 동안은 대한민국 정부가 먹여 주고, 입혀 주고, 재워 주니,

그리고 몇 푼 안 되지만 돈까지도 주니 군대야말로 나에게는 완벽한 피난처였다.

일단 미숙이의 채근도 국가의 부름이라는 차원에서 벗어날 수 있으니 여간 현명한 선택이 아닐 수 없었다. 그리고 어차피 다녀와야 할 것 일찌감치 다녀오자고 마음먹었다. 사실은 내가 군에 가 있는 동안 미숙이에게 새로운 선택의 기회를 주고 싶은 마음도 있었다. 내 시를 외우는 입 모양, 나를 지켜보는 그 눈망울 외에는 예쁜 구석이 없는 얼굴이 점점 두드러지고 있었다. 나는 공군 모병 시험에 응시했고, 바로 합격했으며, 결국 1학기를 마치면서 입대해 버렸다.

군 생활 3년 동안 나는 정훈병이었다. 국문과 전공과목은 한 과목도 못 들은 처지였지만, 그래도 고등학교 시절의 백일장 수상 경력이 큰 도움이 되었다. 정신교육 자료나 홍보 자료의 문장을 매만지는 것은 웬만큼 자신이 있었다. 부대 백일장에서 상을 타서 포상 휴가를 받기도 했다. 부대에 정훈병 인원이 부족하니 정훈장교, 공보장교, 문화장교들이 모두 나에게 일을 맡기는 형국이 되었다. 나는 사무실에서는 열심히 자료를 뒤지고, 문장을 쓰고, 편집하다가, 사무실 밖에서는 행사마다 카메라를 메고 누벼야 했다. 그렇게 36개월을 보내고는, 어김없는 국방부의 시계 덕분에 나는 제대의 명을 받았다.

병영은 나의 완벽한 피난처였다. 아마도 내가 장교였다면, 아니 최소한 부사관이었다면 나는 소위 말뚝을 받았을지도 모른다. 그러나 병사는 만 삼 년에 그 피난처에서 떠나야 했다. 나는 군에 있는 동안 부었던 적금을 받아 집으로 돌아왔다. 자랑스러운 예비군복을 걸친 채 말이다.

집은 아직 그대로 구겨져 있었다. 50이 넘으신 부모님들의 얼굴에는 주름이 몇 개씩 더 늘어 있었고, 바로 밑 남동생은 고등학교를 졸업하고는 취직 시험 준비를 하고 있었다. 그러나 내심 그 역시 대학 갈 기회를 노리고 있음이 분명하였다. 고졸로는 직장 잡기가 어렵다는 것을, 아니 쓸 만한 직장에는 고교 졸업장이 터무니없이 부족하다는 것을 체험 중이었으니 말이다. 여동생은 고등학교 2학년이 되었다. 막내는 중학교 3학년이 되어 상급학교 진학 의지를 다지고 있었다. 학비 조달 상황을 자기도 계산해 보았는지, 꼭 장학생이 되겠다고 벼르고 있었다. 그리고 나는 그런 판에 아직은 군기가 빠지지 않은 제대병에 불과했다.

돌아온 날 밤에 나는 미숙이네 집에 전화했다. 3개월 전에 말년 휴가를 나왔을 때, 그녀는 나에게 최후의 통첩을 보냈었다. 약사 한 사람과 선을 봤고, 결혼 얘기가 오고 간다고 했다. 미숙이는 내 소망대로 고무신을 거꾸로 신은 것이었다. 그날 그녀와 나 두 사람 중에 더 충격을 받은 것은 내가 아니라 미숙이였다.

— 현우, 왜 말리지 않는 거야? 나 그냥 그리로 갈까? 괜찮겠어?

나는 뜻밖에 의연했고, 미숙이가 외우던 내 시의 한 구절마저도 나에게 감동을 주지 못했다. 나는 군대에서 시와는 딴판인 삶에 익숙해 있었다. 감성은 사치였고, 소위 군바리의 생리에 익숙해야 했으며, 국방의 의무는 현실이었다. 그러니까 고무신인지 군화인지를 거꾸로 신은 것은 나였다.

미숙이네 전화번호 끝자리는 하필 0번이었다. 덕분에 전화를 걸 때마다 나의 설레는 시간은 공중전화의 다이얼이 되돌아가는 시간만큼 더 길어졌다. 긴 신호음 끝에 전화를 받은 미숙의 어머니는 나의 안부를 물으면서도, 다시는 전화를 걸지 말아 달라고 당부했다. 미숙이는 내 제대일을 정확히 알고 있었다. 성대 바로 아래쪽에 수없이 많은 말들이 대기하고 있었지만, 나는 가슴의 말이 아니라 머리의 말로 대답할 수밖에 없었다. 알겠노라고…… 그냥 제대하고 인사차 전화를 했노라고…… 미숙이가 결혼해서 잘 살기를 바란다고…….

짧은 여름을 보내고 나는 1학년 제2 학기에 복학했다. 등록금 고지서를 받아 보면서 나는 내 잔머리를 구박했다. 아무리 국립대학이라고는 해도 군대에 가 있는 동안 등록금의 숫자는 자릿수가 늘어나 있었다. 그것은 물가 상승률과 아버지의 봉급 인상률을 훨씬 상회하였다. 내 적금 봉투는 복학에 요긴하게 사용되는 수준에 불과했다.

공부는 더 난망이었다. 머리를 열심히 돌려보았지만 헛일이었다. 3년 동안의 공백은 머리에 산화철만 늘게 하였을 뿐이었다. 본래도 그리 좋지 못하던 머리이니 녹을 벗겨 내기가 힘들었고 제대 이전으로 돌리는 것은 더욱 지난했다. 학비의 부담을 줄이려면, 다른 방도가 없었다. 학교 성적을 높여서 수업료나 기성회비를 면제받아야 하겠기로, 나름대로는 열심히 한다 했지만, 실제로는 아르바이트 과외 교습에 시간을 뺏겨 노력만큼의 효과가 나지 않았다. 필수과목 중에서도 몇 과목은 그래도 좀 되는 듯싶었는데, 그 나머지들의 뒷받침을 받지 못하니 결국 학점은 평균 B에서 그치고 말았다.

2학년에 등록할 때는 다행히도 은행융자 제도가 생겨 있어서 그 덕으로 등록을 마쳤다. 올해로 54세이신 아버지는 내년이면 정년퇴직을 하게 될 참이었다. 아버지는 막일이라도 하겠다고 이미 선언을 하였지만, 그 벌이는 고정적이지도 않고, 충분하지도 못할 것이었다. 우선 건강이 뒷받침될까 싶기도 했다. 그러니 다음 학기에 장학금을 받지 못하게 된다면 학교를 그만두는 것이 당연한 수순이었다.

매달 은행에 들어가는 상환금이며 책값과 용돈 등을 메우기 위해서는 개인지도나 그룹 지도를 가릴 수 없었고, 받은 수고료 이상으로 가르침을 베풀어야 한다고 스스로를 다독이며 뛰어다니다 보니, 개인 공부를 할 시간을 확보하기는 어려웠다. 대학에서 배우는 것으로 중학교 고등학교 아이들을 가르칠 수는 없는 노릇이고, 중고등학교 수준이야 그리 어려운 것은 없지만, 배운 지가 하도 오래되었기 때문에, 수업 준비를 위한 시간이 내 학과 공부 시간을 잠식하고 있었던 것이다.

다음날부터 시험인데 겨우 전날부터서야, 마땅치 않다는 눈치를 보이는 학생들한테 양해를 얻어 중간고사를 준비하기 시작했다. 비록 좀 줄기는 했어도 대학 강의에는 충실하려 했다. 하지만 교수님에게 수업 태도를 점수로 바꿔 달라는 것은 무리한 부탁이라는 생각이 들었다. 수업 태도와는 별개로 시험은 시험이었다. 별수 없이 내 앞에는 당일치기 벼락공부가 놓여 버렸다. 이번 시험을 어느 수준까지는 치러야 했다. 기말시험만으로는 장학금을 받을 수 있는 학점에 이르기는 힘들기 때문이었다.

우스갯소리로 면제 장학금을 받는 것은 가능하되, 등록금 면제를 받을 것인가 아니면 장학금 면제를 받을 것인가가 문제였다. 아니면, 학교 장학금을 자랑스럽게 받을 것인가, 아니면 부모님이 보내는 향토장학금을 쑥스럽게 받을 것인가라고도 할 수 있다. 은행융자를 계속 받다가는 졸업 이후는 고사하고, 다음 학기부터 날아올 상환 통지서를 감당하기가 어려울 것이었다. 그래서 나는 이번 시험을, 고3생의 대학 입학 예비고사처럼 인식하고 있었다. 여기서 잘되지 않는다면 빨리 항로를 바꾸는 것이 모두에게 현명한 일이었다. 그러나 우선 나는 내 국어교사 자격증도 살려야 할 뿐 아니라, 당장에는 학교장학금을 받아 가볍게 등록하는 것이 최선이라고 생각하고 있었다.

공부한답시고 책만 펴 놓고 엉뚱한 생각만 했다 싶을 즈음 아우성이 더욱 커지고 있었다. 이번에는 앉은자리가 들썩거리기 시작했다. 몸뻬씨들과 잠방이씨들이 서로 밀고 당기고 얽히고설켜 자리에 앉았다 일어났다, 급기야는 내 발을 밟기에 이르렀다. 참 지랄같이들 흔들거리고 있었다. 나는 악착같이 책을 붙들고 늘어졌으나 이번에는 책에 박혀서 꼼짝 않던 검은 글자들이 어깨를 들썩이기 시작했다.

— 자, 놀, 고, 하, 만, 그, 부, 공

글자들이 페이지의 이곳저곳에서 빠져나와 마음대로 뒹굴었다. 공부 그만하고 놀자고 자꾸만 꼬였다. 그 글자들도 한잔 걸쳤는지, 몇 놈은 옆으로 누워 버렸고, 몇 놈은 빙글빙글 돌기도 했다. 그러고는 내 안면을 목적지로 하고서 달려들었다.

— 느들이 무슨 각개전투라도 하냐? 뎀비지 말어. 제자리에 가 있으란 말야! 명령이닷!

녀석들은 잠깐 주춤하더니 이내 다시 몸뻬씨들과 잠방이씨들의 노랫가락에 맞추어 몸을 흔들었다. 그들은 도대체 내 간절한 통사정도, 불쌍한 표정도 용납하지 않았다. 결국, 나는 책을 덮어버렸다.

— 노세 노세 젊어서 노세. 늙어지면 못 노나니

과히 젊은 것 같지도 않은 사람들이었지만 그들은 악바리같이 불러댔다. 조금씩 거칠어진 손들은 전라선 열차의 짭짤한 공기를 더욱 휘젓고 있었다. 소주잔으로 꽤나 흥겨워진 목소리들이 열창(熱唱)을 지나고, 역창(力唱)도 넘어서, 이제는 악창(惡唱)의 지경에 이르고 있었다. 소리만 고래고래 지르지, 음정이며 박자는 전혀 고려사항이 되지 않았다. 그러고는 자기들끼리도 우습긴 우스웠던지 가끔은 서로를 마주 보고 허리를 잡기도 했다. 처음부터 놀던 어떤 바지씨는 춤과 노래에 지쳤는지 그만 죽치고 잠을 자기도 했지만, 대부분은 피곤한 기색을 좀처럼 보이지 않았다.

그들이 술의 도움으로 그런 상태에 이른 것만은 아닐 것이었다. 그들도 가족이 있고, 길게 적어야 할 만큼의 사연도 있고, 다스려야 하는 아픔도 있을 것이었다. 그런 그들이 평소에는 억눌러 놓았던 것들을 오늘만큼은 제한 없이 드러내는 것이리라 생각되었다. 그 감정을, 가슴 깊숙한 곳에 담아두었던 사연을 노래의 힘을 빌려 아낌없이 토로하는 것이리라. 관광을 위해 기차를 타는 이도 있지만 그들은 생계를 위해 탈 뿐이었다.

— 당신과 나 사이에 저 바다가 없었다면
— 황성옛터에 밤이 되니 월색만 고요해
— 정든 친구 정든 고향 잊었단 말인가

— 울려고 내가 왔나, 누굴 찾아 여기 왔나

— 가지 마라 가지 마라, 나를 두고 가지를 마라

— 돈 떨어져 신발 떨어져, 담배꽁초마저 떨어져

— 노들강변 봄버들 휘늘어진 가지마다

— 이 밤이 새도록 춤을 춥시다

— 헤이 부기 부기 기타 부우기 헤이


내가 말년 휴가를 나왔을 때 미숙이는 이실직고를 하였다. 그녀는 약학대학을 졸업하지 못했다고 했다. 어려운 공부이니 한두 해 더 걸려도 상관없는 일 아니냐고 했더니 미숙은 눈가에 이슬을 머금었다. 그것은 내 말에 감동해서가 아니었다. 자신의 상황에 대한 한탄 비슷한 것이었다.

— 나, 사실, 청강생이었어.

자기의 본질을 드러내기 시작한 그녀는 한숨을 한번 쉬더니 점차로 담담해졌다.

— 그래, 정식으로 입학한 게 아니었어. 아버지가 힘을 썼었지. 자식 하나 있는 거를 약사로 만들어서 가업을 잇게 하겠다는 생각을 약대 교수들도, 그 대학교에서도 가상하게 여겼었지. 물론 나에게는 특별한 입학금 고지서가 나왔었어.

사립대학에서는 빈약한 재단 전입금을 벌충하느라고, 정원 외로 학생을 받아들인다는 것을 나도 알고는 있었다. 그러나 미숙이가 그 당사자였다는 것은 꿈에도 상상하지 못했다.

— 정원에서 티오(TO)가 비면, 그러니까 자퇴나 전학 등으로 자리가 나면 청강생이 그 자리에 들어간다고 했어.

미숙이도 3년째에 그 자리를 받았다 했다. 그러나 약대 공부는 그에게 맞지 않았다. 무슨 적성 문제가 아니라 실력이 좇아가지 못했다고 미숙이는 실토했다.

— 아버지의 실망이 너무도 컸어. 나는 그냥 가정과로 옮겼고, 거기서는 어려움 없이 잘 졸업했어. 그때부터 아버지는, 아니 현우와 사귀기 시작했을 때부터, 아니 내가 아주 어렸을 때부터 아버지는 약사 사위를 얻으려 했던 거야.

나는 군대에 가기 전 미숙이가 약대 편입을 권유했을 때에 이미 그것을 눈치챘었다. 아니 미숙이의 아버지가 진짜 원했던 것은, 사위가 자기 약국 건물 2,3층에서 병원을 하고, 딸은 1층 약국을 이어받게 하는 것이라는 소문이 그 작은 도시 바닥에 자자했었다.

그사이에도 기차는 몇 번 멎었다 떠났지만, 아낙네들의 노래는 끝없이 흘러나왔다. 시집가던 날 마지막으로 얼굴을 붉히면서 노래를 불렀음 직한 그들은, 시부모들 밑에서 노래라는 것은 아예 잊고 지냈을 것이다. 라디오에서 흘러나오는 노래를 그네들은 마음속으로만 따라 불렀을 것이고, 그리고 그 기억에서만 선명한 노래를 오늘 이 자리에 소환하고 있는 것이리라. 비록 노래는 되는대로 내질렀고, 다른 편을 제압하려는 듯이 더욱더 큰 소리로 부르고는 있지만, 가사만큼은 정확했다.

— 제기랄 것, 참 잘들 한다.

나는 비웃는 뜻으로 입을 쩍 벌려서 하품을 늘어지게 한 번 했다. 그리고 다시 책을 펴들었다. 잠시 후, 횡대로 잘 정돈되어 있던 글자들의 발꿈치가 들썩거릴 무렵에는, '쩽하고 해 뜰 날 돌아온단다'가 객차 안을 압도하고 있었다. 그러고는 모두 뒤범벅이 되어서 객차의 복도를 휘젓고 다니기 시작했다. 내일 시험 보는 대학생들의— 필경 그들도 당일치기임이 분명하다— 아우성까지 합세했다.

— 조용히 해!

냅다 소리를 질러도,

— 조용히 못 헐래?

자식 같은 아이들이 아우성을 내질러도 그들은 들리지 않는다는 듯, 상관없다는 듯 여전했다. 급기야는 한 학생이 벌떡 일어나서는 얼렁뚱땅 흔들어 대는 춤 사이를 빠져나가 앞 칸으로 나갔다. 나는 그 학생이 혹시 실랑이라도 벌여 주지 않을까 하고 잠깐 기대했지만, 사태는 그렇게 전개되지 않았다. 총총히 옆 칸으로 떠나는 모습을 보면서 아마도 그냥 자리를 피하는 게 최선이라고 판단한 모양이라고 결론을 지을 무렵에, 그 학생은 여객 전무를 앞세우고 돌아왔다. 바야흐로 난무극장 무대는 이제 최대의 위기에 직면한 것이었다.

학생의 손에는 뜻밖에도 컵을 뒤집어씌운 소주병하고 새우깡 봉지가 들려 있었다. 홍익회 매점까지 다녀온 모양이었다. 차장은 여간 앉지 않으려는 그네들과 한참이나 실랑이를 벌였다. 위험하다는 경고에도 불구하고, 결코 물러서지 않는 그들의 기세에 밀려서는 이내 포기한다는 듯이 고개를 흔들었다. 엄숙하게 한마디를 남긴 채 그는 앞칸으로 되돌아가고 말았다.

—여기 학생들도 많이 타고 있으니 좀 조용히 해 주세요.

차장의 연기는 썩 훌륭했고, 직업적 행동으로는 충분했지만, 그 행동에 혼이 실리지는 않았다. 차장이 떠나자마자 검은색 제복의 위압에 움츠러들었던 그네들은 "갔다, 갔어!"라고 외치고는 다시 들썩거리기 시작했다.

이번에는 소주를 들고 왔던 학생에게 조명이 비치기 시작했다. 그는 소주병을 따고는 옆에 앉은 학생들과 주거니 받거니 잔을 나누었다. 그러더니 한 홉짜리 소주병을 나발 부는 식으로 금세 바닥을 내 버렸다. 옆에 앉아 있던 멸치 장수 아낙네들이 시시덕거리는 것으로 보아 그들도 한 잔씩 얻어먹은 눈치였다.

차장이 다녀간 효과는 한참 이후에야 나타나기 시작했다. 열기는 점차로 식어 갔다. 몸뻬씨들과 잠방이씨들도 기세가 한결 꺾였다. 열차는 이미 대장촌에 가까이 왔다. 나는 이제라도 책을 좀 봐야겠다 마음을 먹었다. 글자들도 자기 자리를 찾아 많이 차분해져 있었다. 당일치기 벼락공부로서도 유분수지 내일 오전에 네 과목씩이나 시험을 치는데 여태까지 한 과목도 제대로 끝내지 못한 나로서는 여간 불안하지 않았다. 불안감이 적은 상태라야 좋은 성과도 올릴 수 있다고 교육심리학 책에도 쓰여 있긴 하지만, 이번에는 그 불안감을 떨쳐 버려야 한다는 중압감이 나를 더 옥죄고 있었다.

헌데 이건 또 뭔가? 무슨 개수작인가? 한 잔씩 얼큰하게 걸쳤던 학생들이— 대학생님들 네댓 명이 일어서더니, 소리를 냅다 질러 댄다.

— 두만강 푸른 물에, 노 젓는 뱃사공.

— 쿵 자자작작

뜻밖에 강적이 나타났다고 여긴 듯, 옆에 있는 아낙네들은 숨을 죽인 채, 슬그머니 박수로 박자를 맞추기 시작했다. 한 잔씩 얻어먹은 것에 대한 사례인 것 같았다.

— 좋다 잡것들 잘 헌다. 잘들 해 봐.

혼자 보기 아까웠다. 조금 구경하자니까 얼굴이 벌게진 대학생이 갑자기 일어선다.

— 내가 일러 부려야겠어.

하고는 앞칸으로 달려갔다. 멸치 장수 아낙네들이 자꾸만 말렸지만, 그는 막무가내였다. 학생은 아까 그 여객 전무를 다시 데려왔다. 차장이 들어오자 노랫소리의 볼륨은 점점 줄었고, 아낙네들의 춤사위도 슬로모션으로 변경되었다. 한풀

풀이 꺾인 그들에게 차장은 그냥 바라볼 뿐 어떤 조치도 취하지 않았다.

— 이 아주머니가 차표를 삼례까지만 끊었는데요, 사실은 강경까지 가려고 한다네요.

차장을 데려온 학생은 장난기가 진하게 배인 말투로 일렀다. 차장은 그렇지 않아도 차표 검사를 하려고 했다는 듯한 표정으로 객차 안을 둘러보며 차표를 준비하라고 통지했다.

아낙네들의 표정이 일순 어두워졌다. 차장은 정기권을 가지고 있음직한 학생들을 지나쳐서 건어물 장수들 쪽으로 갔다. 그들은 재수 없다는 표정이었다. 그리고 차장을 소환한 학생을 원망의 눈초리로 흘겨보고 있었다.

— 저, 거시기……. 돈이 좀 모자라는디요. 을매나 더 내야 된데요?

차장은 손바닥을 모두 펴 보였다. 벌금까지 500원씩이란 말일 것이었다.

— 우리 엄닌디, 좀 봐주시면 안 될까요?

이번에는 고자질의 당사자가 차장에게 사정한다. 그러면서 임시로 열차표를 끊으려는 차장을 뒤로 밀어내고 있었다. 차장은 그냥 밀렸다. 봐주기로 한 모양이었다.

이 장면은 결국 해프닝으로 종결되었다. 술 처먹은 대학생의 만용인지, 아니면 정의감인지는 모르겠지만, 비극의 중간에 삽입된 희극의 장면 같은 것이었다. 결국 이 장면을 지켜

보는 관객 모두의 긴장은 이완되었다.

건어물 장사 아낙네들은 기차 삯이라도 절약을 해야 할 것이었다. 물건을 팔아서 얻는 차액이 얼마나 되는지는 몰라도, 워낙 물량이 적으니 결코 수입이 넉넉할 리가 없다. 그러니 비용을 절약해야 한다. 그래야 자식 새끼에게 '뽀빠이' 하나라도 사다 줄 수 있다. 기차표는 물론 사겠지만, 종착지까지의 차표를 제대로 끊을 염은 하지 않은 것이다.

— 학상, 워쩔려고 그런디야. 오백 원 벌려면 왼종일 서빠지게 돌아다녀야 한단 말이여.

아낙의 말은 원망의 내용이었지만 목소리에는 안도의 한숨이 배어 있었다. 학생에 대한 추궁은 중단되었다. 워낙 자기가 잘못한 일도 있고, 좀 전에 술 한잔 얻어 마신 이유도 있을 것이었다. 아니 그보다는 이미 더이상 싸울 힘이 남아 있지 않을 것이었다. 물론 그들은 언제나 그렇게 지쳐 있을 것이었다

몸을 제대로 가누지 못하는 여자가 술병과 컵을 들고 비틀비틀 내 앞에 와서는 오락가락하며 한잔 하시라고 권했다. 이번 장면에는 내가 등장한 것이다.

— 아니, 못 합니다. 천만에요. 안 먹어요. 안 마신다니까요.

한사코 거절하는 소리를 하자 '그럼 그만둬' 하듯이 비죽 웃고는 맞은편으로 건너가 버렸다. 그녀에 이어서 이번에는 남정네가 나타났다.

— 여보 예비군. 미안혀서 시끄럽게 떠들어서 미안혀서 그러는 것이여. 그니께 이해허쇼 잉! 이해허더라고, 이해혀!

'알어, 안다고! 미안헌 줄 알었으면 좀 조용히 혔으면 좋겠어, 아 좋겠당께!'

나는 소리는 내지 못하고, 표정만으로 사정했다.

제길, 그러나 그들은 여전히 빙빙 돌아갔다. 겨우 한 잔씩 걸치고 취했읍네 해 가지고는, 별로 벌게지지도 않은 얼굴을 위로 치켜 대면서 대학생들도 다시 노래를 지르기 시작했다.

— 두만강 푸른 물에…….

'염병허네. 늬들이 두만강 근처라도 가 봤어? 가 봤으면 간첩이게?'

나는 여전히 표정만으로 마땅치 않은 질문을 던졌다.

객차 안에서는 노래자랑 대회가 몇 개라도 열린 것처럼, 두 군데서 여러 명이 각기 다른 노래를 불렀다. 스테레오로 음악을 들으면서 나는 평소에 귀를 두 개나 만들어 양쪽으로 배치한 것은 신의 한 수, 즉 조물주의 특별한 아이디어라고 생각했는데, 이번에는 그 스테레오가 하나의 입체 음향이 아니라, 두 개의 모노 음향으로 교차하고 있었다. 한쪽 귀로는 '노들강변'이 다른 쪽 귀로는 '나만이 알고 있는 사랑의 비너스. 아름다운 비너스, 비너스'가 들려왔다.

차 안은 그러한 노래 대결과 그에 동조하여 손뼉을 쳐 대는 소리와 구경꾼들의 깔깔거리는 웃음소리로, 그런 상황에서도 초저녁잠에 곯아떨어진 승객의 코 고는 소리로 가득했다. 물론 기차 바퀴 굴러가는 굉음과 기관차의 기적 소리는 객차 안의 소리에 밀려나 버린 지 이미 오래되었다. 기차는 레일을 달리는 것이 아니라, 붕 떠서 날고 있는 것 같기도 했다. 파일럿으로 변신한 기관사는 나름대로의 항적을 그리고 있을 것이었다. 그리고 종착역은 아직도 한참이나 남았다.

'제기랄 것. 집어치우자.'

나는 책을 덮어 아주 가방 속으로 밀어 넣어버렸다. 까짓것 학점이 안 나오면 그만두는 수밖에…… 오늘 아침에 여동생은 하복을 입어야 할 때가 되었다며, 이번에는 교복을 꼭 하나 맞추어 주어야 한다고 눈물을 글썽거렸다. 아버지는 올 한여름만 더 입으면 안 되겠냐며 동생을 달랬다. 그 애는 작년 여름까지 중학교 때 입던 엉터리 하복을 입고 다녔다. 등교 때마다 학생부장 선생님의 시선을 피하는 것이 그의 과제였다. 동생은 남들 다 입는 간복 따위는 아예 바라지도 않았지만, 아무리 생각해도 올해는 하복 정도는 꼭 맞추어 주는 것이 좋을 것 같았다. 고등학교 2학년 동생의 체격은 확연하게 달라져 있었다.

취직 시험 보겠다고 공부하는 동생은, 집에서 혼자는 공부가 안 되니 학관이라도 다녀야겠다고 나한테만 속내를 털어놓았다. 그런데 단과반이 아니라 종합반에 들어간다면 차라리 대학 학비를 내는 편이 더 나을 것 같았다. 어머니는 또 어

머니대로 가끔 허리가 결린다고 말하곤 했는데, 그보다는 막
냇동생의 기침 소리가 더 큰 문제였다. 그 녀석은 늦은 감기
가 걸려서는, 아니지 작년 10월부터 지금껏 계속해서 기침해
댔다. 두어 차례 내 용돈을 털어 약을 지어다 주긴 했지만, 원
래 감기라는 병은 약보다는 그저 잘 먹고 근심 없이 편히 쉬
기나 하면 즉시 나아질 병인데, 이 녀석만이 아니라 우리 여
섯 식구 언제 잘 먹어 본 적이 있나, 편히 쉬어 본 적이 있나,
어디 공기 좋은 데에 가족 동반으로 놀러 간 적도 전혀 없었
으니 치료는 난망이었다. 게다가 이 녀석은 새벽마다 신문 배
달한답시고 찬바람을 쐬지, 밤늦도록 공부한다고 쿨룩거리
면서도 잠을 안 자지 해서, 아예 그냥 병과 더불어 지내고 있
는 셈이었다. 신문 배달만큼은 그만두라고 집안 식구들이 몇
번 말렸지만, 이 녀석이 그래도 자기 수업료의 3분의 1 정도
는 벌고 있으니, 딱 잘라서 말리지는 못하는 상황이었다.

　이런 판국에, 한 학기에 10만 원도 넘는 돈을 내고 대학에
다닌다는 것은 무리 중에서 큰 무리였다. 다만 졸업하면 모두
나만 바라보게 될 것이었기 때문에 잠자코들 있지만, 사실은
여동생의 하복 값으로, 바로 밑 동생의 학관비로, 어머니의
신경통약 값으로, 아버지의 걸음에 대한 보상비로, 그리고 막
냇동생의 감기약 값으로 학교에 다니고 있는 셈이었다. 내가
학교를 그만두게 된다면 그런 것들은 간단히 해결될 수 있는
일이었다.

'까짓것, 둘째 동생 하복이 문제냐. 간복까지 맞춰 줘도 되고, 학원비도 걱정 말아라. 그것도 종합반으로 다니게 될 테니께. 글씨 나는 이미 글러 버렸웅께, 동생 잘 되는 것이 동생도 잘 되는 것이고 나도 좋은 것 아니었어? 약이라고는 칡뿌리에 쇠물팍만 삶아 먹고 계시는 어머니도 처방을 제대로 받아 지은 약봉지를 뜯을 수 있고, 막내 녀석 신문 배달은 이제 안 해도 되는 것 아닌가 베?'

나한테 과외받는 고 계집애들도 요사이 움직임이 심상치 않았다. 여동생이 언뜻 들었다면서 귀띔해 주기를, 시시껄렁한 시나 지껄여 대는 아저씨에게서는 이번 달까지만 받고, 다른 실력 좋은 오빠를 찾자고 수군거리더라는 거였다. 하긴 그렇다. 군대 다녀온 사람, 머릿속이 산화철처럼 부스러져 내리는 복학생보다야 아직은 머리가 번득거리는 치들이 시간의 이익을 더 보는 것은 당연할 것이었다.

'제기랄 것, 그려. 갈 테면 가 버려. 뭐 느들이 몇 푼 주기나 혔어. 느들은 아무리 지랄 발광을 해도 대학 들어가기는 텄어. 내가 가르쳐 놓고 이런 말 허는 것은 미안허지만, 잘들 생각혔어. 가 버려. 가 버려요. 가 봐라 이거여.'

학교에 가 봐야 복학생은 아직 나 혼자였다. 겨우 한 학기만 마치고 입대하는 바람에 과 친구라고 해도 겨우 얼굴만 알던 처지였다. 같이 입학했던 친구들은 이제는 다들 군대에 가 있고 여학생 몇 사람은 국어 교사로 나가 있는 상태였다. 소위 현역의 후배들은 뭔 일 있으면 자기들만 쑥덕거렸고, 선배 대접인지 뭔지에 있어서 나는 열외가 일쑤였다. 전공 교수님도 이제야 만났으니, 서먹할 수밖에 없었다. 나는 이러한 환경을 바꾸어 나갈 만한 능력도 여유도 없었다. 그저 현실 생활에 성실하게 임하다 보면, 다 잘 되겠지 하는 심정뿐이었다. 그러나 세상은 그런 사람을 그리 존중해 주지 않았다.

사실 지난주 토요일은 미숙이의 결혼식 날이었다. 미숙이 친구를 통해 전해 받은 청첩장에는 광명예식장 오전 11시라고 적혀 있었다. 청첩장에는 내가 전혀 모르는 사람들의 이름이 미숙이네 이름 반대편에 적혀 있었다. 청첩장을 받고 나는 사이먼 앤드 가펑클의 〈침묵의 소리(Sound of Silence)〉를 기억해 냈다. 내가 군대 가기 전에 방송에서 한참이나 유행했던 그 노래 때문에 〈졸업〉이란 영화를 본 적이 있었다. 나는 자신을 더스틴 호프만에게 비겨 보았다. 애인의 결혼식장에 나타나서 성혼 선언 전에 하얀 드레스를 입은 그녀를 구출해 낸 그는 얼마나 멋진가 말이다.

하지만 답은 정해져 있었다. 나는 아무 용기도 없고, 전혀 능력도 없으며, 고등학교 때는 시를 쓴다고 가슴을 쥐어짜기도 했지만 결국, 나는 낭만주의자의 축에는 결코 들 수가 없었다. 영화는 영화요, 현실은 현실이었다.

눈에 보이는 것들이 모두 흐린 채로였다. 눈물이 가득히 고인 까닭이었다. 흐려진 눈으로는 여전히 춤추는 여자들의 저고리와 치마가 뒤범벅으로 쳐들어왔고, 뒤를 이어 한 무리의 소리 떼가 붉은 눈을 부릅뜨고 협박해 왔다. 그만두라는 거였다. 목적도 없이 다짜고짜로 그만두라는 것이었다.

나는 눈을 돌려 버렸다. 차창 밖은 해 어스름이었다. 나는 양쪽의 집게를 잡고는 창문을 살짝 들어 올렸다. 바람이 들어와서 잠깐이라도 정신을 맑게 하는 듯했다. 철로와 나란히 하여 같이 달리고 있는 도로로는 시내버스가 기차보다 조금씩 처지면서 따라오고 있었다. 시내버스가 일으켜 놓은 먼지를 무릅쓰고 걸어가는 일단의 향토예비군들이 보였다. 훈련을 마치고 돌아오는 길일 텐데도 대열이 흩어지지 않고 질서정연하게 보무도 당당하게 걷고 있었다.

그렇다. 제복은 신분과 직업을 표상한다. 나는 내 예비군복을 만져 보았다. 땀에 절었다가 마른 자리에서 소금기가 느껴지는 것 같았다. 교련 시간에 제대 군인들에게만 허용된 예비군복이었다. 그러고 보니 현재 나의 본분은 향토예비군이 맞았다. 그것은 대학의 재적 여부와 관계없이 진리였다. 나는 향토예비군 신분을 잊고 있었다. 이 얼마나 자랑스러운 신분인가? 향토예비군으로서 이 예비군복을 입고 훈련을 오고 가는 길에 저들과 같이 예비군가를 힘차게 부를 것이다.

항간에서는 예비군가를 비아냥거리듯 부르곤 했다. 멀쩡한 사람들이 예비군 훈련에 나오면 한결같이 개차반으로 변한다는 속설을 나도 알고 있었다. 이미 군대에도 비슷한 문화가 있었다. 후렴구의 '향토예비군'은 그런 종자들을 비웃는, 자신을 조롱하는 역할을 했다. 분단이 현실이고, 휴전이 엄연한 상태에서 향토예비군에 대한 비하는 사실상 군대에 대한 모독이나 다름이 없다. 나는 현역의 우리 과 후배들이 나를 빗대어서 그렇게 부르는 것을 알고 있었다.

그러나 그들이 모르는 것이 있다. 노래의 가사에 '예비군 가는 길에 승리뿐이다'라고 되어 있지 않은가? 나는 허파에서 출발해서 목젖까지 진출해 있던 그 노래를 끄집어냈다. 저쪽에서 여전히 질러 대는 음량을 이겨야 한다는 듯이 노래를 부르기 시작했다.


어제의 용사들이 다시 뭉쳤다
직장마다 피가 끓어 드높은 사기
총을 들고 건설하며 보람에 산다
우리는 대한의 향토예비군
나오라 붉은 무리 침략자들아
예비군 가는 길에 승리뿐이다
바바밥 밥바라라 밥밥……
반공의 투사들이 굳게 뭉쳤다
역전의 용사들이 다시 뭉쳤다

나는 3절까지 정확하게 읊었다. 그동안에 내가 쓴 그 어떤 시구절보다도 절절했다. 사람들의 시선을 느꼈다. 그들의 노래는 숨을 죽였고, 얽혀 돌아가는 그들의 방향 잃었던 시선들이 하나씩 하나씩 예비군복의 곳곳에 꽂히고 있었다. 저놈이 미쳤거나 돌았거나 둘 중의 하나라고 말하고 있는 듯했다. 그건 상관없는 일이었다.

총을 들고 보람 하며 건설에 산다.

내 가사는 뒤죽박죽이 되어 가고 있었다. 하지만 나의 노래에 대해, 향토예비군 찬가에 대해 비죽이며 웃음을 흘리는 녀석이 눈앞에 있다면 내가 박살 낼 참이었다. 내 눈은 드디어 물과 피를 뿜기 시작했다.

어제의 용사들이 다시 뭉쳤다
직장마다 피가 끓어 드높은 사기
총을 들고 건설하며 보람에 산다
우리는 대한의 향토예비군
우리는 대한의 향토예비군
향토예비군 향토예비군 향토예비군
향토예비군 향토예비군 향토예비군 예비군

기관차는 종착역을 향해 앞으로 달리고 있을 것이다. 그러나 내가 탄 객차의 연결고리가 끊어져서, 역방향으로 가거나, 아니면 그대로 꼬라박든가, 아니면 갑자기 양쪽에 날개를 뻗어서 하늘로 날아오르거나, 놀이기구처럼 빙글빙글 돌아 버리거나, 결국에는 그 자리에 주저앉아 버리더라도, 그건 상관없는 일이었다.

제기랄, 향토예비군 향토예비군

(끝)

**(전북대신문 연재분(1976.5.7, 14, 21.)을 개작함.)**

# 흔들리는 뿌리

"날씨 참 춥지요?"

모자를 삐딱하게 눌러쓴 털보 운전사가 동의를 구하듯이 물어왔다. 딴은 추운 날은 택시를 타는 것이 그냥 걷는 것보다 낫지 않느냐는 투였다. 나는 그때까지 추운지 어떤지 경황이 없었다. 약이 떨어져 가는 그 엉터리 벽시계만 믿어 마음 놓고 있다가, 어머니가 교회에서 돌아오는 문소리에, 손목시계를 가져다 보니 8시 25분이었다. 8시 38분 차인데 걸어간다면 어림도 없었다. 정신없이 달려 나가 택시를 세우고 막한숨을 돌릴 차에 운전사가 그렇게 물어왔던 것이었다.

"아, 예 별루 춥구먼요."

지어내서 대답했지만, 운전사는 자기의 생각과 같은 줄로 여겼는지, 얼굴을 찡그리며 웃는 모습이 룸미러를 거쳐 내 초조한 눈으로 들어왔다.

역전에서 내리자마자 나는 뛰었다. 매표구가 다행히 비어 있었다. 전주행 차표 한 장 주십사 하면서 10원짜리 동전을 가져왔으면 좋았을 것이라는 생각이 들었다. 하여간에 거스름돈을 추려서 개찰을 하고, 지하도를 지나 5번 홈에 올라섰을 때 기차는 이미 출발하고 있었다. 역무원의 빨리 타라는 외침을 뒤로하고 결사적으로 뛰어, 바듯이 기동차 문에 발을 올려놓을 수 있었다.

차 안에는 스팀이 풍겨 놓은 열기가 꽉 차 있었다. 나는 뒤쪽 구석에 자리를 잡고 차 안을 휘둘러보았다. 이를테면 그것은 버릇이었다. 같은 차에 아름다운 아가씨가 타고 있다는 것은 꽤나 재미있는 일이다. 연말이 가까워 오는 쓸쓸한 초겨울에, 게다가 밤차에 내 눈길을 온전히 줄 수 있는 그런 여자가 있다는 것은 창밖을 지나가는 허전한 어둠의 풍경을 잊을 수가 있어 좋고, 정든 고향을 떠나는 소년의 센티멘털한 감상도 잊을 수가 있기 때문이다.

전주-군산 간을 왕복하는 이 기동차는, 보통 때는 통학생들이 그득그득 메우나, 일요일 밤 8시 38분에 발차하는 열차는 언제나 한산했다. 대개는 전주에서 하숙을 하는 학생들이거나, 모처럼 군산 해망동에서 바닷바람을 맞으며 한잔하고 얼큰해서 돌아오는 사람들(어렴풋한 내 추측으로)이 탄다.

흔들리는 뿌리

생활에 어떤 변화를 주고 싶어 전주 사촌 형님 댁으로 거처를 옮긴 것이 2학기 들어서면서부터였으니까 석 달쯤 되었다. 일요일이면 부모님의 채근으로 꼭 모교회에 나가야 했기에, 이 밤차는 결국 내 단골이 되었다.

마치 시내버스 입석형과 같은 기동차에 어떤 이들은 아주 누워 버리기도 했다. 내가 앉은 쪽과 맞은 쪽 합해서 열 명 정도 타고 있었는데, 내가 눈을 줄 만한 아가씨는 없었고 여자라면 아주머니나 아이들 정도였다. 맞은편 쪽 끝쯤 해서 군인 한 사람이 누워 자고 있는 듯했다. 이 차에 군인이 타는 일은 흔하지 않았다. 그냥 졸려서 자겠거니 하고 생각했다.

더 이상 둘러봐야 별수 없어 나는 고개를 푹 떨구고 잠이라도 청할 양으로 눈을 감았다.

기동차가 멎은 것 같았다. 동이리역일 거라고 아련하게 생각하고는 다시 잠들었다.

얼마쯤 지나서 몸이 옆으로 쏠리는 바람에 잠을 깨었다. 나는 얼른 쇠막대를 잡고 밖을 내다보았다. 대장촌이었다. 문이 열리자 문 크기만 한 찬바람이 밀려왔다. 아이를 데리고 탔던 아주머니가 아이를 깨워 등에 업고 내렸다. 타는 사람은 없었다. 차장이 "발차"라고 외치고는 막 출발한 차의 난간에 올라 손전등을 흔들었다.

기차가 삼례에 닿을 때까지도 사람들은 생활에 지친 사람처럼 기운 없이들 앉아서 눈을 감고 있었다. 밤차는 기운 없는 사람들만 태우는 건지, 그런 사람들은 밤차를 타야만 하는지, 나도 그런 사람 중의 한 사람이 되어 버렸는지, 밤차를 타면 모두들 저렇게 되어 버리는 건지…… 삶에 실패하고, 삶에 판정패 당한 인간들이 주저앉아 버린 곳이 된 듯싶었다.

기차가 긴 경적을 울리며 삼례역에 이르자 청년 한 사람과 할머니 한 분이 같이 내렸다. 모자간인 듯싶었다. 전주에서 오는 기동차가, 내가 탄 기동차를 기다렸다는 듯이 곧바로 떠났다. 언제 보아도 그 차는 만원이었다.

삼례에서는 모처럼 사람이 탔다. 중학생과 그의 누나인 듯싶은 아가씨였다. 아가씨는 내 기대에는 미치지 않았다. 무엇보다도 나는 졸렸고, 밤차를 타는 사람들에게서 받은 어떤 실패감을 씁쓸하게 혀에 올려놓고 있었기에, 그 여자가 '별로'라는 것을 확인하자마자 바로 고개를 숙였다.

잠이 들락 말락 할 무렵에 누가 어깨를 흔들었다. 바라보니 차장이었다. 차표를 보자고 했다. 결코 기분 좋을 수 없는 상황이었지만, 밤차에서 차장 노릇을 하는 사람도 얼마나 따분할 것이냐 하고는 순순히 차표를 내주었다. 어차피 잠을 깨 버렸기에 대신 차표를 내미는 사람들 구경이나 하려고 눈을 돌려보았다. 군인은 아직 누워 있었다.

차장이 술 취한 듯싶은 사람을 깨워 차표 검사를 하면서 큰 소리를 냈다.

"삼례는 지났어요! 다음 역에서 내리쇼."

사람들은 오랜만에 재미있는 것이라도 발견한 듯 일제히 고개를 돌렸다.

못 내린 사람은 30대 후반이나 되어 보였다. 멀리서 보기에도 몹시 취했다는 것을 알 수 있었다. 그의 눈은 몹시 졸린 듯했다. 그 사람도 실패자 중의 하나가 확실했다. 그는 비틀비틀 일어나서 팔을 한두 번 휘둘러보다가 갑자기 입안으로 손을 넣어 "왝, 왝!"하고 토하려 했다. 그러더니 그냥 자기 자리에 주저앉아 버렸다. 차장은 등을 두드려 주면서 변소에 가서 토하라고 하는 것 같았다.

군인의 차례가 되었다. 차장이 몇 차례 흔들어 보는 것 같았으나, 군인은 좀처럼 일어날 줄을 몰랐다. 군인은 창 쪽으로 향해 누워 있었다. 차장은 계속 흔들어 댔다. 순간, 나는 직감적으로 뭔가 심상치 않은 일이 벌어질 것이라고 느꼈다. 차장의 흔드는 정도가 필요 이상이 된 것 같았다. 누운 자세 그대로 군인은 소리를 내뱉었다.

"가만 좀 안 놔 둘래!"

차장은 처음에는 멈칫했으나 이내 다시 흔들었다.

"여보쇼, 이 양반, 차표 좀 보여 주쇼."

그런데 이때! 뜻하지 않은 일이 벌어졌다.

군인이 돌아눕는 순간, 마침 차장이 흔들다가 자기 앞으로 군인을 당겨 버린 것이다. 군인은 차 바닥으로 굴러떨어지고 말았다. 떨어짐과 동시에 무언가 주먹만 한 새까만 것이 둔탁

한 소리를 내며 굴렀다.

아! 어디서 본 적이 있다 싶을 순간 군인이 그걸 재빨리 집어 들었다.

"비켜!"

위세에 떼밀려 차장은 나 있는 곳으로 왔다.

언젠가 나도 그것을 만져 보았다. 던져 본 적이 있다.

군인은 그 새까만 것을 들고 떡 버티어 섰다.

'수류탄' 맞다. 수류탄이다.

사람들은 점점 나 있는 쪽으로 움직여 왔다.

숨이 콱 막히는 느낌이 들었다.

차가 덜컹했다. 나는 한숨을 내뿜었다. 몸이 막 조여 오는 것 같았다. 스팀은 여전히 가동되었지만, 몸은 매우 떨려왔다. 가슴은 망치질하듯, 아니 다듬이질하듯 두근거렸다.

사람들의 패색은 농도를 더해 갔다. 이건 판정패가 아니라 녹다운(KO) 패였다. 승자를 알 수 없는…….

"시키는 대로 말만 잘 듣고 계시오. 피해는 가지 않을 터이니…….."

한참 후에 군인은 좀 누그러진 말투로 지껄이듯 말했다.

차장은 내 옆에서 벌벌 떨고 있었다.

군인은 육군 일등병이었다. 명찰에 새겨진 이름은 '노재광'. 나이는 20대 후반쯤이고, 키는 컸고, 몸집은 보통 정도였다. 얼굴은 결코 범죄형이라고 할 수 없고, 어찌 보면 나약하게도 보였다. 누워 자다가 일어나서인지 군복도 후줄근하게 흐트러져 있었다.

이대로 패배당하기에 나는 억울한 심정이었다.

우리 바로 앞칸은 화물칸이었고, 이쪽의 동정을 알 수 있는 사람은 없었다. 어떡하든 살아남고 싶을 뿐이었다. 사람들은 (나를 포함하여) 그저 그 사람의 일거수일투족만 바라볼 뿐 어찌할 바를 몰라 하였다.

한참 동안 침묵이 계속되었다. 무서워졌다. 나는 신에게 매달릴 수밖에 없었다.

"하나님, 이대로 지는 건 싫습니다. 이건 분명한 반칙입니다. 하나님!"


차가 동산촌에 닿았다. 어떤 구원의 손길을 기대해 보았다. 아마 다른 사람들도 마찬가지 생각을 하는 것처럼 보였다.

군인이 차장을 불렀다.

"이봐 차장, 나가 봐. 서툰 짓 하면, 알지?"

하며 수류탄을 흔들어 보였다. 차장은 새파랗게 질려서 내려갔다. 군인이 문 옆에 서서 지키고 있었는데, 그때 나와 같은 편에 앉았던 여인이 아이를 데리고 내려야겠다고 군인한테 사정했다.

군인은 차표를 좀 보자고 하더니

"쓸데없어요."

하고는 들어가라고 했다. 여인은 울며 사정했다.

"좀 내려주세요. 여기서 내려야 한단 말이에요."

군인은 밖의 차장에게서 눈을 떼지 않는 채로, 여전히 여자의 애원을 모른 척했다. 여인은 별수 없다는 듯이 자기 자리로 돌아갔다. 세 살이나 됨직한 남자아이는 그 여인이 울자 괜히 시무룩해져서 그 여인만 쳐다보고 있었다.

차장이 아무 일 없다는 듯이 올라타고 차가 출발하면서 어떡하든 살아남겠지 하는 기대는 결국 암담해지고 말았다.

동산촌을 떠나자 군인은 입에 담배를 문 채로, '움직이지 말라'고 으르대고는 성냥을 그어댔다.

군인이 담배를 4개비째 피우려고 할 때, 안경 쓴 중년남자가 말했다.

"여보시오, 군인. 왜 이런 짓을……."

군인이 이내 돌아다보았다.

"왜, 알고 싶소?"

그 사람은 대답 대신 고개만 끄덕였다.

"알 거 없소"

군인은 수류탄을 든 손을 힘주어 흔들어 보이며 말했다.

"돈이 필요하시오?"

그 남자가 다시 물었다. 그 말을 들었을 때, 나는 저 군인이 돈을 원한다면 내 호주머니 속에 들어 있을 육백삼십 원도 탈탈 털겠다고 마음을 다졌다. 나의 패배를 가져가 줄 수 있다면 그 돈은 기꺼이 내놓을 수 있었다.

"돈? 좋지. 근데 필요 없어!"

군인은 냉정하게 대답했다.

북전주도 동산촌과 마찬가지로 아무 일도 없이 지나쳤다. 패색이 더욱 짙어졌다. 나만 짙어진 것은 아니었다. 같이 탄 사람들도 물론 그랬지만 수류탄을 쥐고 눈을 부라리며 앉아 있는 군인에게서 나는 패색을 찾아낼 수 있었다. 그는 연방 담배를 피워대고 있었고, 자꾸만 욕설을 지껄였다.

그러다가 그는 윗 호주머니에서 담뱃갑을 꺼내고서는 바로 꾸겨서 내던졌다. 담배를 다 피운 듯싶었다. 여전히 한 손에 수류탄을 들고 나 있는 쪽을 향해 오며, 담배 있으면 달라고 하였다. 남자라고 해야, 나와 차장과 어린애를 포함하여 여섯 명밖에 안 되었는데, 군인이 담배를 달라고 하자, 차장과 안경 쓴 남자와 50대 후반쯤 되어 보이는 영감이 담배를 꺼내 들었다. 군인은 그에게서 제일 가까이 있던 영감에게서 담배를 받았다가는 담배가 마뜩하지 않았던지, 아니면 나이든 사람에게 받기가 미안했던지, 도로 돌려주었다. 대신 안경 쓴 남자에게서 담배를 받아서는 나 있는 쪽으로 왔다. 차장이 라이터에 불을 붙여 군인에게 내밀었다. 군인은 조심스럽게 불을 붙이고 한 모금 깊게 빨고는 맞은편 쪽에 앉았다.

"전주까지 곱게 좀 가려 했더니, 별 지랄 같은 새끼 때문에……"

군인의 말에 차장이 움찔했다. 아마 그는 후회하고 있을 터였다.

한참이 지나서, 나는 군인에게서 뭔가 허술한 점을 발견할수 있었다. 그가 한숨을 내쉬었던 것이다.

"저, 어떻게 할 작정이십니까?"

군인은 나를 흘끔 보더니, 담배를 두어 차례 빨고는 이내한마디를 내뱉었다.

"여차하면 죽여 버려야지, 씨팔."

그의 담배 연기가 허공에서 떨고 있었다.

"그런데 웬일루……."

군인은 알 거 없다는 듯이 고개를 내둘렀다.

그러나 그의 대답은 곧이어 나왔다.

"꼭 죽일 놈이 있었지. 그래 이걸 가지고……."

나는 침을 꿀꺽 삼켰다.

사람들은 이내 이쪽을 향해 눈길을 주고 있었다. 군인은 계속해서 말했다.

"돈으로 목욕하는 놈이 있소. 윤가 놈이지. 그 윤가 놈이 다앗아갔어요. 모두 다. 아버지의 양심도, 어머니의 희망도 앗아갔어요. 그런데 그놈이 누이의 정조까지 뺏어갔단 말요. 죽일 놈이요."

군인의 목소리는 점점 커지고 있었다.

"나는 고등학교밖에 나오지 못했지만, 배웠다는 놈들이 돈

밑에 붙어 충실한 개 노릇을 하고 있단 말요. 우리 아버지도
한때는 그 자식 밑에서 그 짓을 했지만……. 그게 잘못이었
지, 씨팔. 오랫동안 그 돈벌레를 죽이려고 별러 왔는데, 오늘
마침 이걸 준비해 가지고 왔는데……. 저 새끼 때문에, 에잇!"

차장은 다시 움찔했다. 군인의 눈이 어느새 물에 젖어 있었
다.

그의 말을 기차의 진동 때문에 확실하게 알아듣지 못했지
만, 무엇인가가 내 목을 꽉 조이는 느낌이 들었다. 가느다랗
게 크-음 하고 신음 비슷한 소리를 내어 목을 틔워 보았다.

차는 어느새 덕진에 닿는 듯했다. 생각할수록 원통하고도
애석한 일이었다. 차라리 천천히 걸어오다가 늦으면 늦고, 타
면 타지 하는 마음으로 왔다가, 결과적으로 차를 놓쳐 버렸더
라면……. 따지고 보면 문제의 시작은 저 차장이었다. 게다가
하필 왜 마지막 칸에 탔단 말인가? 앞칸에 탄 사람들은 여기
서 무슨 일이 일어나고 있는지 전혀 모르고, 그냥 졸고 있을
것이었다. 역시 피곤한 사람들이 되어서…….

덕진 역에 차가 닿자 군인은 움직이지 말라고 을러 놓았다.
차장은 먼젓번과 똑같이 행동을 취하고 들어왔다. 군인은 졸
린 듯 하품을 했다. 밖은 역시 바람이 심했고, 찬 기운이 차 안
으로 휘몰아 들어왔다. 나는 자세를 가다듬으려고 좀 움직였
으나, 몸 마디마디가 그대로 굳어버린 듯했다.

차가 다시 움직이려 했을 때, 차장이 뭔지 좀 불편한 자세

로 변소에 다녀오겠다고 했다. 차는 출발하고 있었다. 군인은
새 담뱃불을 옮겨 붙이고 있었다. 그때 나는 차장이 변소 문
으로 들어가는 것이 아니라, 변소를 지나쳐 운전대 문으로 들
어가 문을 잠그는 듯한 짤막한 쇳소리를 들었다.

내장 깊숙이에서부터 '됐다!'라는 외침이 치밀어올랐다. 이
제는 살 수 있을 것 같았다. 잘하면 KO패를 면할 수 있을 것
같았다. 아니 KO패가 무어냐, 우리는 이 당면한 게임에서 이
길 수도 있지 않은가? 그런데 저 군인이 진짜 인질극이라도
벌여서 함께 폭사라도 한다면? 나는 또다시 다른 불안에 휩
싸였다. 그런 한편 어쩌면 살 수도 있을 것이라는 막연한 생
각을 하게 되었다. 하여튼 이제 전주역에 이르면 결판이 나게
될 것이다.

군인이 내게 물어왔다.

"어이! 자네 군대 갔다 왔는가?"

"아직 안 갔는데……."

나도 모르게 거짓말을 했다.

"그래? 나이는 들어 보이는 놈이 안 갔다 왔어? 어이 안경
쓴 친구! 자네는 갔다 왔는가?"

안경 쓴 남자는 아까부터 기침하고 있다가 기분 나쁜 듯이
대꾸했다.

"일제 때 끌려갈 뻔했지."

"그럼 안 갔소?"

"그런 셈인데……."

그는 말끝을 흐리고 다시 기침을 두어 차례 했다.

군인은 삼례에서 못 내린 사람에게도 물었으나, 그 사람도 다녀오지 않았다고 대답했다.

"씨팔, 군대 갔다 온 사람이 하나도 없어!"

라고 중얼거리곤 마지막 남자인 차장을 찾는 듯했다.

"근데, 이 새끼는 오줌을 만들어서 싸나, 왜 이렇게 안 나와!"

군인은 변소 앞으로 가서 수류탄을 든 채로 문을 두드렸다. 그리곤 덜컹덜컹 흔들더니 반응이 영 없자 이내 문을 주르륵 열었다.

"없잖아!"

군인은 한마디를 내뱉고는, 운전대로 통하는 문을 열려고 했다.

있을 리가 없었다. 차장은 이미 덕진 역에 뛰어내려 의아해하는 역원들 사이를 비집고 들어가 비상전화의 송화기를 들었을 것이다. 곧바로 전주역에는 기동경찰대가 동원되어 바리케이드를 쳐 놓았을 것이고, 인근 삼오사단에서는 이미 병력을 출동시켰을 것이었다.

군인은 미친 듯이 두드리다가, "에이, ×같이."라고 욕하더니, 이내 내 앞으로 달려와 멱살을 붙들고 소리를 질렀다.

"말해!"

군인에게서는 살기가 돌았으나, 나는 오히려 태연했다.

"글쎄, 모르겠는……."

말을 다 마치기도 전에 군인은 다음 사람에게로 달려가 차례차례로 멱살을 쥐고 흔들었다.

사람들은 한결같이 모른다는 표정이었다. 그들도 차장이 탈출했다는 것을 충분히 알 만했다. 군인은 초조히 돌아다녔다.

이제는 군인이 가엾다는 생각이 들기 시작했다. 차는 건널목의 땡땡거리는 종소리를 뚫고 지나갔다. 맞은쪽 창문 밖으로 불빛이 쏟아지기 시작했다. 종점에 거의 온 것이었다.

군인은 바깥을 쳐다보기도 하고, 주저앉기도 하고, 일어나서 다시 변소 문을 열고 허리를 굽혔다가 운전실 문을 다시 두드리기도 했다. 몇 차례 발길질을 하더니만 이내 객차의 이쪽 끝에서 저쪽 끝까지 왕복했다.

기차가 길게 경적을 울렸다. 여러 번 기찻길이 엇갈려 차체가 흔들렸고, 우리는 차와는 반대 방향으로 흔들렸다. 군인은 이번에는 쇠기둥에 의지하고 서 있었다.

마침내 차가 서서히 멈추었다. 전주역의 한옥 역사가 여전히 온아한 모습으로 눈에 들어왔다. 얼른 저 역사에 들어가고픈 마음이 들었다. 사람들은 애타는 눈길로 군인을 주시하고 있었다.

스피커에서 다소 긴장한 듯한 남자의 음성이 흘러나왔다.

"차에 타신 여객 여러분께 알려 드립니다. 여객 여러분께 알려 드립니다. 여러분께서 타신 열차는 지금 위험한 상황에 놓여 있습니다. 첫째 칸과 그다음 칸에 타신 손님께서는 차 옆에 있는 문으로 내리지 마시고, 앞칸과 연결되는 문으로 나가서 제일 앞칸의 운전대 석에 있는 문으로 내려 주시기 바랍니다."

똑같은 얘기가 몇 차례 반복될 동안 군인은 몸을 낮게 엎드린 채 소리 질렀다.

"전부 저쪽으로 가 있으시오!"

군인은 변소 쪽을 가리켰다. 사람들은 말없이 변소 가까이에 엉거주춤 모여 섰다. 군인은 우리 사이로 헤집고 들어왔다. 역사의 전깃불은 모두 밝혀진 듯싶었다. 그때 스피커에서 새로운 음성이 들리기 시작했다.

"차 안에 있는 육군 일병 노재광에게 말한다. 육군 일병 노재광에게 말한다. 네가 타고 있는 차는 현재 완전히 포위되었다. 포위되어 있다. 네가 도망갈 길은 없다. 도망갈 길은 없다. 다시 한번 말하지만 도망갈 길이 없다. 모든 무기를 버리고 네가 위협하고 있는 사람들을 안전하게 내보낸 다음에 투항하라. 승객들을 안전하게 내보내고 투항하란 말이다. 다른 길이 없다. 투항하라……."

앞쪽에 있던 기동차들이 떨어져 나가는 듯싶더니, 이번에는 우리가 타고 있던 기동차의 엔진이 꺼지는 것 같았다. 진동이 멎자 갑자기 사방이 고요해졌다.

대신 어떤 다른 떨림이 내 몸을 깊이 흔들기 시작했다. 그 떨림은 내 몸을 넘어 공기를 진동시키고, 다른 사람들의 떨림과 결합하여 바로 그 군인에게로 덤벼들었다.

하지만 노재광 일병은 꿈쩍도 하지 않았다. 떨림은 그에게 부딪혔다가 퉁겨 나오고 말았다. 그것이 그의 몸뚱어리를 파고들 수만 있다면…….

"도대체, 어떡헐 셈이냐?"

한마디도 없던 영감의 음성이 떨림에 휩싸여 흘러나왔다. 영감은 주먹을 꽉 쥔 채, 떨고 있었다.

"씨팔, 가만히 좀 있어 봐!"

군인은 내뱉듯이 말했다. 도전하려 했던 떨림이 공간으로 다시 반향되어 왔다.

이번에는 동산촌에서 못 내렸던 꼬마의 떨림이 울음으로 변해, 다시 그에게 도전하였다.

"시끄러워, 새꺄! 조용히 못 해!"

군인이 을렀음에도 꼬마의 도전은 계속되었다.

중학생과 여자들은 이미 울고 있었고, 나의 떨림은 불이 붙어 버렸다.

살고 싶다고, 살려 달라고…….

멀리서부터 사이렌 소리가 점점 다가오는 듯했다. 구둣발 소리가 투다다닥 나고, 호각 소리가 어지럽게 들렸다. 경찰이나 군인들이 더 보내어진 모양이었다.

스피커에서 아까 그 남자의 목소리가 다시 흘러나왔다.

"노 일병, 노재광 일병. 투항하라. 승객들을 모두 안전하게 내보내고, 무기도 버리고 투항하라. 하라, 하라……."

스피커의 소리가 끝나자마자 군인이 소리를 질렀다.

"야, 이 ×같은 새끼들아. 조용히 해!"

역사 쪽에서 강한 서치라이트가 비쳤다. 군인의 신경은 무척 날카로워진 것 같았다. 이를 뿌득뿌득 갈았다.

군인은 "×같이"라고 투덜거리더니, 승객들을 향해 좌석에 앉으라고 말했다. 나는 갑자기 춥다고 느껴졌다. 객차 내에서 스팀 기운도 다 빠져나간 것 같았다. 군인은 변소 앞, 좀 들어간 곳에 몸을 감추고 있었다.

저 사람이 어쩔 작정인가? 우릴 죽일까, 그냥 내보내 줄까? 살려만 준다면 아아, 나는 두 번 사는 인생이 될 것 같았다. 만일 죽는다면 설마 천당에는 갈 수 있겠지. 가만있어라. 내가 천당 갈 자격을 갖췄나? 아니, 충분히 갈 수 있을 거야. 그럼 그냥 죽어도 괜찮은 건가? 그런데, 그런데 난 살고 싶다…….

그 와중에도 어느결에 나는 깜빡 잠이 들었던 것 같았다. "야, 너 허튼짓하지 마!" 하는 소리에 깜짝 놀라며 깨어났다. 눈이 다소 부셨다. 서치라이트가 계속 비추이고 있었다. 눈을 비비며 바라보니, 삼례에서 못 내린 그 남자가 부들부들 떨고 있었다. 아마도 군인의 수류탄이라도 뺏으려 했나 보다. 시계를 들여다보았다. 열 시 이십 분 쪽으로 분침이 자꾸 다가가고 있었다.

군인에게 담배가 다 떨어진 모양이었으나, 군인은 담배를 포기한 것처럼 보였다.

침묵이 돌았다. 누구 하나 입을 떼는 사람이 없었다. 차 안은 주기적으로 조용해졌다, 시끄러워졌다 했다. 그러다 이번 침묵은 상당히 오래 지속되었다. 1초가 1분이 된 것 같았다.

이번에는 군인이 침묵을 깼다.

"어이, 자네 학생인가?"

나를 지목했다.

"그런데요."

나는 성의껏 대답하고 있다고 스스로 생각했다.

"대학생들도 다 그렇겠지, 안 그래?"

물음의 뜻이 짐작되었지만, 나는 망설이다가 결국 잘 모르겠다고 대답했다. 군인은 대답에는 상관없다는 듯 중얼거렸다.

"군대에서 많이 들었어. 돈만 있으면 아주 예쁜 여대생들을 살 수 있다고 하던데. 그게 그것들의 아르바이트라면서?"

나는 뭐라고 말하려 했지만, 소리가 입 밖에 나오지 않았다.

열한 시 가까이 되었다. 오 분 전이었다. 스피커에서 이번에는 여자 목소리가 흘러나오기 시작했다. 군인의 안색이 변

**295**

해 갔다. 핼쑥하게…….

"아들아! 재광아! 네가 웬일이냐? 재광아……."

말이 끊어지고 대신 울음소리가 들렸다. 군인의 어머니였다. 군인이 밖을 향해 소리쳤다.

"어머니, 돌아가세요. 가세요! 가서 윤가 놈을 죽여 버리란 말예요! 가세요, 가!"

다시 울음 섞인 군인의 어머니 목소리가 스피커를 울렸다.

"재광아, 아들아. 윤 사장 그놈 죽일 놈이다. 나도 그렇게 생각한다. 죽이고 싶도록 미워한다. 재광아! 그러나 우린 먼저 돈을 죽여야 해. 아버지가 그놈한테 속아 돌아가신 것도, 재숙이가 그 집 식모로 들어간 것도, 거기서 그 죽일 놈에게 당하고 죽어버린 것도……. 으흐흐흐…."

여자의 울음소리가 잠시 이어졌다.

"재광아, 모두가 우리 잘못이 아니냐, 돈 없는 죄 아니냐? 돈 있는 놈들은 잡혀 들어갔다가도 그냥 나오더라만……. 재광아 나와라! 여기 군인들이 네가 큰 죄를 지었더라도 사람들을 다치지 않게 하고, 자수하면 용서받을 수 있다고 하더라. 재광아, 나와라. 이 에미가 네 얼굴 좀 보자꾸나. 재광아……."

어머니의 울음에 군인도 울고 있었다. 내게도 어떤 떨림이 들어왔다. 군인의 것이었다. 지금까지의 무서움의 떨림과 군인의 떨림이 합하여 내 눈에 눈물을 고이게 하였다. 추웠다.

같은 처지에 있는 사람들 모두 떨고 있었다. 군인은 주먹으로 눈물을 씻으며 어찌할 바를 몰라 하였다.

군인 어머니의 목소리가 스피커에서가 아니라 역사 부근에서 들려왔다.

군인은 밖을 향해 소리쳤다.

"오지 말아요. 돌아가세요. 어머니, 으흐흐흐……."

군인의 어머니는 악을 써 가며 소리를 질렀다. 울음이 섞여 무슨 말인지 잘못 알아들었으나, 차 있는 쪽으로 가겠다는 소리 같았다.

그러나 얼마 지나지 않아 소리가 끊어졌다. 기절이라도 한 걸까? 기절이 아니라 기권이겠지. 승부는 아직 나지 않았는데.

꼬마들은 자기 어머니나 누나의 품에 안겨 있었다. 가여웠다. 분명 저 아이들은 아직 이런 경기에 내보내지면 안 되는데.

스피커에서 다시 남자의 목소리가 났고, 노 일병 나오라고, 투항하라고, 투항하면 관대하게 살려줄 수 있다고 권하였다.

군인의 한 손에는 삼례를 지나서부터 지금까지 계속해서 수류탄이 쥐어져 있었고, 아직까지도 그것은 우리를 위협하는 무서운 물건이었다.

군인은 눈을 부릅떴다. 저 눈이 감겨야만 어떻게든 승부가 날 텐데 말이다.

흔들리는 뿌리

그의 눈은 눈물에 젖어 거울이 되어 갔다. 불빛이 그의 눈 속에서 빛났다. 불빛은 아직 눈에 가득 차 있으나, 그의 눈은 바야흐로 감겨 가고 있었다. 나는 이상하게도 그의 눈이 떠지기를 고대했다.

어두워졌다. 깜깜해졌다. 이제 그는 눈을 감고 있었다.

"모두 내리시오!"

다른 사람들은 아직 거짓인 듯이 의아해하고 있었지만, 나는 그 말이 참임을 믿었다. 그 말은 그의 눈동자로부터 울려 나온 것임을 믿었다.

"모두 내리라니까요."

그의 목소리는 확실히 힘이 빠져 있었다. 중학생이 첫 번째로 내렸다. 이어 여자들이 내리고, 술 먹었던 남자가 악수라도 청하듯이 손을 내밀었다가는, 군인의 반응이 없자 이내 거두었다. 말들이 없었다. 마지막으로 내가 내리려고 할 때, 무슨 말이라도 해 주어야 할 것만 같았다.

그러나 아무 말도 할 수 없었다. 한 발을 내려디뎠다.

그리고 다시 발을 떼려 할 때, 그가 나를 불렀다. 나는 그에게서 나온 소리에 그만 붙들리고 말았다.

"어이, 학생. 나하고 함께 좀 있어 주지 않겠어? 응!"

참으로 맑은 울림이었다. 그를 바라보았다. 그는 너무도 깨끗한 모습으로 변해 있었다. 창백하지도, 핼쑥하지도 않고 단지 투명했다.

이제 그는 더러움과 추함의 세상을 떠나려 하는 것만 같았다. 가는 길이 외로울까 봐 나를 부르는 것일까?

깨끗한 울림은 내 몸에 소름으로 끼쳐졌다.

나는 다시 한 발을 내려디뎠다. 깨끗함에서 멀어지려는 것이다. 겨우 KO패를 면하고, 더럽혀진 황금 벨트를 얻기 위해 온전한 깨끗함에서 곁길로 벗어나는 것이다.

"그냥 가게."

군인의 말을 기다렸다는 듯이 나는 그대로 뛰었다. 그건 정확히 탈출이었다. 악으로의…….

한 무리의 개들이 꼬리를 흔들었다. 역사의 창문 사이였다. 나는 네 발로 뛰고 있었다. 갑자기 꼬리가 더 달려 버린 것같이 생각되었다. 뭔가 내 몸에 채찍질하듯 내리치는 것을 느꼈다.

역사에 이르렀을 때, 기자인 듯한 사람들이 사진을 찍고, 마이크를 들이댔다. 범인은 어떤 사람이냐고, 아주 흉악한 놈이더냐고 내게 물어왔다. '아니요, 깨끗하오. 그렇게 깨끗할 수가 없소!' 하고 외치려 했건만, 스피커 소리가 내 입을 막았다.

"노재광은 앞으로 일 분 이내에 나오너라. 나오지 않으면 집중사격이 가해질 것이다. 다시 한번 말한다. 나오너라. 일 분 이내에 나오너라. 십 초 지났다……. 이십 초 지났다……. 삼십 초 지났다……. 이십 초 남았다……. 십 초 남았다……."

나는 참을 수가 없어서 역사 밖으로 뛰쳐나갔다. 눈이 오고 있었다. 내 몸을 채찍질하던 것이 눈이었나 보다.

"아! 참 잘 온다. 오냐 좀 오너라."

나는 외치고 발길을 옮겼다.

하늘이 무너져서 눈이 된 듯했다. 피로가 한꺼번에 몰려왔다.

총소리가 허공을, 눈으로 가득한 허공을 가로질러 왔다. 연발음이었다.

나는 고개를 번쩍 들었다. 갑자기 눈앞이 환하게 빛났다. 앞 건물에 불빛이 번쩍 하고 비쳤다가 사라졌다 싶을 순간 폭발음이 들렸다.

대기가 흔들렸다.

'나하고 같이 있어 주지 않겠어?' 군인의 음성이 내 귓전에서 흔들렸다.

모두 모두 다 흔들렸다. 뿌리부터…….

멀리서 찬송 소리가 들렸다.

"내 주를 가까이 하려 함은……."

흔들리는 대기 속에

나도 내 뿌리도 흔들리고 있었다.

(끝)

**(1975. 제2회 비사벌 학술문학상 당선 작품)**

# 수면 딸기

배달 트럭을 모는 고씨는 논메마을 선과장에 왔습니다. 그런데 물건을 준비해 줄 사람들이 보이지 않았습니다. 배송 물건도 안 보이고 어떻게 된 것인지 빈 상자만 흩어져 있었습니다. 고씨는 선과장 사무실에서 믹스커피 한 잔을 타 먹으며 삼십 분 정도를 보냈습니다. 그런데도 마을 사람들이 전혀 기척을 보이지 않자, 그만 돌아갈까 싶었습니다. 선과장 앞에 매어둔 백구 한 마리도 한껏 볕이 비치는 쪽을 골라 누워서는 일어날 생각을 하지 않았습니다. 선과장 마당에서 마을을 올려다보니, 그저 괴괴했습니다.

'웬일이지…. 부지런하기로는 소문난 사람들인데…. 뭐가 잘못되었나?'

고씨는 오늘 이 마을에서 처음 출하되는 신품종 딸기를 배송할 예정이었습니다. 이 마을에서는 그동안 노지 딸기를 재배해 왔습니다. 지난 7월에 마지막으로 노지 딸기를 배송하러 오고, 여름 지나서는 처음이었습니다. 그 사이 이 마을에서는 신품종 조생종 딸기를 준비하고 있었던 것입니다. 지난해부터 비닐하우스를 여러 동 지었는데, 그게 조생종 딸기 재배를 위한 것이었나 봅니다.

초겨울에 조생종 딸기라니 고씨는 믿기 어려웠습니다. 가을철이면 식물이 자라기에 아직 온도가 괜찮으니, 만생종이라면 몰라도 딸기 조생종이라는 것은 생소했습니다. 게다가 지난번에 왔을 때, 딸기 맛도 좋고 알도 크다고, 봄직도 하고, 먹음직도 하다고 마을 이장님의 자랑이 늘어졌지만, 고씨는 '딸기가 거기서 거기지. 뭐 다를라고….' 하면서 콧방귀를 뀌었더랬습니다.

어쨌든 자기 일감이 생겼으니, 뭐 나쁠 것은 없다는 생각으로 마을에 들어왔건만, 마을의 쥐님들까지도 다 돌아가셨는지, 그렇게 조용할 수가 없었습니다. 오후 3시가 넘었으니 아직도 잠을 자고 있으리라고는 생각하지 않고, 아마도 조생종 딸기의 생산에 문제가 생겼거나, 무슨 큰일이 생겨서 다른 데 갔나 보다 싶었습니다. 그렇지만 그냥 헛걸음하기는 마음이 내키지 않아서, 삼십 분을 기다린 끝에 이장님 댁으로 가 보기로 했습니다.

"이장님! 이장님, 계세요?"

대문 앞에서 두어 차례 이장을 호출했지만 반응이 없습니다. 고씨는 마당에 들어서서 먼저 외양간부터 살펴보았습니다. 황소 한 마리가 바닥에 털퍼덕 주저앉아 있었습니다. 입과 코 주변에 작은 풍선 같은 거품을 달고서 연신 숨을 쉽니다. 커다란 눈망울은 보이지 않았습니다. 잠자는 것입니다.

고씨는 이번에는 뒤꼍에 있는 돼지우리를 가 보았습니다. 돼지 어미도 잠자고, 젖먹이 새끼들도 쌔근거리고 있었습니다. 그 옆 닭장의 수탉은 홰에 올라앉아 있고, 암탉들은 구석에서 버티고 있었지만, 다들 졸고 있는 것이 틀림없습니다. 오늘은 수탉이 홰를 친 흔적이 전혀 보이지 않습니다.

마당가에 심어놓은 코스모스들도, 과꽃들도, 노란색 국화꽃들도 다들 고개를 숙이고 있었습니다. 11월은 그들에게는 화사한 맵시를 뽐내는 시기인데도, 갑자기 내린 서리라도 맞은 듯 풀이 죽은 모습들이었습니다.

이장님은 자기 집 안방에 드러누워 있었습니다. 그 곁에는 이장님 부인도, 고등학교에 다니는 딸도, 중학생 아들도, 아랫방에 거처하면서 그 집 일을 도와주는 막둥이라는 청년도 모두 그 방에 있었습니다. 다들 같은 모습입니다. 뜻밖에도 오래된 시골집의 방안에서는 퀴퀴한 냄새 대신 향기롭고도 달콤한 냄새가 났습니다. 딸기 바구니가 여기저기 흩어져 있었습니다.

"딸기에 묻은 농약 때문에 다들 어떻게 된 건가? 아니면 혹시 집단…."

고씨는 차마 다음 말을 입 밖에 낼 수가 없었습니다. 대신 이장님을 흔들어 봅니다.

"이장님, 이게 웬일이에요?"

몸을 움직이는 것을 보니, 돌아가시지는 않은 것 같았습니다. 계속 흔드니, 이장님이 눈을 뜹니다.

"아니, 고씨 아녀? 아, 오늘 무슨 일을 하기로 했지?"

고씨는 어처구니가 없어서 대답할 말을 잃었습니다.

"아, 잘 잤다. 그런데 이 사람들은 왜 여기서 자고 있는 거야? 다들 일어나라. 일해야지."

이장님은 고씨의 얘기를 듣고는 바로, 마을 방송을 시작했습니다.

"아, 아, 마이크 시험 중. 아, 아, 아, 논메마을 주민 여러분, 다들 안녕하십니까? 각 집에서 수확한 딸기를 가지고 지금 바로 선과장에 모여 주십시오. 오늘 공동출하를 하기로 했는데…."

이장 댁에서는 마침내 뒤꼍의 수탉이 홰를 치는 소리가 들립니다. 이에 맞추어 돼지들도 꿀꿀거리기 시작했습니다. 외양간에서 소가 우는 소리도 납니다. 오후가 늦어가지만, 마당가의 꽃들도 고개를 세웁니다.

선과장에 도착하니, 백구도 이제 막 잠에서 깨어난 것 같았습니다. 마을 전체가 수선스러워졌습니다. 마을 사람들이 모여드는 것을 보자, 고씨는 은근히 화가 났습니다. 제대로 했으면, 벌써 읍내 화물 터미널에 도착하고도 남을 시간인데, 이제야 출하용 딸기를 준비한다니 말입니다. 마음 같아서는 그냥 돌아가고도 싶었습니다.

그런데 한편으로 궁금했습니다. 마을 사람들이 단체로, 아니 마을 강아지와 송아지와 돼지며 닭까지 이렇게 늦게까지 잠잔 이유가 대체 뭔지 궁금했습니다. 어제 조생종 딸기 수확을 축하하는 모임이라도 한 모양인데, 아무리 술을 마셨다고는 해도 그렇게 늦게까지 잠잘 수는 없는 노릇 아닌가 싶었습니다.

"한번 잡숴 보셔, 맛이 기가 막혀요. 화 좀 푸시고…."

이장님이 딸기 바구니를 고씨 앞에 내밀었습니다.

"대체 왜 그러셨어요?"

고씨는 딸기 맛보다는 사연이 궁금했습니다. 그러고는 딸기 한 알을 집었으나 망설임 끝에 내려놓았습니다.

'이 딸기에 무슨 독이 있을지도 몰라!'

고씨는 이렇게 생각하며, 그대로 마을 사람들의 일을 돕기로 했습니다.

"우리도 왜 그때까지 잠을 잤는지 모르겠어, 빠루네도 잤어?"

빠루는 선과장에서 제일 가까운 집에 사는 아이입니다. 앞니가 벌어진 키가 큰 녀석을 묘사하는 별명입니다.

"응, 어제저녁에 잔치가 끝나고 가자마자 잠이 들었는데, 아까 겨우 깬 거야. 빠루는 요에다가 지도도 그렸다네. 망치는 괜찮았남?"

망치는 그 뒷집에 사는 아이인데, 머리통이 유난히 크고 단단해 보이는 녀석입니다.

자귀네는, 송곳네는, 대패네는, 돌쩌귀네는, 쇠톱네는….

그 동네 아이들에게는 다들 집에 있는 연장이나 도구의 이름으로 별명이 붙었습니다. 남들이 들으면 무슨 조직 폭력배 마을인가, 사람을 그렇게 비하해도 되나라고 생각하겠지만, 마을 사람들끼리는 그렇게 생각하지 않았습니다. 진짜 이름을 부르는 것보다 훨씬 친근감이 들었던 것입니다.

서로 확인을 해 보니, 마을 모든 집, 그러니까 딸기 농사를 짓는 집에서 똑같은 현상이 있었던 것입니다. 어제와 여느 날이 다른 점이라고 하면, 신품종 조생 딸기 수확을 시작하면서, 또 그것을 시장에 팔게 되면서 이를 축하하는 행사를 했다는 것밖에는 없었습니다.

고씨는 이상한 현상의 원인에 가까워졌다고 생각했습니다. 짐은 트럭에 다 실었지만 떠날 생각이 들지 않았습니다.

"얼른 출발하세요. 오늘 많이 늦었는데…. 거참 미안하게 됐수. 가만있자…. 저녁이나 들고 가실까, 응!"

고씨는 저녁 생각보다도 궁금증을 풀어 보려는 마음에서

밥을 먹기로 했습니다. 동네 사람 몇몇도 이장댁으로 모였습니다. 자기들도 궁금했던 것이죠.

식사 자리에서는 자기들이 생산한 딸기가 시장에서 어떤 반응을 얻을 것인가에 대한 것보다 마을 모두를 잠들게 한 원인이 무엇일까를 주제로 의견교환이 이루어집니다.

"그런데, 거참 공교로운 일일세. 우리가 어제 점심때, 밥 먹으면서 사람이 잠자는 얘기를 하지 않았던가?"

"아, 그랬지. 그런데 그게 왜?"

돌쩌귀네 아버지가 말을 꺼내자 모두들 반응을 보입니다.

"말이 씨가 된다고 하지 않는가? 잠자는 얘기를 하니까, 잠 잔 거라고…."

"그럴 법도 한데…, 말이 안 되는 얘기야."

쇠톱네 아버지가 돌쩌귀네 아버지 얘기를 부정합니다.

"그러면 복권 당첨되는 얘기를 하면, 당첨되게?"

송곳네 아버지도 한 소리 합니다.

"자귀네가 어제 그랬지. 자기는 늦잠 자는 사람이라 오래 살 거라고. 잠이 많으면 장수한다고."

이장님은 어제의 대화에서 이유를 찾으려고 했습니다.

"내가 그랬지. 엊그제 무슨 잡지책을 봤는데, 거기 어떤 전문가가 그런 말을 했다고. 사람은 일생 잘 만큼만 잔다고."

자귀네는 잡지에서 읽은 대로 말을 근사하게, 뭔가 교양 있는 사람처럼 얘기했습니다.

수면 딸기

"그게 무슨 말인가요?"

모처럼 고씨가 끼어들었습니다. 어제 대화의 현장에 없었으니 내용을 알기가 어려웠던 것입니다.

"그러니까, 사람이 똑같이 건강하다는 조건에서, 죽을 때까지 활동하는 시간, 그러니까 잠자는 시간 빼고요, 그 활동하는 시간이 채워지면 그때 죽는다는 거예요."

이장님이 설명합니다.

"그러니까, 잠을 많이 자느냐 적게 자느냐에 따라서 수명이 늘어나기도 하고, 줄어들기도 하는 거라는 말씀이죠. 근사한 얘기 같아요."

고씨는 무슨 뜻인지 알아챘습니다.

"그러니까 저 앞 동네 박 씨가 죽자사자 잠도 안 자며 열심히 일하더니, 마흔을 갓 넘겨 지난해에 죽지 않았소?"

자귀네가 실제 사례를 들어 설명합니다.

"그러니까 저 뒷동네 게으름뱅이 황 씨는 구십이 넘었는데, 아직도 정정하다우. 도무지 놀기만 하고, 한량이었지."

모처럼 대패네 아버지도 첨언을 합니다. 사실은 어제 했던 똑같은 대화를 재현한 것에 불과했지만, 배달 트럭 고씨에게만큼은 새롭지 않을 수 없었습니다.

"그럼 이제, 우리 마을 사람들은 하루쯤은 더 살겠네. 안 그래요?"

여기서부터는 새로운 대화입니다. 원리도 근사하고, 실제

사례도 있으며, 원리를 생활에 적용하는 것까지 완전하게 매듭이 지어졌습니다.

"문제는….."

이장님이 대화의 핵심을 짚습니다.

"문제는 그러니까 우리가 왜 어제부터 오늘까지 그렇게 긴 잠을 잤느냐는 거지요."

"하여튼 잠이 좋은 거야. 동물도 자야 하고, 식물도 자야 하지. 어제 우리 동네 생물이란 생물은 모두 다 잔 것 같아."

대패네가 원리의 일반화를 시도합니다. 사람으로부터 생물로 말입니다.

"맞아요. 아까 제가 보니까요, 개며, 소며, 돼지며, 닭이며, 마당의 꽃들도 다 자더라구요."

고씨가 대패네 아버지의 말을 확인해 주었습니다.

"내가 몇 년 전에 읍내에 있는 친구 집에 갔다가, 마침 꽃을 잘 피운 양란을 보고 친구에게 물었지. 우리 집에 있는 호접란은 한 번 꽃을 피우고는, 그다음 해부터는 꽃대롱이 안 올라오더라 했더니, 그 친구 얘기가 '꽃을 재워야 돼!' 그러더라고. 뭐 그런 게 이번 일과 관계가 있을까?"

송곳네 아버지가 유사 사례에서 원리를 확인해 보려고 했습니다.

"우리가 어제 뭘 했지요? 우리가 함께했던 행동을 돌이켜 봅시다."

이장님이 다급하게 이제 원인과 가까워진 것 같다면서 어제 일을 반추해 봅니다.

"비닐하우스에서 딸기를 채취했지요, 뭐."

"그러고는?"

"일차로 마을회관에서 조생종 딸기 첫 출하를 기념하는 행사를 했지."

"행사를 어떻게 했지?"

"뭐 이장님이 한마디 하시고, 농업지도소 최 계장도 한마디 하시고."

"그러고 끝났던가?"

"아니 시식 행사를 했잖수. 시장에 내다 팔기 전에 수고한 농부들이 먼저 먹어야 한다고."

"맞아. 그랬지. 워낙에 수확이 잘 되어서 딸기가 풍성했지. 그래서 마을 사람들이 양껏 먹었지. 그러고는?"

"그러고는, 다들 집으로 돌아갔지. 사람만 먹기 미안해서 우리가 데리고 사는 가축들에게도 먹이자고 했잖아."

"그렇다면…. 혹시?"

이장님이 대화를 멈추더니 한참이나 뜸을 들입니다.

"혹시?"

다들 '혹시'를 후렴처럼 되뇝니다.

"딸기에게 원인이 있지 않을까?"

"하하하하…. 세상천지에 사람 잠들게 하는 딸기가 있다고?"

돌쩌귀네 아버지가 코웃음을 칩니다.

"제약회사 망하겠네. 수면제가 필요 없게 되니 말이야."

쇠톱네 아버지도 비웃었습니다.

"가만있어 봐. 누가 그 최 계장에게 전화를 한번 해 보세요. 그 양반은 멀쩡했는지."

이장님이 지시를 내리니 빠루네 아버지가 곧장 전화기를 꺼냅니다.

"최 계장님은 우리보다 더 늦게 일어났답니다. 자기도 모르겠대요. 왜 그랬는지."

"거봐. 딸기가 원인이야."

논메마을에서 조생종 딸기를 기르게 된 것은 바로 최 계장의 권유에 따른 것이었습니다. 최 계장은 이제는 노지 딸기로는 버티지 못한다면서, 경상도 고령까지 마을 사람 몇을 데리고 가서 새로운 딸기 농사법을 보여주었습니다. 그들은 깜짝 놀랐습니다. 철이 아닌데도 딸기가 아주 잘 자라고 있었습니다. 딸기의 번식에 관계되는 런너라고 불리는 줄기들도 마구 뻗어가고 있었습니다. 빨간색 크레파스처럼 빨갛게 익은 딸기를 씹어 보니 과육에서 달콤한 즙이 나왔습니다. 딸기 판매 가격을 듣고는 매우 놀랐습니다. 자기들의 몇 배나 되었던 것입니다.

문제는 하우스를 새로 짓고, 습도나 온조를 조절하는 첨단 시설을 하는 데 드는 비용이었습니다. 최 계장은 국가에서 지원하는 것이 있으니 논메마을이 시범 마을이 되었으면 좋겠다고 했습니다. 마을 총회에서는 반대가 없었습니다. 작년부터 하우스를 짓기로 하고, 일단 기본적인 시설만 하기로 했습니다. 그리고는 새로운 품종의 딸기 모종을 들여와서 정성 들여 농사를 지었습니다.

고씨는 이장님이 전해 주는 그동안의 이야기를 주의 깊게 들었습니다.

"그것뿐인가요?"

"아녀, 한 가지 빠졌구먼."

자귀네 아버지가 보충합니다.

"하우스에 전깃불을 켰지."

"전기는 왜요? 밤에도 일하셨나요?"

고씨는 전깃불을 하우스에 설치한 이유가 궁금했습니다.

"물론 그것도 있지만, '전조법'이라고, 고령에 가니까 그 기술을 사용하더라고. 그게 제일 중요하다는 거였지."

핵심적인 설명은 이장님이 담당했습니다.

"이 마을은 해가 잘 드는 마을이잖아요. 노지 딸기도 이 근처에서는 제일 빨갛다고 소문이 났잖아요."

고씨는 이상했습니다. 하우스는 이해하겠는데 전깃불이라니 말입니다.

"그게…. 사실 나도 원리는 잘 모르겠어. 하지만 우리나라 조생 딸기의 발원지인 고령에서 그렇게 전조재배를 한다니 우리도 따라 한 거여. 그런데 그렇다는구먼. 딸기를 속이는 거래. 이를테면 잠자려고 하는 딸기에게 불을 계속 켜 주면 딸기가 잠에서 깨어난대. 그러고는 전깃불에서 열도 조금 나고 하니까 온도도 높아지고. 하우스를 하는 것도 다 이런 촉성재배를 위한 일이라지. 생육 기간도 짧아지고, 열매의 맛도 좋아진다는 거야. 뭐 고령에서 성공했으니, 우리도 할 수 있을 거로 생각했던 거지."

이장님은 장황하게 자초지종을 설명했습니다. 혹시 외부인이 들을 때 이상한 점이라도 발견할지 모른다는 생각으로 말입니다.

"그러니까, 지금 수확한 딸기들은 결국 잠을 못 잔 딸기들이군요."

고씨는 문제의 핵심은 촉성재배 그중에서도 전조재배에 있다고 판단했습니다.

"그렇다면, 딸기가 못 잔 잠을 우리가 잤다는 거여?"

돌쩌귀네 아버지가 결론을 맺었습니다. 속으로는 '이런 말도 안 되는 소리가 있나?'라고 생각하고 있었지만, 달리 반박할 만한 말을 찾지 못했습니다. 딸기를 먹은 사람마다, 아니 생물마다 잠을 잤으니, 문제의 원인은 딸기에게 있는 것이 맞고, 그 딸기가 잠을 못 잔 딸기여서 그 딸기를 먹은 사람들이 대신 잠을 잔 것이 맞는 것 같았습니다.

"아까 내가 뭐라고 했소. 앞 동네 박 씨가 잠을 못 자서 죽

**313**

은 거라고 하지 않았소?"

자귀네 아버지가 앞서 얘기했던 말을 회상시켰습니다.

"맞아. 우리가 신품종 출하한다고 요사이에 정말 밤낮없이 일했지. 막상 출하되니 긴장이 풀렸던 거겠지."

송곳네 아버지가 문제의 핵심을 살짝 비틀어놓았습니다.

"그럴 수도 있겠지만, 하우스에 나오지 않은 애들은 왜 그랬을까? 또 가축들은?"

궁금하던 문제가 해결의 기미를 안 보였습니다. 사람들은 또 깊은 잠에 빠지면 어떻게 하지 하는 염려를 떨치지 못했습니다. 아까 식사를 하고 나서 후식으로 커피 한 잔과 함께 선과에서 떨어진 딸기들을 집어 먹었기 때문입니다.

"자귀네 얘기가 맞는다면, 이제 우리는 하루는 더 살 수 있게 된 셈이야. 그렇지 않어?"

이장의 재치에 사람들의 찌푸린 얼굴이 좀 풀어졌습니다.

"오늘 또 깊게 자게 되면, 이틀 더 사는 거지…."

대패네 아버지가 맞장구를 쳤습니다.

"이제는 애들 시험공부 한다고 밤을 새우는 걸 못 하게 해야 할까 보다."

자귀네 아버지는 응용력이 매우 좋습니다. 잠 안 자고 공부한다고 성적이 오르는 것도 아니지만, 그 때문에 아이들의 생명이 단축될지도 모른다는 생각이 든 것입니다.

"이번 기회에 우리 식구들 생활 습관을 고치는 게 좋겠어.

일찍 자고 일찍 일어나는 거로."

빠루네 아버지가 반성 겸 각오를 말합니다.

"맞네. 나도 그래야겠어. 밤늦게까지 라디오 듣다가 자는
것도 삼갈 생각이야."

쇠똥네 아버지의 선언입니다.

"하느님이 세상의 불을 끄면, 그냥 잤다가, 불을 켜면 일어
날래."

돌찌귀네는 상당히 심각하고도 중요한 얘기를 했습니다.

"그래요. 밤에는 가로등도 끄고, 하우스도 불을 끕시다."

"우리는 부지런한 사람들이라고 소문이 났지요. 부지런한
거는 나쁜 거는 아니지. 그런데 이번 기회에 그 소문을 이렇
게 바꿔 놉시다. 부지런하고도 잘 자는 사람들이라고…."

이장님의 결론에 사람들이 '맞아요!'라고 반응을 보입니다.

"그런데 우리 딸기는 출하를 해요, 말아요?"

다들 헤어지려 할 때 송곳네가 갑자기 날카로운 지적을 합
니다. 소비자들에게 뜻하지 않은 졸음을 준다는 걸 생각하고
서는, 다들 양심에 찔렸습니다. 마을 사람들은 자신들의 딸기
를 팔 수도 없고 안 팔 수도 없는 진퇴양난에 처한 것을 그때
야 깨달았습니다. 안 팔면 하우스 짓느라 생긴 빚을 갚을 도
리가 없습니다. 팔면 욕을 먹을 게 뻔합니다.

"그러면 딸기 상표를 바꾸세요."

고씨가 제안을 합니다.

"지금은 마을 이름을 따서 '논메딸기'라고 했잖아요. 그걸 '수면딸기'라고 하는 거예요. 이 딸기를 먹으면, 신경이 편안해져서 잠도 잘 오고, 잠을 잘 자니 피부도 좋아진다고요. 게다가 비타민 시(C)에 달콤한 맛까지 있으니, 최고의 상품 아니겠어요?"

모두들 손뼉을 쳤습니다. '수면딸기'로 정해졌습니다. 이제는 사람들이 약간의 미소를 짓습니다. 어쩌다 보니 마을 회의가 되었습니다.

사람들의 안도하는 표정을 보면서 고씨는 마을을 떠납니다. 그런데 집에 있는 아이들 생각이 납니다. 자기도 아이들을 일찍 재워야겠다고, 충분히 자게 하겠다고 다짐합니다. 그러고는 함께 편안한 마음으로 딸기를 맛봐야겠다고 생각합니다. 이장님이 특별히 딸기 한 상자를 챙겨 주었습니다. 여러 가지로 미안하다고, 그리고 자기들과 함께 문제를 파악하기 위해 협조해 주었다고, 감사하다고.

고씨는 고씨대로 반성해 봅니다. 저번에는 고속도로에서 졸다가 큰일 날 뻔했습니다. 이제는 되도록 저녁이나 밤에는 운전하지 않겠다고 다짐을 해 봅니다. 그리고 스스로 다행이라고 생각합니다. 오늘은 밤에 운전해야 하는데 고씨는 오늘 그 맛있어 보이는 딸기를 한 알도 입에 넣지 않았던 것입니다.

(끝)

# 사과 아이들

사과밭 농부는 올해도 예쁘고 큼직하고 튼실한 사과를 얻고 싶었습니다. 그래서 봄철에 날이 풀리자마자, 과수원 청소도 하고, 비료도 뿌리고, 가지치기도 했습니다. 어떤 가지라도 아깝지 않은 것이 없지만 큼직하고 튼실한 사과를 얻기 위해서는 약한 가지를 잘라 주어야 합니다. 그러고는 겨우내 말랐던 밭에 물도 듬뿍 주어야 합니다.

얼마 지나고 나니 봄철 따뜻한 날씨에 가지들이 하얀 사과꽃을 피우기 시작했습니다. 다른 봄꽃들처럼 사과꽃도 작았습니다. 사과꽃이 돋아날 때는 붉은색인데, 꽃이 다 피면 하얀색에 가깝게 됩니다. 그래서 꽃이 다 피면 사과밭은 너무나 예쁩니다.

그런데 사과밭 농부는 그 꽃을 다 그대로 두지 않고, 어떤 꽃은 따낼 생각입니다. 농부는 금년에 처음 나온 가지에서 핀 사과꽃부터 따내고, 그다음에는 가지에 무더기로 피어 있는 꽃들도 따냅니다. 꽃이 미워서 그런 게 아니라, 큼직하고 튼실한 사과 열매를 얻기 위한 일이었습니다.

농부의 손길을 피한 어린 사과꽃들은 열심히 자랐습니다. 뿌리에서부터 길어 올린 수액을 꼭 젖먹이들처럼 쭉쭉 빨았습니다. 꽃잎 다섯 장이 활짝 피고 나니, 암술과 수술이 분명하게 드러났습니다. 만개한 꽃들이 이제는 향긋한 목소리로 노래를 부릅니다. 벌들을 부르는 소리였습니다. 꽃은 벌을 위해서 달콤한 음료를 마련해 놓았습니다.

벌들이 꽃을 찾아왔습니다. 잠시 꽃 수술에 머무르면서 고개를 처박고 꽃의 몸체로부터 꿀을 땁니다. 암술과 수술을 오고 가며 열심히 꿀을 모으는 동안, 발에 묻은 가루를 이곳저곳에 옮겨 줍니다. 벌을 만나지 못한 꽃들은 안타깝게도 열매를 맺지 못합니다. 그러니 꽃들은 열심히 노래를 불러야만 합니다.

벌들이 다녀가고, 하얀 사과꽃도 시들게 되니, 이번에는 꽃 아래에 있던 꽃턱과 씨방들이 자라기 시작합니다. 그러더니 얼마 지나지 않아 꽃잎들을 다 떨구어 버렸습니다. 조그마한 씨방들이 아직 작기는 해도, 동그랗고 빨간 볼을 가지고 있는 것을 보아 사과임이 틀림없습니다.

꽃이었던 유아기를 보내고, 이제는 소년 소녀의 시절이 된 것입니다. 가지에 촘촘하게 매달린 사과들은 새로운 세상이 너무나 신기합니다. 어렸을 때는 벌들과 얘기를 나눴지만, 이제는 바로 옆에 달린 작은 알맹이들과 대화를 합니다.

다들 생김새도 비슷하고, 똑같이 붉은 볼을 하고 있었습니다. 그들은 같은 기분을 가지고 있었고, 비슷한 또래라서 얘기도 잘 통했습니다. 그래서인지 아침에 일단 눈만 떴다 하면 옆에 있는 친구들과 대화를 나누기 시작합니다. 그들의 얘기는 온종일 계속됩니다. 목이 마르면 가끔 줄기로부터 전해지는 수액으로 목을 축이기도 하지만 그들의 관심사는 온통 친구와 더불어 얘기하는 것입니다.

자기들이 어느 줄기에 붙어 있으며, 그 줄기가 어느 나무에 달려 있는지는 관심이 없습니다. 심지어는 자기들이 사과인지 배인지도 관심이 없습니다. 그냥 옆에 있는 친구들이 좋을 뿐입니다.

물론 대화를 하다 보면 가끔 언쟁이 벌어지기도 합니다. 그러나 그냥 말싸움일 뿐 주먹다짐은 없습니다. 잠깐의 신경전을 벌이고 난 뒤에는 이전의 친밀한 관계를 다시 회복합니다.

그들은 대화의 천재 같아 보입니다. 하지만 대화의 주제는 그리 근사한 것은 아닙니다. 그냥 친구 사과들이 예쁘다 밉다 좋다 나쁘다 한다든지, 그들이 입고 있는 옷 색깔이 마음에 든다 안 든다든지, 햇볕에 피부를 태우면 좋지 않으니 선크림

　　　　　　　　　　　　　　**사과 아이들**

이라도 듬뿍 발라야 한다든지, 지난봄에 방문했던 벌들이 그립다든지, 자기는 나중에 어느 나라에 놀러 가고 싶다든지 등등입니다. 그런 유의 얘기일 뿐입니다.

그들도 피곤할 때가 있습니다. 운동을 해서 그런 게 아니라 오직 대화하느라고 입과 머리가 피곤한 것입니다. 가끔은 캄캄한 밤까지 대화합니다. 아침에 저 하늘 위에서부터 햇빛의 기운이 이 작은 새끼 사과들에 관심을 가지고 다가오기는 하지만, 사과들이 너무나도 촘촘히 붙어 있는 바람에 일일이 그 살결을 어루만져 주지 못합니다. 그냥 대체로 빗겨 갈 뿐입니다.

가끔 내리는 빗방울도 어린 사과의 살결에 묻어 있는 먼지를 벗겨 주지 못합니다. 산들바람은 불어서 이들에게 새로운 공기를 전달하고 싶었지만, 그 뜻을 이루지 못합니다. 태풍이 불면 어린 사과들이 줄기와 단단히 묶여 있질 못하고, 댈렁댈렁 흔들리다가는 겨우 떨어지는 것만 모면합니다.

이러한 자연의 관심에도 불구하고 어린 사과들은 그냥 옆에 있는 친구들과 얘기하는 것으로 만족합니다. 좀 더 멀리에 있는 같은 족속들은 그들의 관심거리가 못 되었습니다. 어린 사과들은 그런 식으로 한여름을 보내고, 초가을을 맞이했습니다.

그러고는 이제 수확의 계절이 되었습니다. 어린 사과들은 이제 제법 나이를 먹었지만 어쩐지 어른티가 나지 않습니다.

별로 자란 것 같지 않습니다. 사과의 살결도 어릴 때처럼 그냥 붉으락푸르락합니다. 과일향도 풍기지 못합니다. 잘 익지도 않은 것으로 보입니다. 과일이라고 불리기에는 너무나 부끄러울 정도입니다. 자신들이 보기에도 초라하기가 짝이 없었습니다.

그제야 다른 나무의 사과들이 보이기 시작했습니다. 그들은 덩치가 무척 컸습니다. 자신들보다 다섯 배는 되어 보였습니다. 크기는 물론이고 그 색깔부터가 달랐습니다. 색이 그렇게 고울 수가 없었습니다. 어쩌면 온몸이 다 그렇게 탐스러운 붉은 색으로 변할 수 있었을까요? 대체 뭘 먹고 저렇게 크게 자랐으며, 그렇게 예쁜 피부를 가지게 되었는지 궁금했습니다.

종자가 달랐다고 생각하기는 힘들었습니다. 같은 사과밭에서, 같은 종자로 태어난 것은 분명했습니다. 사과밭 주인이 특별한 영양분을 더 준 것 같지도 않았습니다. 자신들이 무슨 왜소증 같은 병에 걸린 것 같지도 않았습니다. 같은 나무의 반대편 가지에 달린 사과들도 잘 자랐기 때문입니다.

과연 무슨 이유로 그들은 그렇게 탐스럽게 자랐고, 자신들은 형편없는 모습이 되어 버렸는지 궁금했습니다. 그냥 자신들은 생애의 전 시간을 친구들과 가까이서 얘기하는 데 보낸 것밖에는 없었습니다.

그래요. 그것이 문제였나 봅니다. 자신들이 햇빛과 바람과

　　　　　　　　　　**사과 아이들**

비를 무시하면서 온종일 이야기하고 있는 동안, 주변에서 무슨 일이 벌어지고 있는지에는 무심한 채 오로지 친구들과 잡담을 나누었을 뿐이었습니다. 그 사이, 옆 나무의 사과 친구들은 무슨 딴짓을 한 것이 분명하였습니다.

그들은 저 바깥에서 오는 햇빛을 받으며, 심지어는 사과밭의 바닥에 깔린 은박지로부터 반사되어 오는 빛조차도 소홀히 하지 않으며, 과육의 부피를 키워 갔던 것입니다. 저 아래 뿌리로부터 올라오는 수액을 흠뻑 빨아들이기도 하고, 피부를 적시는 빗방울로부터도 수분을 흡수하여 과육의 탄력을 높였던 것입니다. 햇빛과 수분은 서로 협동하여 많은 영양분을 만들어냈고, 그것은 달콤하면서도 상큼한 맛을 내었습니다. 가까이 코를 대면 향긋한 냄새도 느낄 수 있었습니다.

튼실한 사과들은 그러고 보니 친구들도 없는 것 같았습니다. 다른 사과 알들과는 적당한 거리를 두고 있었습니다. 시선도 다른 사과 친구들을 향하지 않고, 오로지 저 하늘 높은 곳으로부터 내려오는 햇빛을 향하고 있는 것 같았습니다.

바람이 씽씽 그들을 건드렸지만, 가지에 매달린 그들은 끄떡도 하지 않았습니다. 좀 외롭게는 보였어도, 당당한 몸집에 어딘가 모르게 귀티가 흘렀습니다.

결국, 옹기종기 모여서 온종일 이야기만 하던 사과들은, 다른 사과들이 비싼 값으로 팔려 가는 동안에 그냥 나무에 매달려 있을 수밖에 없었습니다. 그러면서도 그들의 얘기는 계속

되었습니다.

　물론 주제는 바뀌었습니다. 신세 한탄이나 후회, 그리고 서로에 대한 비난의 얘기들이었습니다. 늦가을까지 가지에 어정쩡하게 매달려 있던 그들은 결국 까마귀밥이 되고 말았습니다.

(끝)

# 장례식장에서

아까부터 옆 소파에 나란히 앉은 네 사람의
여자들이 신경 쓰인다. 세 명은 검은색 정장을 입었고, 한 사
람은 흰색 블라우스에 검정 조끼를 입고 있다. 나이는 낮추어
보면 마흔 네댓 정도 되어 보이는데, 높게 잡아 오십이라 얘
기한다면 좀 섭섭해할 듯도 하다. 가끔 얘, 쟤 하는 표현이 들
리는 것으로 보아 학교 동창들 사이로 보인다.

이 여자들에게 신경을 쓰는 것은, 혹시나 내 동창들이 아
닌가 해서다. 중고등학교는 남자 학교를 나왔으니, 동창이라
면 초등학교 동창을 말하는 것이다. 졸업한 지 40년이 되어
가니, 남자 동창도 알아보기 힘든 경우도 있고, 얼굴은 어렴
풋이 기억하지만 이름은 가물가물한 경우도 있다. 소꿉친구

처럼 지냈던, 혹은 내가 관심을 가졌던 친구가 아니라면 여자 초등학교 동창은 아예 기억의 저 밖으로 밀려 나가 있었던 것이다.

초등학교 동창 녀석의 부친상에 조문을 가서, 대학병원의 장례식장 로비에서 고향에서 올라오는 동창들을 기다리고 있던 자리였다. 한 시간이나 더 기다려야 친구들이 온다 했는데, 혹시 저 네 명은 서울 근처에 사는 초등학교 동창들이 아닌가, 일찍 도착해서는 시골 동창들을 기다리고 있는 것은 아닌가 싶었다.

나는 동창 모임에는 거의 참석을 하지 않았기 때문에 어떤 여자 동창들이 동문 모임에 나오는지, 저기 특실에서 상주 노릇을 하는 친구와 평소 잘 지내고 있는 동창 애들은 누군지도 잘 모르고 있었다.

십 분, 이십 분이 지나도록 네 명의 여자는 담소를 그치지 않는다. 만일 동창이라면 그쪽에서 나를 알아볼 수도 있지 않을까 싶다. 그쪽에서는 내 옆 모습만 볼 터인데, 어이없이 바뀌지는 않았어도 그래도 40년의 세월이 만들어 낸 모습의 차이는 만만치 않을 텐데, 현재의 내 모습에서 과거의 나를 읽어낼 수 있을까 싶다. 이제는 새치가 아니라 흰머리가 엄연하고, 몸집은 적어도 세 배는 불어났지만, 성의만 낸다면 내 거뭇한 피부에서 그 옛날의 문학 소년을 기억해 낼 수 있을지도 모른다는 생각이 들었다.

하지만 남자 체면에 여자들이 알아보고 말 걸어오기를 기다리는 것도 그렇고, 어쩌면 그냥 자기들끼리의 정담에 파묻혀서 이쪽에는 전혀 신경을 쓰는 것 같지도 않아 보여, 대신 내 쪽에서 시간의 간격을 줄여 보는 노력을 해 보기로 한다.

우선 네 명을 죽 일별해 본다. 좀 날씬하며 키가 큰 여자 하나, 약간 작지만 곱상한 여자 하나, 몸집이 좀 있으면서 얼굴도 두툼한데 세련미가 넘치는 여자 하나, 그리고 그냥 평범한 여자 하나.

나는 일단 내 시야를 힘들게 하지 않는 몸집 있는 여자로 초점을 맞추어 본다. 빤히 지켜볼 수는 없으니, 흘깃흘깃 훔쳐볼 뿐이다. 초등학교 앨범에 남아 있는 어떤 여자 동창과 연결해 볼 수 있을까 생각한다.

얼굴을 보니 일단 P가 떠오른다. 어릴 때는 눈도 크고, 입술은 도톰했으며, 피부도 하얬다. 비슷한 점도 없지는 않으나, 몸집이 마음에 걸린다. 살아가며 살이야 찔 수도 있지만, 어깨가 저만치 넓어질 수도 있을까 싶다. P는 목소리가 좋았다. 부드러우면서도 맑은 고음을 낼 수 있었다. 그러나 불행히도 저쪽 여자의 목소리가 이쪽까지 전달되지는 않는다. 다만 체격으로 보아 높은음은 아닐 거라는 생각은 든다. 고학년이었을 때, P의 단아함에 한동안 내가 관심을 가졌던 적이 있었는데, 그랬던 P가 저렇게 불어났을 리는 만무하다고 느껴진다. P가 맞다면, 그에게 옛날에 내가 관심이 있었던 것을 알고 있었는지 꼭 물어보고 싶었는데, 일단 거기까지만 연결해 보고, 다음으로 넘겨 보자.

약간 작은 여자. 내 기억 속에서는 오로지 O밖에는 떠오르지 않는다. 어쩌면 O가 그대로 자랐으면 오늘의 저 모습일지도 모른다. 한 학기 정도 O는 내 짝꿍이었다. 이쁘기는 했지만 어린 O의 미간은 조금은 좁아서, 늘 약간 걱정하는 듯한 모습이었다. 그런데 저쪽의 여자분은 중년으로는 동안이었지만 미간이 넉넉하여 여유로워 보인다. 그러한 차이는 40년의 세월 가운데 충분히 생겨날 수도 있는 거라 생각한다. 그러나 딱 집어서 '네가 바로 O로구나!' 하기에는 장애가 많은 것이다. O였다면, 스스럼없이 지난 세월 이야기를 물어볼 수도 있을 것만 같았는데….

시간이 제법 흘렀는데도, 아직도 동창 녀석들은 보이지 않는다. 시골에서 오는 녀석들도 삼십 분은 더 기다려야 한다.

이번에는 키 큰 쪽으로 시선을 돌려보았다. 얼굴을 정면으로 바라볼 수 없는 각도에 위치해 있었기 때문에 옆모습과 약간 긴 생머리만 확인할 수 있었다. 키 큰 애 중에는 K가 기억난다. 아버지가 인근 고등학교의 선생님이었던 K는, 늘 다소곳했다. 아버지의 잔소리만 듣고 자랐나 싶을 정도로 말도 없고, 차분했다. K 역시 학교 선생님이 되었다는 소식을 들은적이 있었다. 옛날에는 머리를 양 갈래로 나누어 묶고 다녔던 것으로 기억난다. 나는 머릿속으로 저쪽 키 큰 여자의 생머리를 나누어서 묶어 보았다. K일까, 아닐까? 자신할 수 없다.

마지막 여자를 눈여겨보려 하나, 만만치 않다. 내가 얼굴을 돌려 보아야만 겨우 그의 옆모습을 볼 수 있을 뿐이다. 언뜻 보이는 얼굴에서는 어떤 특징을 읽을 수 없다. 그냥 평범했다. 초등학교 동창 A부터 Z까지, 혹시 혹시…. 이렇게 맞추어 보는데 대부분의 얼굴과 겹쳐낼 수 있다. 가능성이 제일 높은 것은 L이겠다는 생각만 든다. L은 한때 나와는 1,2 등을 다투는 사이였다. 들리는 소문에는 어느 지방 병원에 근무한다고 했다. 진료 시간에 문상을 왔을 것 같지는 않았다.

나의 탐색이 거의 끝날 무렵에 기다리던 동창 중에 C가 계단을 내려오는 것이 보인다. 나 혼자의 힘으로 해결할 수 없는 일이었기에 나는 C의 힘을 빌기로 했다.

"○○야!"

나는 저쪽의 여자들이 내 말소리를 들을 수 있을 정도의 크기로 C를 불렀다. C의 이름이 여자들의 귀에 들렸을 때, 어떤 반응이 나올까 궁금했던 것이다. 별 반응이 없었다. 혹시 내가 부르는 소리를 못 들었을 수도 있겠다 싶었다. 나는 일어서서 그 여자들 옆을 지나치며 다시 한번 C를 불렀다. C는 반가운 듯, 나를 향해 왔다. 이때 내 귀에는 그 여자들의 목소리가 선명하게 들어왔다.

"가가, 아래 미국으로 출국해가 잘 있다고 연락했드라."

비교적 경상도 악센트가 선명했다. 전라도 말씨가 아니었다.

그냥 40년 전과 오늘 이 시간 사이를 오고 가며, 나는 이 한 시간을 잘 보냈다.

(끝)

# 삶의 상처와
# 거기 앉은 딱지 떼어내기

처음 작품을 만들어 본 것은, 내가 유치원 2년 차 때였을 것입니다. 아이 대부분이 유치원 구경도 못 하던 시대에, 나는 유치원을 2년이나 다녔습니다. 아마도 우리 교회에서 운영하던 유치원이었기에 혜택을 입은 것 같기는 합니다.

나는 커다란 달력 종이를 뒤집어서, 네모 칸을 여러 개를 그려 놓고 그 한 칸 한 칸 그림을 그리면서 이야기를 전개해 나갔습니다. 꼭 만화처럼 그림에 적절한 대사도 적어놓았습니다. 무슨 개미들의 전쟁 이야기였던 것 같습니다. 그 달력 종이는 어머니의 자랑거리였습니다. 사람마다 칭찬을 아끼지 않았습니다.

그러고는 그만이었습니다. 다만, 남들이 열심히 놀 때 나는 그 곁에 주저앉아서 생각만 하고 있었습니다. '쟤들은 어쩌면 저렇게 잘 놀지?' 이런 생각 말입니다. 물론 그밖에 다른 생각도 많이 했습니다. 좋은 말로 하면 상상이었겠지요.

국민학교 5학년 때쯤, 나는 손금이라는 걸 봅니다. 아무리 어렸어도 예수교인인 나는 그런 거는 미신이라고 치부하고 있었지만, 우리 신발가게에서 팔봉행 시내버스를 기다리고 있던 노인네가 손을 내밀라고 해서, 마지못해 본 손금입니다. 그 노인은 흰 수염에 백발이 성성한 분이었는데, 한참을 보더니, '글을 쓰겠다.'라고 하였습니다.

그 말을 나는 '글씨를 쓰는 서예가가 되리라.'라고 알아들었습니다. 그 무렵에 나는 학교 서예반에서 부모님에게서 물려받은 필력을 과시하고 있었기 때문입니다. 그런데 노인은 아니라는 것입니다. 그분에게 내 서예 실력을 보여주고 싶었습니다. 노인은 다시 "글을 써서 유명한 사람이 될 거야."라고 말씀하셨습니다. 글을 쓰는 것이 직업으로 가능한지도 몰랐고, 어떻게 써야 하는지도 몰랐기에 그냥 그 말을 귓등으로 흘려 버리고 말았습니다.

그러다가 중학교 2학년이 되었습니다. 학교에서 백일장 대회가 열렸습니다. 나는 시 한 편을 썼습니다. 그게 학교 교지에 실렸습니다. 교지에 실렸다는 말은 상을 받았다는 뜻입니다. '차하' 아마도 4등 정도일 것입니다. 1등은 '장원'이라고 하더군요.

상을 받은 덕분에 시에서 열린 백일장에 학교 대표로 나가게 되었습니다. 시교육청에서 주는 상을 초등학교 4학년 때 한 번 받은 일은 있었지만, 시 백일장에 나간 것은 처음이었습니다. 뜻밖에도 상을 받았습니다. 이번에는 '장원'이었습니다. 일약 스타가 되었습니다. 작은 도시에서 글 잘 쓰는 아이가 누구라는 것은, 피아노 잘 치는 아이가 누구라는 것만큼이나 잘 알려진 일입니다. 그런데 그 명단에 들어 있지 않던 내가 갑자기 등장한 것이지요. 내친김에 중3 때는 교지에 단편소설도 하나 씁니다. 아마도 원고지로는 삼십 매쯤 될 것입니다.

같은 울타리에 있던 고등학교에 진학하자, 자연히 나는 문예반 소속이 되었습니다. 그러고는 복간을 준비 중이던 학교 신문 편집실에서 일하게 됩니다. 삼학년 선배가 두 분, 이학년 선배가 한 분 계셨고 일학년에는 나를 비롯 세 사람이 있었습니다. 그리고 고등학교에서는 계속 문명을 날립니다. 그 덕분에 전통을 자랑하는 남성문학상의 수상자가 됩니다.

대학은 국어국문학과 진학으로 정해졌습니다. 일학년 때 다시 소설 한 편을 써서 문학상에 당선했습니다. 문학평론가이신 천이두 교수님이 칭찬의 심사평을 해 주셨습니다. 나는 2등을 한 2학년 선배의 작품이 더 멋졌는데 왜 나에게 주셨나 싶었습니다.

대학원에 진학하고부터는 창작과는 담을 쌓고 지냈습니다. 그러기를 40년이 훌쩍 넘었습니다. 마음 한쪽에는 창작을 해야지, 해야지 하는 생각이 있었지만, 연구라는 톱니바퀴는 창작과는 반대 방향으로 내 정신의 작동을 돌리고 있었습니다. 창작은 그냥 막연한 희망이었습니다. 물론 그사이에도 수필은 꾸준히 썼고, 시도 썼습니다만, 소설은 분량부터가 쉽게 이루어지기 힘들어서 엄두를 내지 못했습니다.

그러다가 정년을 3년 앞두고 안식년을 받았습니다. 연구 활동도 정리를 할 때였습니다. 안식년을 거의 마칠 때쯤에야 연구작업이 정리가 되었습니다. 그러다가 갑자기 밀어닥친 팬데믹 상황에서 칩거를 해야 하는 상황이 되어 버렸습니다. 그 칩거의 기간에, 그 우연한 공백의 시간에 나는 머릿속에 처박아 놓았던 이야깃거리들을 끄집어내기 시작했습니다. 시중에서 마스크가 문제가 될 때는 마스크와 관련되는 소재를 꺼내고, 사이비종교가 거론될 때는 그와 관련된 기억을 떠올렸습니다. 그러다 보니 오랫동안 억눌려 있는 기억과 경험과 상상의 소산들이 자꾸만 자기를 꺼내 달라고 아우성을 쳤습니다.

목소리가 큰 녀석부터 꺼내서는 하루에 한 편꼴로 세 편을 써 버렸습니다. 3~4시간만 책상에 앉아 있으면 80~90장짜리 단편은 마무리가 되었습니다. 프레시맨 때의 심사위원이, 자기 판단이 옳았다면서 자꾸만 칭찬할 것 같았습니다. 팔봉에 살던 그 노인분도 '거 봐라. 내 말이 맞지!' 하실 것 같았습니다.

그러고는 스스로 격려가 되어 일단 꺼낼 만한 소재들을 한 달여 만에 다 작품화했습니다. 대학 때 썼던 두 작품도 일부 수정하고 보완하여 목록에 넣었습니다. 그러다 보니 중편도 한 편, 콩트도 세 편이 모였습니다. 그러고는 이제 문학 교수의 자리를 마무리하면서 이 작품들을 한자리에 모으기로 하였습니다. 사실 나는 평소에도 문학 연구자가 되지 말라고, 창작가가 되라고 학생들에게 말하곤 했습니다.

여기 실린 작품들은 일단 아우성의 소리 크기로 우선순위가 정해진 것들입니다. 그들이 나의 삶으로부터 비롯되었음은 분명하지만, 적잖은 변용을 거친 것도 진실입니다. 그들은 어쩌면 내 삶의 상처들일지도 모릅니다. 한 자 한 자 적어 가면서 나는 그 상처에 앉은 오래된 딱지를 하나씩 뜯어낸 것입니다.


이 소설집은 나의 교수 생활 38년을 마무리하는 기념의 취지로 출판되었습니다. 한없이 부끄러운, 습작에 불과한 작품들을 책으로 공간하면서 저 스스로 정년 기념이라는 핑계를 대고 있습니다. 흔히 정년(停年)이란 한자가 당사자에게 절망감을 안겨 주기도 합니다만, 나에게 이 정(停)은 멈춤이 아니라 머무름의 의미로 읽힙니다. 그런 점에서 정년을, 그동안

소설가 윤흥길 선생님(오른쪽)과 함께. 2014.

타고 온 열차가 이제 '잠시 머무르는 해'로 풀이합니다. 말하자면 용산역을 출발한 호남선 열차가 서대전역에 도착하면 승객들이 잠시 내려, 플랫폼에서 파는 홍익회 가락국수를 먹는 때 같은 것이겠지요.

이제 저는 새로운 기차를 타려고 합니다. 목적지도 조금 수정될 것 같습니다. 아직 아물지 않은 상처도 있고, 떨어지지 않은 딱지도 있습니다. 그러니 나는 계속해서 그 나머지 딱지를 떼어내야 합니다. 그래야만 내가 온전해지지 않을까 싶습니다.

윤흥길 선생님께 작품 원고를 보여 드리기는 했지만, 사실 격려의 말씀을 부탁드리기는 어려웠습니다. 평소 원고지 한 장을 채우기 위해서 얼마만큼의 공력을 들이시는지를 알고 있기에, 필생의 대작을 집필하시는 과정에 불쑥 보잘것없는 작품을 들이밀어서 그 리듬을 해치는 것이 얼마나 결례인지를 알기 때문이었습니다.

하지만 선생님께서는 나의 무례함을 탓하지도 않으셨고, 선친에 대한 인연으로 안 쓸 수 없다고 하셨을 뿐 아니라, 부족한 문장과 작법을 조목조목 짚어주시기까지 하셨습니다. 말하자면 나는 소위 '아빠 찬스'를 쓴 것입니다. 그렇지만 여전히 작품의 부족한 점은 내 불민함에서 기인합니다. 눈물 나게 고마운 격려의 말씀에, 그 멋지고도 진실한 표현에 많은 힘을 얻습니다. 감사합니다.

삶의 과정에서 마주했던 많은 분들이 이 작품의 원천이기도 합니다. 특히 가족은 내가 벗어날 수 없는 도타운 관계로 나와 엮여 있습니다. 그들이 하늘나라에 가셨거나, 가까이 또는 멀리 있더라도 그 관계는 엄연합니다.

이 소설집을 태학사에서 출판하게 되었습니다. 지현구 회장님과는 대학 조교 때부터 단지 도서 관련 업무만이 아니라 신앙의 동지로서 오늘까지 변함없는 관계를 유지하고 있습니다. 그 관계가 이 소설집 출판으로 이어지는 것을 밝힙니다.

2022년 3월

저자 적음